www.bbulmedia.com

www.bbulmedia.com

반항하는 ★ 신데렐라

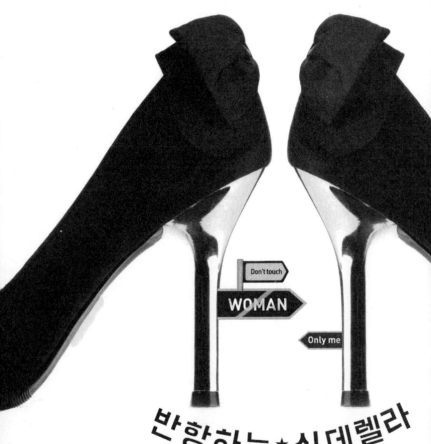

Don't touch

WOMAN

Only me

반항하는 ★ 신데렐라

고지영 장편 소설

contents

프롤로그

널브러진 맥주 캔들을 치우면서 부글부글 끓어오르는 화를 다스리느라 여자는 숨이 가빠왔다. 씩씩거리면서도 과자 부스러기까지 다 치우고 난 여자가 허리를 펴는 순간 방 안에서 기다란 팔을 쭉 늘려 기지개를 펴며 한 남자가 나왔다.

남자는 이제 막 잠에서 깬 듯 머리카락이 들쑥날쑥 사방팔방 뻗쳐 있었다. 옆집 아저씨가 저러고 나타났으면 잠 한 번 요란하게 주무셨네요, 하고 비웃어도 될 만한 헤어스타일을 저 남자가 하니까 그냥 개성이고 내일부터 유행할 것 같고 막 그랬다.

공중에서 여자와 남자의 눈이 마주쳤다.

남자는 상반신에 아무것도 입지 않고 하반신 속옷 하나만 달랑 걸친 상태였다. 남자는 자신이 상반신 누드인 게 아무렇

7

지도 않은 듯 보였고 여자 역시 남자의 벗은 몸에는 별 감흥이 없는 듯 보였다. 누가 보면 오래된 연인으로 착각할 수도 있는 상황에서 여자가 남자를 향해 입을 열었다.

"제가……."

말을 잠시 끊은 여자가 심호흡을 한 번 하고 나머지 말을 이었다.

"대체 언제까지 이런 짓을 해야 할까요?"

남자의 다부진 어깨가 으쓱하고 올라갔다 내려왔다.

"평생?"

울컥했지만 여자는 참았다. 여자의 동그란 안경 너머 커다란 두 눈이 날카로워졌다.

"도우미 아주머니한테 문은 왜 안 열어 주는 건데요?"

"도우미인 척하는 내 스토커면 어쩌려고 열어 줘?"

남자, 우민현은 대한민국은 물론 일본, 중국에서도 인기가 있는 유명 배우였다. 모델 출신임을 뽐내는 큰 키와 조각도로 깎은 듯 반듯한 얼굴은 뭇 여성의 마음을 흔들기에 충분했고 운동으로 다져진 몸은 그의 섹시함을 더욱 부각시켰다.

"당신이 아무리 유명한 대스타래도 사시사철 스토커가 노리진 않을 걸요?"

"그러다가 저번 겨울에 택배 기사란 여자가 나 껴안은 거 기억 안 나?"

깨끗하다 못해 빛이 나는 민현의 피부가 그때를 떠올렸는지 붉어졌다. 불쾌감. 그 상기된 얼굴은 불쾌감을 드러내고 있었다.

민현은 '여자'의 몸이 싫었다. 유난히 말랑거리는 그 살이 닿을 때마다 소름이 돋을 정도였다. 병원에도 가 봤지만 의사는 그저 스트레스로 인한 일시적인 문제라고 했고, 친구들에게 상담을 해도 여자랑 너무 놀아서 질린 거 아니냐고 놀려 댈 뿐이었다.

민현도 처음에는 대수로운 일은 아닐 거라 생각했지만, 여자를 가까이하면 소름이 돋는 증상은 벌써 2년째 그를 괴롭히고 있었다. 직업상 여배우들과 애정씬을 많이 찍어야 하기 때문에 처음엔 고민이 많았으나 이상하게 카메라 앞에서는 그 증상이 완화되는 느낌이었다.

'타고난 배우라서 그런가?'

"훗."

그가 그런 자신을 자랑스러워하며 미소 짓고 있는 사이, 여자는 베란다에서 빨래를 걷어 왔다. 두 손 가득 바짝 말라서 보송보송한 옷들을 들고 있는 여자에게 민현이 말했다.

"다림질도 해."

여자 신연지는 민현의 매니저였다. 그러나 지난 2년 동안 연지는 자신이 매니저인지 스타일리스트인지 도우미인지 비서인지 보디가드인지 정체성을 알 수 없는 일만 넘치게 해 왔다.

여자기피증을 앓고 있는 민현은 팬들에게 사인을 해 주거나 사진을 찍어 주는 일도 하지 않으려 했고 여자 스텝들과의 접촉도 싫어했다. 그로 인해 우민현 성격 안 좋다는 소문이라도 퍼질까 봐 이리 뛰어다니고 저리 뛰어다니며 뒷수습하는 건 언제나 매니저 연지의 몫이었다.

게다가 결벽증도 있어서 청소와 빨래도 하루에 한 번씩은 꼭 해 줘야 했다. 낯선 이나 여자를 꺼려하기 때문에 스타일리스트를 두는 일도, 가사도우미를 부르는 것도 불가능했다. 그런 데다가 드라마나 영화를 찍을 때는 평소보다 더 예민해져서는 배로 까칠하게 굴었다.

결국 연지도 사람인지라 민현을 향해 소리를 버럭 질렀다.

"네가 해, 인마!"

그녀의 고함에도 민현은 태연한 얼굴로 자신의 귀를 후빌 뿐이었다. 그가 태연자약한 얼굴로 자신의 매니저를 불렀다.

"신 매니저."

"왜!"

"지금 나한테 반말했어?"

우민현이 신연지에게 요구한 철칙 스물일곱 가지 중 하나. 존댓말을 사용할 것.

"어차피 동갑인데, 뭐!"

연지가 알기로 민현의 프로필상 나이는 스물여덟으로 자신과 같았다. 그녀가 반항하자 민현의 눈썹이 미세하게 꿈틀했다. 또다시 자신의 슬픈 과거에 대해 말해야 하나. 그의 입가에 서늘한 미소가 걸렸다.

"나 출생신고 1년 늦게 했다고 몇 번이나 말해?"

또, 또 저 소리.

"그걸 어떻게 믿어?"

"그럼 가서 우리 엄마한테 확인해 보든가."

진짜 사모님한테 가서 물어봐야 하나? 정말 인큐베이터 안에서 반년 넘게 있어서 출생신고가 늦어진 거 맞나? 고민하는 연지를 향해 민현이 말을 덧붙였다.

"물론 그 대답을 듣기 전에 엄마의 눈물 먼저 보게 되겠지만."

"이런 비열한 놈!"

민현은 성격이 나빴다. 나빠도 너무 나빴다. 그리고 연지는 너무…… 착했다. 아랫입술을 깨물며 참아 보려던 연지가 결국 두 주먹 불끈 쥐고 그에게 말했다.

"나 집에 갈 거야."

"응. 다림질하고 가."

자신의 말을 제대로 이해 못 한 듯한 민현에게 연지가 자신의 안경을 손가락으로 올리며 단호하게 말했다.

"나 지금 가고 내일부터는 얼마 전에 들어온 신입 매니저 보낼 거야. 알았지?"

그러나 민현은 말이 없었다. 조마조마한 마음으로 그의 대답을 기다리면서 연지는 자신의 펑퍼짐한 셔츠의 끝자락을 움켜쥐었다. 침묵하는 그는 늘 무서웠다.

제발.

"응. 알았어."

쌈박한 민현의 대답에 연지의 얼굴이 밝아졌다. 그녀의 입가에 절로 미소가 피어났다.

"저, 정말?"

연지는 감격했다. 우민현이 드디어 자신에게 자유를 주는구나. 그녀는 더 지체할 것도 없다는 듯이 몸을 돌렸다. 신이 난 발걸음으로 현관문을 향해 달려가는 연지의 뒤에서 악마의 목소리가 들려왔다.

"대신 나도 지금부터 방으로 들어갈 거야. 언제 나올진 나도 몰라."

연지의 발이 딱 멈췄다. 그녀가 천천히 어깨를 틀어 민현을 바라보았다. 안경 너머 두 눈동자가 불안하게 일렁였다.

"너 내일 영화 촬영 있잖아?"

불길한 예감이 들었다. 아니, 정확히는 데자뷰였다.

"안 가."

단호한 그의 대답을 들은 연지가 자신의 아랫입술을 세게 깨물었다. 그때의 일이 떠올랐던 것이다.

민현은 성격이 나빠도 너무 나쁜 데다 독했다. 언젠가 그는 연지가 자신의 말을 듣지 않았다며 촬영장에 안 가겠다고 선포한 뒤 방으로 들어가 이틀 동안 나오지 않았다. 물론, 그 이틀 동안 민현은 물 한 모금 마시지 않았다. 촬영장은 주연 배우의 이탈 소식에 한바탕 난리가 났고 연지는 사장님에게 정신이 없을 정도로 혼이 났다. 결국 연지가 그의 방문 앞에서 잘못했다고 빌고 나서야 민현은 밖으로 나왔다.

그때 민현은 방에서 나오자마자 딱 이 한마디를 내뱉었다.

"잘 잤다."

그때의 악몽이 떠올라 연지는 눈썹을 찡그렸다.

'저, 저 불한당 같은 자식!'

다급하게 다시 집 안으로 들어온 연지가 민현에게 다가섰다. 그리고 그의 팔뚝을 잡으면서 물었다.

"다림질만 하면 되는 거죠?"

"커피도 끓여 와."

"예, 예. 또 뭐요?"

"영화 DVD도 좀 빌려 오고, 또……."

"또?"

"여기 좀 주물러 봐."

민현이 그녀에게 어깨를 들이밀었다. 그래서 연지는 화를 꾹 참는 얼굴로 그의 어깨를 주무르기 시작했다.

그런데 민현의 여자기피증은 연지에게는 해당되지 않는 모양이었다. 그녀가 그의 어깨를 주무르고 때리고 서슴없이 만지는데도 그걸 두 사람 다 별다르게 생각하지 않았으니 말이다.

"오늘은 날이 참 좋네요."

사무실 의자에 앉아 등받이에 몸을 기댄 채 절로 나오는 콧노래를 흥얼거리는 연지를 향해 그녀 뒤쪽에 앉아 있던 '비크 엔터테인먼트' 실장인 이진훈이 놀란 얼굴을 했다. 비가 세차게 쏟아지고 있는 창밖과 연지를 번갈아 쳐다보며 그가 물었다.

"지금 비 엄청 오는데? 안 보여?"

자신의 눈앞에 손바닥을 흔들어 보이는 이 실장의 그 손을 마주 잡아 악수를 한 연지가 싱긋 웃었다.

"오늘은 우민현이 혼자 집에서 영화를 본다잖아요? 그것도 세 편씩이나. 그 녀석, 영화 보면 하루 종일 연락을 안 하니까 오늘은 오랜만에 자유를 만끽하는 기분이에요."

이 실장의 두 눈이 행복해 보이는 연지의 머리부터 발끝까지 훑어 내렸다.

월드컵 기간도 아닌데 'Reds'가 박힌 빨간 붉은 악마 티셔츠에다 발목까지 내려오는 통이 큰 면바지, 큰 두 눈을 가려 버린 동그란 안경에 화장기 없는 얼굴을 빤히 보던 이 실장이 안타까운 목소리를 냈다.

"2년 동안 민현이 때문에 여자를 많이 잃었구나, 우리 연지 씨가."

"네?"

"연지 씨도 안경 벗고 화장하고 치마 입고 다니면 예쁠 텐데."

이 실장의 안타까움이 깃든 말에 연지가 질겁을 했다.

"우민현이 싫어하는 거 아시잖아요? 자기는 여배우들 분칠 냄새에 신물이 난 사람이라고 화장도 못 하게 하고 치마 입으

면 자기를 유혹하는 걸로 알 거라고 윽박지르니까 뭐 별수 있
나요? 그냥 수수하게 살아야죠."

우민현이 신연지에게 요구한 철칙 스물일곱 가지 중 둘. 화
장을 하지 말 것. 옷은 되도록 편하게 입을 것. 치마는 절대
안 됨.

"그래도 민현이 너무하는 거 아니야?"

아무리 그래도 여자한테 여자처럼 꾸미지 말라고 하는 건
좀 너무한 처사가 아닌가 싶었다.

"그렇긴 하지만…… 솔직히 말하면, 여자 스캔들로 속 썩이
지도 않고 잘나가니까 내 월급 걱정도 없고 영화배우 우민현
매니저라고 소개하면 다들 대단하다는 듯이 보는 것도 좀 좋
고……."

"그래도 그렇지, 어떻게 그러고 평생을 살아?"

이 실장이 연지의 옷차림을 손가락으로 가리키면서 혀를 끌
끌 찼다.

"뭐 평생 그까짓 거…… 네? 평생?"

무심코 그의 말을 곱씹다가 놀라 눈을 크게 뜨는 연지에게
이 실장 역시 눈을 크게 떴다.

"민현이랑 결혼할 거 아니었어?"

"결혼이요?"

"난 연지 씨랑 민현이 둘이 잘되고 있는 줄 알았는데."

"어떻게 그런 서슬 퍼런 생각을 하세요? 어우, 무서워라."

두려움에 어깨를 두 손으로 감싸는 연지를 보며 이 실장이

자신이 그렇게 생각한 이유를 설명하기 시작했다.

"잘 생각해 봐. 2년 동안 우민현 옆에 있는 여자라고는 연지 씨밖에 없었어. 그래서 우리 회사 사람들은 다 그렇게 생각하고 있었다고."

"그건……."

우민현한테 여자기피증이 있으니까…… 라고 자기 입으로 민현의 치부를 밝히고 싶진 않았다. 그래서 연지는 얼른 화제를 바꾸었다.

"아무튼, 그런 소리 말아요. 저 내일 선 본단 말이에요."

"뭐? 선?"

"전 우민현보다 잘생기고 멋진 남자를 만나…… 기는 힘들겠지만, 어쨌든, 우민현보다 착하고 나밖에 모르는 남자 만나서 결혼할 거거든요?"

연지의 동그란 두 눈에 희망이 차 있는 것을 본 이 실장은 그냥 조용히 하고 싶은 말을 삼켰다. 그리고 걱정되는 것을 먼저 물었다.

"선 본단 얘기 민현이한텐 했어?"

"그 얘길 왜 해요?"

그런 소리 말라며 연지가 펄쩍 뛰었다.

"전에 나 소개팅한다고 했더니 소개팅 당일 날 지가 직접 해외 스케줄 잡은 놈이에요, 그놈이."

전에 민현이 갑자기 해외 화보 스케줄을 잡아 달라고 했던 적이 있었다. 그때를 떠올리며 이 실장은 관자놀이를 긁적거렸다.

"그래서 왜 그랬냐고 하니까 내가 소개팅 남한테 자기 욕을 할 것 같아서 그랬대요. 아, 진짜 눈치는 빨라 가지고."

그때 민현은 필사적이었지만 필사적이 아닌 척했었다. 안 되면 어쩔 수 없지만 자기는 비키니를 입을 각오도 되어 있다고 그답지 않은 농담으로 이 실장을 설득했었으니까. 그게 설마 겨우 매니저가 모르는 남자한테 자기 욕을 할까 봐 그랬겠는가. 이 실장은 그렇게 생각할 수 없었다.

다음 순간 이 실장이 연지를 향해 조심스럽게 물었다.

"혹시 민현이랑 잘해 볼 생각은 없어?"

"제가 대체 왜요?"

차라리 화를 내는 게 나았다. 그렇다면 그건 적어도 의식은 하고 있단 뜻일 테니까. 그러나 연지는 눈을 동그랗게 뜨고 정말 궁금해했다.

"솔직히 민현이 정도면 괜찮지. 부모님이 도무건설 사장, 부사장이고 민현이 자체도 돈 많지, 잘생겼지, 키 크지."

"성격 안 좋지, 독하지, 말 싸가지 없이 하지. 무엇보다 절 여자로 안 봐요, 걔는."

'그놈의 여자기피증에 저는 해당이 안 되거든요.'

이 마지막 말을 꿀꺽 삼키는 연지의 주머니에서 긴 진동이 느껴졌다. 바로 휴대폰을 꺼내 확인한 발신자는 '우민현'이었다. 그걸 본 연지가 숨을 컥- 하고 들이켰다.

"전쟁터에서 걸려 온 전화예요."

"민현이야?"

휴대폰을 손에 쥔 채 자리에서 후다닥 일어선 연지가 이 실장을 향해 말했다.

"어쨌든, 우민현한텐 저 선 보는 거 비밀이에요. 알았죠?"

"민현이한테 뭐라고 하고 빠져나가려고?"

"아프다고 하고 빠져나와야죠, 뭐."

속 편한 연지의 대답에 이 실장은 헛웃음을 작게 터뜨렸다. 그가 혼잣말처럼 중얼거렸다.

"그게 그렇게 쉬울까 모르겠네."

"네? 뭐라구요?"

"아니야. 아무것도."

이 실장은 그저 아무것도 모르는 연지를 위해 응원을 보낼 뿐이었다.

"연지 씨, 파이팅!"

01

영화 촬영 리허설 중에 감독과 동선을 체크하던 민현이 힐끔 자신의 매니저를 쳐다보았다.

'어디 아픈가?'

이따금씩 자신의 배를 쓰다듬는 연지의 행동이 민현의 눈에 포착된 것이다. 그의 눈썹이 아주 미세하게 꿈틀거렸다. 그때 자신을 보던 민현의 눈과 마주친 연지가 조심스럽게 손을 올려 그를 구석으로 불렀다.

"이제 촬영 시작인데 어딜 간다고?"

금방이라도 스탠바이를 외칠 것만 같은 감독과 여전히 자신의 배를 끌어안은 채 앓는 소리를 내는 연지를 번갈아 쳐다보는 민현에게 연지가 시선을 떨군 채 대답했다.

"병원이요. 배가 너무 아파서요."

지난 2년 동안 매니저 연지가 촬영장을 비우는 일은 단 한 번도 없었다. 그만큼 일에 관해서는 철저했고 책임감이 강했다. 그런 그녀가 촬영 중에 병원을 가겠다고 하는 것은 분명 상당한 고통이 동반된 결정이라 민현은 생각했다. 그럼에도 그는 이상하게 고개가 끄덕여지지 않았다.

"촬영장은 걱정 마세요. 종원이가 지킬 거거든요."

연지가 자신의 뒤에 한 발자국 물러서 있는 신입 매니저 종원을 가리키면서 말했고 그녀의 손짓에 스무 살을 갓 넘은 듯 앳되어 보이는 종원이 꾸벅 허리를 숙여 인사를 했다.

"스탠바이 해 주세요."

그때 들린 조감독의 외침에 민현이 급하게 입을 열었다.

"병원만 갔다가 금방 올 거지?"

"그럼요. 당연하죠."

자신을 믿으라는 듯 연지가 고개를 세차게 끄덕이며 대답하는데도 민현은 영 내키지 않았다.

"우민현 씨?"

하지만 자신을 데리러 온 조감독 때문에 민현은 결국 무거운 고개를 끄덕였다.

"병원만 갔다 바로 와, 너."

그때 민현은 급히 돌아서느라 연지의 미소를 미처 보지 못했다.

★☆★

자신의 앞에 선 여배우 김주민이 고양이처럼 요염하게 웃는 것을 민현은 무표정한 얼굴로 마주했다. 지금 그의 머릿속엔 그녀의 웃는 얼굴은커녕 온통 대본 속 지문과 대사들로 가득했다.

'돌아서는 여자의 팔을 잡고 얘기를 좀 더 하자고 이대로 끝낼 수는 없다고 그녀를 끌어안는다……. 끌어안는다…….'

아무도 눈치채지 못하게 민현은 낮게 한숨을 내쉬었다. 벌써부터 가슴이 갑갑해 왔던 것이다. 그래도 카메라 앞이니까 증상이 심해지지는 않을 거라 자신을 안심시켰다.

'괜찮아. 난 타고난 배우잖아.'

속으로 이를 한 열 번쯤 주문처럼 읊조린 민현은 감독의 '레디 액션' 사인이 떨어지기만을 가만히 기다렸다. 조용히 내린 시선의 끝에 보이는 주민의 두 팔은 하얗고 가늘었다. 그러나 그런 건 지금 민현에겐 어떤 감흥도 만들어 내지 못했다. 그는 오직 빨리 촬영을 끝마치고 싶은 마음뿐이었다.

"레디…… 액션!"

잠시 후 떨어진 사인에 주민이 먼저 대사를 말했다.

"그만해요, 우리."

그리고 바로 돌아서는 주민의 맨팔뚝을 민현이 손으로 잡아챘다. 그 순간, 그 손을 타고 소름이 확 끼쳤다. 움찔하며 민현이 팔을 놓아 버리자 감독의 신경질적인 '컷' 소리가 울려 퍼졌다.

"우민현, 뭐야?"

여기저기서 작게 불만 어린 목소리가 들려왔지만, 팔에 오소소 돋아 있는 닭살에 온 신경이 쏠린 민현은 잠시 멍해졌다.

'카메라 앞에선 괜찮은 게 아니었어?'

분명 자신의 여자기피증은 카메라 앞에서는 꽤 완화가 되는 편이었다. 그런데 오늘은 이상하게 증상이 완화는커녕 더 심해졌다. 민현이 혼란스러워하는 사이 조감독이 그에게 헐레벌떡 달려왔다.

"민현 씨, 괜찮으세요?"

새파래진 민현의 안색을 이상하게 생각한 조감독의 물음에 그는 억지로 고개를 끄덕여 보였다.

"네. 괜찮습니다."

곧 다시 촬영이 시작되었지만 민현의 증상은 나아질 기미를 보이지 않았다. 주민의 팔을 잡을 때마다 소름이 돋고 숨이 막혀 왔다. 절망적인 기분이 들어 그의 얼굴은 딱딱하게 굳어 갔다.

번번이 주민을 끌어안는 장면에서 NG를 내는 민현 때문에 촬영장 분위기는 점점 험악해져 갔다. 또다시 주민을 꽉 끌어안지 못해 NG를 낸 민현에게 급기야 감독이 다가왔다.

"연기하기 싫어?"

"아닙니다. 다시 하겠습니다."

그러나 민현도 자꾸 온몸에 소름이 돋고 식은땀이 흘러내리는 것을 막을 도리가 없었다. 반대편에 서서 창백한 그의 얼굴을 살펴보던 주민이 걱정스런 목소리를 보냈다.

"민현 씨, 괜찮아요?"

"네. 괜찮습니다."

대답을 하는 그의 목소리는 딱딱하기 그지없었다.

"괜찮지 않은 것 같은데요? 어머, 이 식은땀 좀 봐."

주민의 손이 자신의 관자놀이를 스치자 민현은 두 눈을 꼭 감았다. 불쾌해. 감았던 눈을 뜨며 민현이 결국 손을 들어 올렸다.

"감독님, 저 30분만 쉴게요."

자기 할 말만 마치고 저벅저벅 걸어 촬영장을 빠져나가는 민현의 뒤에서 스텝들이 황당하다는 얼굴을 했다. 그중에는 그를 욕하는 사람들도 더러 있었다.

"아주 대스타 나셨네."

"시건방지기는."

그들의 말이 모두 귀를 타고 들려왔지만 민현은 애써 전부 흘려들으며 아랫입술을 깨물었다.

"젠장."

그의 눈이 다급하게 자신의 매니저를 찾기 시작했다.

"야, 서종원."

저 멀리서 휴대폰을 만지고 있던 종원이 그가 부르는 소리에 화들짝 놀라 달려왔다. 허둥지둥 달려온 종원을 향해 민현이 빠르게 물었다.

"신 매니저 지금 어디래?"

★☆★

"안녕하세요. 만나서 반갑습니다."

고급 레스토랑 안의 은은한 조명 아래서 연지는 반대편에 앉은 삼십 대 중반의 신사에게 수줍게 웃어 보였다. 안경을 벗고 곱게 화장을 한 연지는 최근 2년간 입어 본 적도 없는 아이보리색 원피스를 입은 채 다소곳하게 앉아 있었다.

제약회사에 근무하고 있다고 자신을 소개한 남자는 연지의 조그마한 얼굴에서 시선을 떼지 못하며 말했다.

"실물이 훨씬 미인이시네요."

사진보다 미인이라는 그의 칭찬에 연지는 큰 눈을 살짝 감으며 배시시 눈웃음을 지었다.

"저……."

연지도 뭔가 말을 하려고 입을 떼는 순간 그녀의 백 안에 있던 휴대폰이 울렸다. 자신의 휴대폰 벨소리에 그녀의 눈이 커졌다.

"어머, 죄송해요."

"괜찮습니다."

당황한 연지는 얼른 휴대폰을 꺼내서 그것을 꺼 두려고 했다. 그러나 그 발신자가 아까 촬영장에 두고 온 종원이라는 걸 확인한 순간 그녀의 눈빛이 달라졌다.

'우민현한테 무슨 일이 생겼나?

그런 생각이 들자 그녀의 심장이 쿵쾅쿵쾅 빠르게 뛰기 시작했다. 그녀의 손이 저절로 휴대폰의 통화 버튼으로 향했다.

"잠시만 실례할게요."

남자에게 양해를 구한 연지가 몸을 틀고 다소곳하게 전화를 받았다.

"여보세요."

살짝 긴장을 한 그녀의 귀로 다급한 종원의 목소리가 곧바로 들려왔다.

— 누나! 민현이 형이 촬영 중에 갑자기 얼굴이 하얘지면서 식은땀을 흘리는데 왜 이러는 거예요?

"뭐?"

그걸 들은 연지의 얼굴도 창백해졌다. 전화기 너머 종원이 답답하다는 듯 한숨을 내쉬는 게 들려왔다.

— 그것 때문에 지금 촬영도 중단된 상태예요.

"알았어. 금방 갈게."

급하게 자리에서 일어선 연지가 핸드백을 챙겨 들고 나가려다 말고 화들짝 놀라서 다시 남자가 있는 테이블로 돌아왔다.

"아, 죄송해요. 제가 지금 정신이 없어서. 정말정말 죄송한데요, 제가 지금 급한 일이 생겼거든요. 그러니까, 그 녀석이다치면 제 밥줄이 끊겨요, 아니, 그러니까, 직장이 없어지고요, 그러면, 생활을 할 수가 없고요, 제가 못 살아요. 살 수가 없어요, 아니, 그게 아니라······."

말을 하면서 연지는 자신의 옆머리를 긁적거렸다. 패닉 상태인 듯한 그녀를 향해 남자가 입을 열었다.

"그냥 가세요. 걱정 많이 하시는 것 같은데."

"아니, 걱정인데, 걱정이 아니고…… 어쨌든, 감사합니다."

남자의 배려에 연지는 횡설수설하다가 끝내 허리를 숙여 꾸벅 인사를 했다.

"정말 죄송합니다!"

급하게 뛰어서 레스토랑을 빠져나오면서도 연지는 그 남자가 아쉬워서 몇 번이나 뒤를 돌아보았다. 이대로 끝내기엔 정말 아까운 남자였다.

'이 평생에 도움을 안 주는 자식! 꽤 멀끔하고 괜찮은 사람이었는데! 그 녀석은 왜 하필이면 이런 때 여자기피증 증상이 나타난 거야? 촬영 중에는 괜찮았잖아? 우민현 따위 정말 귀찮아. 걱정도 안 되고 그냥 귀찮기만 해. 귀찮아 죽겠어, 정말!'

마음과 달리 연지의 손은 차도를 향해 다급하게 뻗어졌다. 택시가 쉽게 잡히지 않자 그녀는 발을 동동 굴렀다.

"택시! 아, 택시! 따블이요! 아니, 따따블!"

그녀의 손은 쉴 새 없이 택시를 잡기 위해 움직였다. 초조한 듯 아랫입술을 윗니로 짓이기는 연지의 앞에 택시가 하나 섰고 그녀는 얼른 그것에 올라탔다.

영화 촬영장으로 다급하게 들어서는 연지를 본 스텝들은 모두 놀란 얼굴을 했다. 그녀가 화장을 하고 치마를 입은 모습은 촬영이 있던 근 3개월 동안 처음 있는 일이었다. 작은 얼굴에 그 오목조목 단아한 이목구비를 드러낸 연지가 스텝들을 향해 허리를 숙였다.

"정말 죄송합니다. 우리 민현이 때문에 촬영이 늦어진다고 들었습니다. 정말 머리 숙여 사죄의 말씀을 드립니다. 민현이가 아침부터 감기 기운이 있었거든요. 제가 약을 사 왔으니까 얼른 추슬러서 나오게 하겠습니다. 그때까지 조금만 더 양해 부탁드립니다."

다시 허리를 펴고 민현을 찾으려고 몸을 돌리는 연지의 곁으로 종원이 헐레벌떡 다가왔다.

"우민현은?"

"차 안에 있어요."

그녀가 낮게 묻자 종원은 뒤쪽 주차장을 가리키면서 대답했다. 연지가 뒤쪽에 있는 밴을 물끄러미 바라보았다. 잠시 후 그녀가 종원을 향해 나직하게 말했다.

"쉬고 있는 스텝들한테 음료수 좀 돌려."

"네."

"수고해."

얌전히 대답하는 종원의 어깨를 툭툭 쳐 주고 연지는 주차장 쪽으로 걸어갔다. 주차장 한가운데에 세워진 검은색 밴으로 다가간 그녀가 차 문을 열어젖히자 의자 구석에 몸을 웅크리고 누워 있는 민현의 등이 보였다. 그 등에 대고 연지가 물었다.

"어떻게 된 거예요?"

그에게선 어떤 대답도 없었다. 답답한 마음에 연지는 목소리를 조금 높였다.

"카메라 앞에서는 괜찮은 거 아니었어요?"

"……내가 묻고 싶은 말이다."

입술을 비집고 나오려는 한숨을 꾹 참은 연지가 차 안으로 들어와 문을 닫았다. 그리고 민현의 등에 손을 올린 채 그의 몸을 조심스럽게 흔들었다.

"일어나 봐요."

"내버려 둬."

차갑다기보다 힘이 하나도 없는 민현의 목소리에 연지 역시 힘이 빠지는 기분이 들었다. 적막이 흐르는 공간 안에 곧 민현의 어두운 목소리가 울려 퍼졌다.

"나 증세가 더 심각해진 것 같아."

그 무거운 목소리에 연지의 얼굴이 걱정으로 물들어 가기 시작했다. 그가 등만 보인 채 계속 말했다.

"나 오늘 처음으로…… 은퇴까지 생각했어."

"!"

놀란 연지가 눈을 크게 떴다. 배우가 천직이라고 생각하는 우민현에게서 저런 말이 나오다니. 충격을 받은 그녀의 눈동자가 흔들렸다. 그 순간 그녀는 차라리 그가 거만한 소리를 찍찍 할 때가 더 마음 편했다는 생각이 들었다.

"우민현, 이제 끝난 건가……?"

힘없는 민현의 혼잣말에 순간 가슴이 뭉클해진 연지가 그의 웅크린 몸을 향해 두 팔을 뻗었다.

"그런 약한 소리 말아요!"

연지의 두 팔이 민현의 몸을 끌어안았다. 그녀의 갑작스런 행동에 민현의 눈이 화등잔만 하게 커졌다. 당황한 그가 몸을 굳힌 채 그녀에게 말했다.

"야……. 너 지금 나 끌어안았냐?"

"그런 우민현답지 않은 소리 하지 말라고요!"

웅크리고 누운 채 자신을 덮쳐 온 연지를 어찌해야 할지 몰라 눈만 깜박이고 있는 민현의 코로 향긋한 향이 감지되었다. 익숙지 않은 향수 냄새였다. 눈썹을 일그러뜨린 그가 자신의 감정에만 취해 있는 연지를 향해 입을 열었다.

"그래. 알았어. 근데 너…… 향수 뿌렸냐?"

"그게 중요해요? 다신 그런 나약한 소리 하지 말아요, 절대."

"알았다고…… 근데 내 팔에 느껴지는 이 시폰 재질은 뭐냐? 야, 너 일어나 봐."

그 순간, 슬픈 감정에서 깨어난 연지가 자신의 원피스 차림을 깨닫고 민현을 더욱 꽉 끌어안았다. 그가 지금 자신의 옷차림과 얼굴을 보면 분명 철칙을 어겼다며 노발대발할 게 뻔했기 때문이다.

"아니에요. 당신이 너무 불쌍해서 더 안아 주고 싶어요."

"아씨, 너 안 일어나?"

아직 확인하지는 못했지만 지금 그녀는 분명 평소와 달랐다. 울컥 화가 치민 민현이 급기야 그녀의 밑에 깔린 채 화를 내기 시작했다. 그러나 연지의 태도는 단호했다.

"당신이 너무 안쓰러워요."

"야, 너 연기하냐? 발연기해?"

"당신 그 병 제가 다 고쳐 줄게요. 걱정 말아요."

후우, 하고 큰 한숨을 내쉰 민현이 결국 두 손을 들어 항복을 했다. 힘으로 밀어내고자 한다면 그까짓 거 여자 몸 하나 못 밀어내겠냐마는, 그는 그냥 한발 물러서기로 했다.

"좋아. 알았어. 화 안 낼게. 일어나 봐."

"……정말이요?"

"어. 화 안 내."

그의 말에 연지가 폴짝 뛰어 바로 앉았다. 그녀의 몸이 사라지자마자 민현은 수월하게 몸을 일으켰다. 일어나 앉은 그가 그녀의 화장한 얼굴을 마주하고 입을 떡 벌렸다. 곧 그가 소리를 버럭 질렀다.

"너 화장했냐? 어쭈? 원피스까지? 병원 간다던 애가 웬 페이스오프를 했어? 너 병원 간 거 맞아?"

"화 안 낸다면서요?"

화장을 곱게 한 단아한 얼굴을 빳빳하게 들면서 연지가 따지자 민현은 어이가 없어서 그녀의 작은 얼굴만 노려보았다.

화를 눌러 참은 그가 한층 낮아진 목소리로 말을 꺼냈다.

"그렇게 차려입고 어디 갔다 왔는데? 정말 병원은 아닐 테고."

"그냥, 그냥 어디 좀 갔다 왔어요."

"그냥 어디?"

얼버무리려는 연지에게 민현의 집요한 시선이 따라붙었다. 그의 계속되는 질문에 그녀는 잠시 머뭇거리다가 조그만 목소리로 대답했다.

"선, 봤어요."

"뭐? 선?"

전혀 예상치 못한 답변을 들은 민현의 눈동자가 중심을 잃고 흔들렸다. 꼭 뒤통수를 세게 얻어맞은 듯한 충격이 그를 덮쳤다.

"너…… 넌…….."

입을 떼긴 했는데 무슨 말을 해야 할지 몰라 더듬거리던 그가 이내 미간을 구기면서 소리쳤다.

"그렇게까지 해서 결혼이 하고 싶나?"

"무슨 말이 그래요?"

황당해하는 연지를 향해 민현은 코웃음을 쳤다. 그는 지금 분명 화가 나는데 왜 화가 나는지 모르겠는 이상한 기분이었다.

"하긴, 넌 선이라도 안 보면 결혼하기 힘들긴 하겠다."

차가운 민현의 독설을 들은 연지의 미간도 구겨졌다.

"화 안 내기로 해 놓고 그렇게 치사하게 사람 속 긁을 거예요?"

"내가 화냈어? 안 냈잖아? 안 내고 있잖아, 지금?"

자신이 화를 내고 있단 사실조차 인지하지 못하고 있는 민현을 향해 연지의 날 선 눈빛이 향했다. 잠시 씩씩거리던 그녀가 휴대폰으로 시간을 확인하고는 말했다.

"이제 촬영 들어가야 돼요. 30분 쉰다고 했다면서요."

"어. 가야지."

냉큼 대답하며 연지에게 문을 열라고 손짓하는 민현의 얼굴에 이제 촬영에 대한 불안감은 엿보이지 않았다. 다행이라 생각하며 연지는 말없이 그를 촬영장까지 인도했다.

아까까지 그를 괴롭히던 촬영은 다시 시작되었고 민현은 다시 주민을 안아야 했지만 이번엔 이상하게도 거부감이 크지 않았다. 마음속으로 크게 안도하는 민현의 눈에 스텝들 틈으로 자신을 보고 있는 연지가 보였다. 그의 눈빛이 날카로워졌다.

'감히 일도 제쳐 두고 남자를 만나러 가? 요즘 내가 널 편하게 대해 줬지, 아주?'

무사히 촬영을 마치고 당당하게 촬영장을 빠져나오는 민현의 곁으로 연지가 쪼르르 달려왔다.

"무사히 끝나서 다행이에요."

"당연하지. 내가 누군데."

다시 그 기세등등함을 되찾은 민현의 **뻔뻔**한 표정에 연지는 피식 웃음이 났다.

"웃냐? 웃음이 나? 밴 청소는 하고 웃는 거야, 너?"

갑자기 밴의 문을 열고는 안을 둘러보며 까칠하게 구는 민현 때문에 연지는 웃음을 멈추고 밴을 치우기 시작했다. 전부 민현의 옷, 담요, 소지품들이었지만 그녀는 자신의 물건이라도 되는 양 조심스럽게 정리정돈을 했다. 그렇지 않으면 민현이 또 함부로 다룬다며 뭐라고 할 게 뻔하니까.

결국 연지를 지켜보며 지적할 요소를 찾다가 포기한 민현은 선글라스를 끼며 좌석에 등을 기댔다.

"잠깐만요. 엉덩이 좀 들어 봐요."

그녀는 그저 담요를 접어 두고 싶었을 뿐이다. 그런데 그 담요 끝자락이 민현의 엉덩이 밑에 깔려 있었다. 그 끝자락을 당겨 보다가 힘에 부친 연지가 그에게 부탁했지만 민현은 못 들은 척했다.

"자는 척하지 말고요, 엉덩이 좀 들어 보라고요."

또다시 악마모드가 켜진 민현은 끝내 움직이지 않았고 결국 연지는 그의 엉덩이를 향해 손을 뻗었다.

"이 비싼 엉덩이 좀 들어 보……!"

"어, 야!"

그의 엉덩이를 잡고 담요를 빼내려는 연지의 행동에 민현이 식겁하며 그녀의 손을 붙잡았다.

"너 뭐 하는 거야?"

깜짝 놀란 민현이 목소리를 높였다. 이제 와서 왜 이러냐는 듯 연지는 이맛살을 찌푸렸다.

"그러니까 엉덩이 좀 들어 보라고 했잖아요?"

"그렇다고 남자 엉덩이를 함부로 만져? 나 여자기피증인 거 몰라서 그래?"

지금 이 순간 민현의 심장은 세차게 뛰어 대고 있었다. 이 두근거림은 여자기피증 증세 외에는 설명할 길이 없다고 민현은 자신을 납득시켰다.

"훗."

순간 연지는 민현의 얼굴을 뚫어지게 보며 피식 웃음을 터뜨렸고 그는 그것을 의아해했다.

"왜, 왜 웃어?"

"무슨 여자기피증 환자가 이래요?"

연지의 두 눈동자가 아래로 내려가 민현의 손에 잡혀 있는 자신의 손목을 보았다. 그 시선을 따라 내려간 민현의 두 눈도 곧 그것을 발견하고 커졌다.

"!"

화들짝 놀라며 그녀의 손을 놓은 민현이 황급히 입술을 열었다.

"이건, 그러니까, 이게 왜 그런 거냐면……."

"알아요. 제가 여자 같지 않으니까, 맞죠?"

민현 대신 그 이유를 설명하며 연지는 쓴웃음을 지었다. 그는 이 상황이 다소 혼란스러웠지만 따로 설명할 길이 없어서 고개를 끄덕여 버렸다.

"맞아, 그거야."

'그럼 난 아까 왜 두근거린 거지?'

여자기피증 증상이 아니라면 대체 뭐지. 갑자기 확 끼쳐 오는 알 수 없는 열기에 더워진 민현이 괜스레 투정을 부렸다.

"아, 더워. 에어컨 좀 틀어 봐."

투정을 부리는 민현이 익숙한지 연지는 태연한 얼굴로 차에서 내려 운전석으로 올라탔다. 시동을 켠 후 에어컨을 튼 그녀가 백미러로 민현을 보며 전부터 궁금했던 것을 물었다.

"그 증상, 언제부터 시작된 거랬죠?"

의자 등받이에 등을 기댄 민현이 자신의 턱을 긁으며 심드렁하게 대답했다.

"한 2년 됐지."

"2년 전이면 최고 전성기 때 아니에요?"

순수한 연지의 질문에 민현의 눈썹이 사납게 꿈틀거렸다. 그가 그녀의 말을 정정해 주었다.

"난 지금도 전성기거든?"

"예, 예. 어련하시겠습니까."

'전성기 때 무슨 일이 있었던 건가?'

고개를 갸웃하는 연지의 얼굴을 힐끔 본 민현이 옷이나 갈아입으라며 핀잔을 줬다.

"얼른 옷부터 갈아입어. 그 원피스 되게 안 어울린다."

"예, 예."

조수석 글러브 박스에서 예전에 넣어 둔 티셔츠를 꺼내던 연지의 눈이 순간 반짝 빛났다. 급하게 허리를 편 그녀가 의지를 담은 눈빛으로 민현을 돌아보았다.

"제가 치료해 줄게요."

"어떻게?"

"어떻게든."

의아해하는 그에게 연지가 눈을 빛내며 방금 생각난 것을 전했다.

"제 지인 중에 유일하게 의사가 한 명 있거든요."

"병원이라면 나도 가 봤거든?"

"그 오빠는 진짜 똑똑해요. 천재 의사라구요."

'오빠?'

굳센 의지를 보이는 연지를 민현이 의심쩍은 눈빛으로 쳐다보았다. 그러나 그녀는 확고했다.

"그 병원 한번 가 봐요, 우리."

"너 죽을래?"

강남의 번화가 한복판에 있는 한 성형외과 앞에서 민현이 선글라스를 끌어올리며 연지를 향해 날 선 목소리를 보냈다.

"소개시켜 준다는 의사가 성형외과 의사야?"

"네. 제가 유일하게 개인적으로 아는 의산데 성형외과 의사라서요."

"내가 성형외과엘 어떻게 들어가? 남들이 보면 오해하잖아."

신경질을 내면서 캡 모자를 더욱 푹 눌러쓰는 민현을 향해 연지가 눈살을 찌푸렸다.

"뭘 그렇게 걱정을 해요? 나중에 사진이라도 뜨면 그냥 매니저가 성형 상담하러 갔는데 따라간 거라고 해명할게요."

"그게 더 웃기거든?"

"그럼 사소한 시술 받으러 간 거라고 할까요?"

실없이 그녀가 던진 농담에 민현은 정색을 했다.

"이 완벽한 얼굴에 건드릴 데가 어디 있다고?"

"……아, 진짜 얼굴 주먹으로 세게 건드리고 싶다."

낮고 간절한 연지의 혼잣말에 민현이 눈썹을 구기는 순간 그녀가 그의 팔을 잡아끌었다.

"일단 한번 들어가 보자구요."

o 2

선글라스를 끼고 모자를 푹 눌러쓴 채 병원 엘리베이터에서 내린 민현의 걸음이 느려졌다. 앞으로 오지는 않고 미적거리는 그를 연지가 돌아보았다.

"왜 안 와요?"

안내 데스크를 거치지 않고 바로 지인의 의사 진료실로 들어가려던 연지가 멀뚱히 선 채 자신의 손등만 긁고 있는 민현을 물끄러미 쳐다보았다. 그가 대답이 없자 그녀는 바로 그에게 다가섰다.

"왜 그래요, 또?"

계속 자신의 손등을 긁으며 민현이 고개를 슥 들었다. 그가 툭 던지듯이 대답했다.

"가려워."

"뭐 물렸어요? 모기?"

안경 너머 그녀의 시선이 그의 길고 남자다운 손으로 향했다. 연신 손등을 긁으면서 민현이 고개를 끄덕였다.

"응. 나 모기 알러지 있어서 물리면 부어오른단 말이야."

"그건 알러지 없는 사람도 부어올라요."

두 팔을 교차시켜 팔짱을 끼며 연지가 못마땅한 얼굴을 하자 민현이 눈썹을 치켜 올렸다.

"난 특히 심해. 크게 붓는다고."

"어디 봐요."

"여기."

연지가 그를 향해 손을 뻗자 민현이 그녀의 앞으로 손을 쑥 내밀었다. 그 손을 잡고 손등을 들여다보는 연지의 눈에 벌레가 문 듯 붉게 부어오른 부분이 보였다. 그곳을 엄지로 쓸어내린 연지가 심드렁하게 말했다.

"괜찮네, 뭐."

하여튼 참 손이 많이 가는 남자야.

무심하기만 한 연지에게서 홱 하니 손을 거둔 민현이 선글라스 너머로 그녀를 세차게 노려보았지만, 연지는 표정 없는 얼굴로 몸을 돌릴 뿐이었다.

"빨리 오기나 해요."

결국 그는 말없이 연지의 뒤를 따라갔다. 무심코 든 민현의 두 눈에 그녀가 어떤 하얀 의사 가운을 걸친 남자를 발견하고 환하게 웃는 것이 보였다.

"지찬 오빠!"

"왔어, 연지야?"

연지가 유일하게 개인적으로 아는 의사인 장지찬의 등장에 민현이 눈썹을 꿈틀했다. 준수하게 생긴 외모에 지적이게 보이는 까만 뿔테 안경을 착용하고 거기다 온화한 미소까지 지닌 지찬의 등장이 민현은 가히 반갑지만은 않았다.

다음 순간 지찬이 자연스럽게 연지의 어깨에 손을 올렸다. 그의 스킨십을 전혀 어색해하지 않으면서 연지가 그를 올려다보았다.

"바쁠 텐데 시간 내 줘서 고마워."

"연지 네 부탁이니까."

친밀도가 꽤 높은 듯한 두 사람의 대화에 민현은 마음속 어딘가가 불편했다. 고개를 돌려 삐딱하게 서 있는 민현을 발견한 지찬이 그에게 가볍게 목례를 했다.

"어서 오세요. 이쪽입니다."

정중하게 자신의 진료실로 안내를 하는 지찬을 보며 민현은 앞으로 걸음을 옮겼다. 민현이 그의 진료실 앞에 서는 순간 한 간호사가 그들에게 다가왔다.

"장 선생님."

지찬에게 할 말이 있는 듯 보이는 예쁘장한 간호사가 앞을 지나가려 하자 민현은 그 몸이 자신에게 닿지 않도록 본능적으로 뒤로 물러섰다.

"다음 예약 환자는 2시부터입니다."

간호사의 말을 들으면서 지찬은 민현의 굳은 입매와 지나치게 뒤로 뺀 몸을 물끄러미 보았다. 잠시 후 그가 점잖게 입을 열었다.

"들어가시죠."

지찬이 먼저 진료실 안으로 들어갔고 민현 역시 그를 따라 들어가려다가 멈칫하고 복도에 서 있는 연지를 돌아보았다. 그녀가 손을 흔들면서 말했다.

"그럼 전 여기 있을게요. 이제 손등은 안 가려워요?"

질문을 하면서 연지가 그를 향해 손을 내밀었다. 귀찮아하면서도 민현은 그녀에게 자신의 손등을 보여 주었다.

"침 발라 줄까요?"

"까분다."

장난스럽게 말하는 연지의 이마를 검지로 살짝 민 민현이 피식 웃으며 진료실 안으로 들어갔다.

진료실 안으로 들어와서 문을 닫은 민현이 어색한 표정으로 의자에 앉았다. 역시 병원이란 곳은 언제 와도 익숙해지는 곳이 아니다. 처음 와 본 성형외과라면 말할 것도 없고. 가만히 고개를 들어 묘하게 어둑어둑한 진료실 안을 둘러보던 민현이 낮게 말했다.

"진료실 안이 좀 어둡네요."

"그건 선글라스의 영향인 것 같습니다."

친절한 지찬의 지적에 민현은 자신의 귀에 걸린 선글라스를 자각했다.

"아……."

'젠장. 꼴사납게.'

자신은 당황하지 않았다는 듯 태연을 가장한 얼굴로 민현은 아주 천천히 선글라스를 벗었다. 그러자 세상이 밝아졌다. 광명을 찾은 그에게 지찬이 웃는 얼굴로 물었다.

"성형외과라서 당황하셨겠어요?"

"네. 뭐, 성형외과는 와 본 적이 없어서. 솔직히 제가 성형외과에 올 외모는 아니잖습니까?"

당당하다 못해 뻔뻔한 민현의 대답에 지찬은 웃음을 터뜨렸다. 재미있는 친구네. 그가 미소 띤 얼굴로 말했다.

"물론이죠. 손댈 필요 없이 아주 완벽하다고 생각합니다."

"솔직히 말하면 제 문제는 좀 정신적인, 내면적인 문젠데……."

"그런데 성형외과로 데려오다니, 우리 연지가 좀 바보죠?"

'우리 연지?'

그 단어에 민현의 눈썹이 꿈틀했다. 둘이 무슨 사인가? 그러나 지난 2년간 연지는 남자가 있다는 낌새를 보인 적이 단한 번도 없었다. 남자가 있는 여자였으면 자신이 정한 철칙을 그렇게 열심히 지켰을 리도 없다. 연애를 하는 여자가 화장을 못 하게 하고 치마를 못 입게 한다면 가만히 있겠는가?

심각해진 민현이 눈동자만 굴리며 아무 말도 않자 지찬은 두 손을 모아 깍지를 끼고 진지한 얼굴로 말했다.

"일단 저는 의사고 상담 시 들은 내용은 무슨 일이 있어도 절대 발설하지 않습니다. 믿고 말씀해 주세요."

그래도 민현은 입을 꾹 다문 채 무표정을 유지했고 지찬은 잠시 주저하다가 다시 입을 열었다.

"아까 간호사가 우리 근처에 왔을 때 지나치게 뒤로 물러서 던데, 혹시 그것과 관계가 있나요?"

"!"

표정 없던 민현의 얼굴에 놀람이 스쳤다. 순간 커진 민현의 두 눈을 본 지찬이 낮은 목소리로 말을 이었다.

"보통 남성들은 예쁜 간호사가 근처에 오면 피하지 않거든 요. 자연스럽게 두 눈을 굴려서 쳐다보기도 하고. 그런데 민현 씨는 정말 싫다는 듯이 굳은 얼굴로 물러서더라구요. 제 추측 이 맞나요?"

"……야메 의사는 아니신 모양이네요."

"그럼요. 한때는 천재 소리 좀 들었습니다, 제가."

작게 웃음을 터뜨린 지찬이 이내 진지한 얼굴로 민현을 응 시했다. 그리고 조심스럽게 물었다.

"여자기피증 같은 건가요?"

되도록 이제 다른 사람에게는 자신의 증상에 대해 말하고 싶지 않았던 민현은 잠시 망설였다. 하지만 이내 그 무거운 입 을 열었다.

"네. 여자의 몸이 닿으면 일단 소름이 돋아요. 막 숨이 가 빠지고 심하면 식은땀까지 흐르죠."

"그럼 연기하실 때 힘드시겠네요."

"그게요, 제가 타고난 배우라서 그런지 카메라 앞에서는 그 증상이 완화가 됐거든요? 근데 그것도 얼마 전엔 또 안 그러 더라구요."

"그래요? 흐음."

잠시 지찬은 자신의 턱을 만지면서 생각에 잠겼다. 여태껏 자신이 알던 여자기피증과는 조금 다른 양상이었다. 기피증이 라는 것이 어떤 특정한 장소에서는 괜찮고 그런 것이 아닐 텐 데 다소 특이한 경우인 것 같았다. 곧 그가 민현을 향해 다시 물었다.

"여잔 다 그래요? 뭐 좀 증상이 약한 여자는 없어요? 엄마 나 누나는 괜찮을 거 아니에요?"

"누나는 없고, 엄마는 괜찮을 거예요. 못 뵌 지 반년은 넘 었지만, 반년 전에는 괜찮았으니까."

"그럼 가족이 아닌 이성한테는 전부 그렇다는 거군요."

"네. 여자는 다 그런다고 보시면 됩…… 아?"

아니다.

순간 스친 생각에 민현은 미간을 가운데로 모았다.

'신연지.'

그녀는 얼마 전에 자신을 꽉 끌어안은 적도 있었다. 그러나 분명 소름이 돋거나 숨이 턱 막히진 않았다. 심장이 좀 빠르게 뛰긴 했지만 그건 분명 여자기피증의 증상은 아니었다. 그리 고 곰곰이 생각해 보면 그동안 그녀하고의 스킨십만은 아주 자연스러웠다. 왜 그걸 여태 눈치채지 못했을까?

"왜요? 아닌 여자가 있어요?"

지찬이 상체를 숙이며 뿔테 안경 너머 두 눈을 빛냈다. 그 눈을 부담스러워하며 민현이 힘겹게 입을 뗐다.

"유일하게 한 여자한테만 그런 증상이 없는데……."

"그런 여자가 있어요?"

"정말 그냥 평범하게 만지고, 안고, 터치할 수 있는데…… 잠깐만, 왜? 왜 그런 거지……?"

머릿속으로 혼란이 휘몰아쳐 온 민현은 심각한 얼굴을 한 채 관자놀이에 두 손을 올렸다. 그동안 한 번도 진지하게 생각해 본 적이 없는 일이었다. 곧 지찬의 입에서 기다리지도 않은 답변이 떨어졌다.

"그 여자분이랑 결혼하셔야겠네요."

"네?"

놀란 민현의 다갈색 눈동자가 주체 없이 흔들렸다. 그를 향해 지찬이 진지한 얼굴로 말을 이었다.

"그런 증상이 계속된다면 여자를 안을 수도 없잖아요? 그럼 유일하게 안을 수 있는 그 여자분이랑 결혼하셔야죠."

"아니에요. 그건 걔가 화장도 안 하고 하도 여자 같지가 않아서……."

"화장했을 때는 소름이 돋았나요?"

그건 또 아니다.

얼마 전 자신을 속이고 선을 보러 간 날, 연지는 화장도 하고 제법 여성스러웠다. 그런 그녀에게 안겼었지만 민현은 전

45

혀 거부감이 들지 않았다. 자신은 온전히 신연지란 여자에게만 그 증상이 일어나지 않는 거였다.

자신의 관자놀이에 얹어진 손으로 옆머리를 짓누르면서 민현은 자리에서 일어섰다. 그를 따라 지찬 역시 일어섰다. 자신을 따라 일어서서 걱정스런 얼굴을 하는 지찬을 향해 민현이 말했다.

"저 오늘은 여기까지만 할게요. 머리가 아파서요."

"네. 그러세요."

민현은 바로 몸을 돌려 진료실을 빠져나왔다.

복도에 늘어선 플라스틱 의자에 앉아 있던 연지가 진료실에서 나오는 그를 보고 자리에서 일어났다.

"상담 끝났어요? 뭐래요?"

고개를 돌려 연지의 안경 쓴 동그랗고 작은 얼굴을 내려 본 민현이 자신의 마른 입술을 혀로 축이며 선글라스를 찾았다. 주머니에서 꺼낸 선글라스를 끼며 민현이 퉁명스럽게 말했다.

"알아서 뭐하게?"

"말하는 싸가지하고는. 저도 별로 안 궁금하거든요? 흥."

빠른 걸음으로 엘리베이터를 향해 가던 민현이 그 앞에 주욱 늘어선 사람들을 발견하고는 비상계단으로 몸을 돌렸다. 그런 그를 연지가 뒤따랐다. 빠르게 계단을 내려가고 있는 민현의 등 뒤에서 연지의 들뜬 목소리가 들렸다.

"와아!"

걸음을 멈추고 연지를 돌아보는 민현을 향해 그녀가 자신의 휴대폰 화면을 들어 보여 주었다.

"저 선 본 남자한테서 전화 왔어요!"

"뭐?"

"정확히 말하면 딱 1분 선 본 남자한테서요. 저한테 첫눈에 반한 걸까요?"

신이 나서 휴대폰을 흔들어 대는 연지의 앞으로 민현이 성큼성큼 걸어 올라갔다. 그녀의 앞에 서서 획— 하니 휴대폰을 빼앗은 민현이 통화 종료 버튼을 눌러 버리자 연지의 눈이 전에 없이 커졌다.

"그걸 왜 끊어 버려요? 미쳤나 봐!"

퍽퍽, 자신의 어깨를 주먹으로 때리는 연지의 가는 팔뚝을 잡아챈 민현이 가만히 그녀를 노려보았다. 그의 행동에 겁을 먹은 연지가 어깨를 움츠리며 말했다.

"왜, 왜 이래요? 당신도 한 대 치게요? 참고로 저 여자예요. 민증 보여 줘요?"

재잘거리는 연지의 목소리도 지금 민현의 귀에는 하나도 들어오지 않았다.

'정말 왜지? 정말 왜 아무렇지도 않지?'

파앗—

다음 순간 민현은 그대로 연지를 자신의 품에 안아 버렸다. 불시에 생각지도 못한 공격을 당한 연지의 입이 떡 벌어졌다.

"어머?"

그녀의 놀란 두 눈동자는 갈 곳을 잃고 흔들렸고 민현은 평온하다 못해 잔잔한 자신의 몸 상태에 두 눈을 질끈 감았다.

'왜 애만 괜찮은 거지?'

"이건 또 무슨 새로운 이지메 방법이에요? 나 숨 막히게 해서 죽이려고?"

그의 두 팔에 갇혀 억지로 안기게 된 연지가 갑갑하다는 듯이 눈살을 찡그렸다. 우민현이 괴짜에다 싸가지인 거야 익히 잘 알고 있지만, 이런 이상행동까지 보일 줄은 몰랐다.

"······정말 아무렇지도 않네."

그녀를 안은 채 조용히 중얼거리는 민현의 목소리를 고스란히 들은 연지의 눈썹이 꿈틀했다.

"저도 아무렇지도 않거든요?"

"야. 나는······."

눈에 힘을 주고 자신을 올려다보고 있는 그녀를 향해 민현이 낮은 목소리로 말했다.

"나 같은 경우는, 아무렇지도 않은 게 제일 문제가 되는 거야."

그의 심오한 말을 이해를 못한 듯 연지의 동그란 얼굴에 물음표가 떴다.

'뭐래니, 이 남자?'

다음 순간 민현은 손을 올려 연지의 어깨를 잡아 자신에게서 떼어 냈다. 선글라스 가운데를 손가락으로 슥 올리며 민현이 그녀를 불렀다.

"야."

"또 왜요?"

오늘따라 이상행동을 보이는 민현을 경계하면서 어깨를 경직시킨 연지가 그를 올려다보았다. 그녀를 향해 그가 서늘하게 웃어 보였다.

"너 가슴 좀 키워라. 그게 뭐냐?"

'뭐, 뭐 저런 악의 축 같은 자식이!'

눈을 부라리는 연지를 아랑곳 않고 자신의 캡 모자를 더욱 푹 눌러쓴 민현이 다시 그녀에게 말했다.

"온 김에 가슴 상담이나 받고 와라."

방금 자신이 나온 성형외과 쪽을 턱으로 가리킨 후 그는 돌아섰고 연지는 혈압이 올라 뒷목을 잡았다.

"진짜 제대로 미쳤나 봐."

뒤에서 연지가 중얼거리는 말을 들은 민현이 순간 불편한 얼굴을 했지만 별말 않고 그대로 계단을 내려왔다.

"어떻게 성격이 점점 더 나빠지지?"

혼자 남겨진 연지는 자신의 벌렁거리는 심장을 진정시키며 내려가는 민현의 뒷모습을 노려보고 서 있었다.

★☆★

"선은 잘 봤어, 연지 씨?"

민현의 스케줄을 체크하러 '비크 엔터테인먼트' 사무실에 들른 연지를 본 이 실장이 던진 질문이었다. 이를 듣고 연지는 눈을 크게 떴다.

"선? 선이요? 그게 뭐예요? 태양? 아들?"

"……잘 안 됐구나."

이 실장의 정확한 추측에 연지는 한숨을 폭 내쉬었다. 그리고 그동안 참았던 것을 터뜨렸다.

"전 인간의 성선설을 믿는 사람으로서 인간은 태어날 때부터 선하다 그러나 환경에 의해서 변화한다 이렇게 믿고 있었는데! 우민현은 아니에요. 그냥 악이야. 악, 그 자체! 악!"

"야, 다 들리거든?"

차 안에 있을 거라고 했던 민현이 그녀를 따라 사무실로 들어오자 연지는 깜짝 놀라 움직임을 멈췄다. 잠시 민현의 눈치를 살피던 연지가 스케줄 표를 챙겨 들고 빠른 걸음으로 그를 스쳐 지나갔다.

"저 먼저 차에 가 있을게요, 우민현 씨."

"야, 너 거기 안 서?"

손을 뻗어 자신을 잡으려는 민현을 피해 달아난 그녀가 후다닥 사라지자 민현이 혀를 쯧, 하고 찼다.

"민현아."

뒤에서 이 실장이 부르는 소리에 민현은 주머니에 손을 찔러 넣으며 그를 돌아보았다. 민현의 모델 포스를 뽐내는 기럭지에 속으로 감탄하며 이 실장이 짐짓 엄한 목소리를 냈다.

"너는 왜 그렇게 연지 씨를 못 잡아먹어서 안달이냐?"

이에 민현은 고개를 돌려 연지가 사라진 계단 아래쪽을 물끄러미 바라보았다.

"그냥 심술이에요."

"심술?"

"네. 이유 없는 심술."

그녀가 돌아올 리도 없는데 민현은 그곳에서 시선을 떼지 못한 채 말을 이었다.

"도서관에서 공부하고 있으면 그 칸막이 밑으로 반대편 사람이 공부하고 있는 노트 모서리가 삐죽이 들어올 때가 있잖아요? 그 모서리 종이에 낙서하고 싶어지는 마음이랄까?"

"뭐야, 그거?"

순간적으로 반문한 이 실장이 황당함이 깃든 목소리로 이어 말했다.

"좀 더 알기 쉬운 심술의 예는 없는 거야?"

뒤에서 어리둥절해하는 이 실장을 무시한 채 민현은 걸음을 옮겼다.

03

"여자 모델 얘긴 없었잖아?"

영화 촬영 중에 잡지 화보까지 일정이 잡혀 버려서 민현은 평소보다 배는 예민해져 있었다. 게다가 예정에도 없던 여자 모델과의 커플 촬영이라니.

"갑자기 추가된 거예요. 늘 있는 일이잖아요. 여자 모델이랑은 그냥 나란히 서는 것뿐이래요. 제가 확인했어요."

안심하라는 연지의 말에도 민현은 불안한 표정을 풀지 않았다.

"나 요즘 증세가 심해진 것 같단 말이야. 얼마 전에도 영화 촬영 때 카메라 앞에서 거의 쓰러질 뻔한 거 너도 알잖아?"

얼마 전 연지가 자신을 속이고 선 보러 간 날의 일을 떠올린 민현이 얼굴을 찡그렸다. 그의 표정을 살피면서 연지가 안

심하라는 듯 부드럽게 말했다.

"근데 그때 30분 정도 쉬고 다시 무사히 촬영 끝냈잖아요. 이번에도 괜찮을 거예요."

"그날 네가 내 상태를 못 봐서 그래. 식은땀 흘리고 얼굴 하얘지고, 나중엔 숨까지 차고……."

근심 어린 얼굴을 한 채 민현이 하는 말에 연지는 잠시 생각에 잠겼다. 민현의 그런 심각한 상태를 본 건 첫 만남 이후로 한 번도 없었다는 생각이 든 것이다. 곧 그녀가 혼잣말처럼 중얼거렸다.

"그러고 보니 저는 늘 그런 심각한 상태는 못 보네요."

그녀는 정말 궁금해서 한 말이었는데 민현은 어이없다는 듯이 쓴웃음을 지었다.

"왜? 아쉽냐?"

"아니, 그게 아니라, 이상해서요. 그런 심각한 상태를 저는 늘 못 보는 것 같아서요."

"그거야 네가 그때마다 없으니까 그렇지!"

"아니, 그게 아니라…… 됐어요. 일이나 하러 가죠."

그러니까 그런 상황이 왜 늘 나 없을 때만 일어나냔 말이다. 난 365일 중 350일은 우민현과 붙어 있는데.

연지는 의문이 들었지만 더 이상 말하지 않고 민현과 함께 잡지 촬영을 하기로 한 스튜디오로 향했다.

스튜디오 안에는 겨울 화보를 위한 두꺼운 패딩이 준비되어 있었고 그것을 본 민현과 연지는 동시에 안도의 한숨을 내쉬었다.

'다행히 신체 접촉은 없겠구나.'

안심한 민현이 패딩과 옷들을 들고 대기실로 들어간 사이 연지는 스텝들과 포토그래퍼에게 인사를 건넸다.

"수고 많으십니다. 오늘도 촬영 잘 부탁드릴게요."

잠시 후 촬영이 시작되었고 민현의 솔로 촬영은 순조롭게 진행되었다. 길어지는 촬영을 카메라 뒤에서 계속 지켜보던 연지가 결국 지루함을 느끼고 입가를 슬쩍 가렸다.

"하아암……."

작게 하품을 한 후 그녀는 민현의 눈치를 살피며 뒤쪽으로 빠졌다. 허리를 이리저리 꺾으며 지루해진 몸뚱이에 스트레칭을 하고 있는 연지의 곁으로 여자 모델이 지나갔다. 그것을 미처 보지 못하고 연지는 기지개를 펴고 몸을 꺾으며 졸음을 몰아내고 있었다. 잠시 후 그녀의 귀로 포토그래퍼의 놀란 목소리가 들려왔다.

"왜 그래, 민현 씨?"

그 소리에 화들짝 정신이 든 연지가 급하게 카메라 뒤로 걸어갔다. 스튜디오 중앙에 마련된 세트 위에서 민현은 여자 모델과 손을 잡고 있었다. 그런데 민현의 표정이 방금 전과 확연하게 달랐다. 얼굴이 굳은 것은 물론이고 하얗게 질려 있었다. 그의 관자놀이 부근에 맺힌 땀을 발견한 연지가 두 손으로 자신의 입을 막았다.

"더워서 그래?"

초가을에 입게 된 패딩이 더운 거냐는 포토그래퍼의 질문에 민현은 겨우 고개를 들어 시선을 올렸다. 그리고 그의 옆에 서 있는 연지를 발견한 순간 민현의 몸은 거짓말처럼 안정을 되찾아 갔다. 호흡도 안정을 찾았고 식은땀도 더는 나지 않았다. 잠시 후 민현이 천천히 입을 열었다.

"좀 덥네요. 근데 참을 만합니다."

재빨리 손을 올려 관자놀이의 땀을 닦은 민현이 웃어 보이자 촬영은 다시 시작되었다.

얼마 지나지 않아 촬영은 끝이 났고 스텝들에게 인사를 건넨 민현은 빠른 걸음으로 대기실로 들어갔다. 그를 따라 연지도 대기실 안으로 들어갔다.

"그렇게 심한지 몰랐어요."

아직도 충격에서 헤어 나오지 못한 듯 연지는 심각한 표정이었다. 그런 그녀의 얼굴을 민현은 말없이 빤히 바라보았다.

"정말 큰 병원에라도 가 봐야 하는 거 아니에요? 이건 분명 심각한……!"

말을 하고 있는 자신의 양어깨를 덥석 잡은 민현 때문에 연지는 놀라 입을 멈추었다. 그녀가 마주한 그의 눈은 분명 화를 내고 있었다.

"너…… 어디 갔었어?"

"네?"

당황한 연지가 동그란 눈을 급하게 깜박거렸다. 그녀가 얼른 반박의 말을 내놓았다.

"전 쭈욱 촬영장에 있었는데요?"

"거짓말하지 마. 촬영 중간에 없어졌었잖아!"

있지도 않은 일로 그는 화를 내고 있었다. 그것이 연지는 도통 이해가 되지 않았다.

"아니에요. 진짜 계속 촬영장에 있었어요. 진짜예요. 중간에 잠깐 스트레칭한다고 한눈판 것 빼고는……."

그거였나. 다음 순간 민현이 그녀의 어깨에서 손을 뗐다. 그가 짐짓 살벌하게 그녀를 향해 말했다.

"너 계속 이렇게 근무 태만이면 잘라 버릴 거야."

"아, 진짜 아니라니까요!"

"백수 되고 싶지 않으면 앞으로 잘해라."

입꼬리만 올려 의미 없는 미소를 지어 보인 후 민현은 그대로 돌아서 대기실을 빠져나왔다.

겉은 평온한 듯 보였지만 지금 민현은 마음속이 복잡했다. 아까 촬영장에서 여자 모델의 손을 잡는 순간 증상이 시작되었다. 게다가 연지도 보이지 않아서 딱 미칠 것만 같았다.

그런데 대체 왜 아까 연지의 얼굴을 보는 순간 살 것 같다는 느낌이 든 걸까? 왜 그녀의 얼굴을 발견한 순간 몸 안의 모든 세포들이 평온해진 걸까?

'왜 나는…… 신연지만 괜찮은 걸까?'

★☆★

소파에 드러누워 리모컨으로 텔레비전 채널을 돌려대던 연지의 눈에 민현의 CF가 들어왔다. 리모컨 버튼을 누르던 손을 멈추자 그의 상큼하게 웃는 얼굴이 화면 가득 들어찼다.

'말도 안 돼. 저 악의 축이 우유 광고를 하다니! 미스 캐스팅의 전형적인 예잖아?'

속으로 우민현이 듣지도 못할 비난을 퍼붓고 있는 연지의 옆에서 감탄사가 들려왔다.

"아따, 고놈 참 잘생겼다."

연지의 어머니 이희숙 여사가 민현을 칭찬하는 소리에 그녀의 눈썹이 팩하니 올라갔다. 그녀의 불만 어린 눈빛을 마주한 희숙이 얼른 말을 바꾸었다.

"아니, 고놈이 아니라 사장님. 사장님 참 잘생겼다, 야."

"응? 사장님?"

생뚱맞은 단어 선택에 연지의 눈에 의아함이 서렸다. 그런 딸의 얼굴에 대고 희숙이 물었다.

"왜? 너한테 월급 주는 놈이라며?"

"그렇긴 하지만……."

"그럼 사장님이지, 뭐."

"응. 응?"

무심코 설득당해 고개를 끄덕이던 연지가 얼른 정신을 차리고 반박했다.

"쟤가 나 월급 주는 건 맞는데, 직접 주는 게 아니라, 다른 사장님이 있어서 그분한테 받는 거야."

"너네 회사 사장이 둘이냐? 하긴, 저놈이 사장하기엔 너무 젊어. 그럼 쟨 바지사장이네."

"쟤가 사장이 아니라니까?"

"너한테 월급 주는 놈이라며?"

"어."

"그럼 사장이지."

"아니, 그러니까, 쟤가 직접 주는 게 아니고, 사장님이 따로 있어."

"너희 회산 사장이 둘이야? 쟨 바지사장이구만."

"아니, 쟨 사장이 아니라……."

"쟤가 월급 준다며?"

"어."

고개를 끄덕이는 연지의 대답에 희숙이 이맛살을 찡그리며 소리쳤다.

"아, 근데 이 다람쥐 쳇바퀴 도는 듯한 대화는 대체 언제까지 해야 하는 건데?"

"엄마가 문제란 생각은 안 해 봤어?"

입을 삐죽거리는 연지에게 손을 뻗어 그녀의 입술을 손등으로 때린 희숙이 점잖게 말했다.

"자라. 졸리다."

엄만 꼭 할 말 없으면 저러더라?

눈을 들어 밤 9시임을 확인한 연지가 피식 웃으며 안방으로 들어가는 희숙에게 인사를 건넸다.

"안녕히 주무세요."

그런데 안방 문 앞에서 희숙이 갑자기 생각난 듯 몸을 돌렸다.

"아, 근데 너 감히 선 본 남자를 찼다는 루머가 들리던데."

연예인 매니저를 딸로 둔 어머니답게 희숙은 '루머' 라는 표현을 썼다. 순간 연지가 난감한 얼굴로 입을 열었다.

"아니, 그게, 내가 찬 게 아니라……. 전화를 못 받았어."

그쪽에서는 연지를 좀 마음에 들어 하는 눈치였는데 연락이 잘 되지 않는다며 안타까워했다고 한다. 자신의 딸의 얼굴을 예의주시하면서 희숙이 눈을 날카롭게 빛냈다.

"너 혹시 열애설 날 남자가 있는 거야?"

"열애설은 무슨. 근데 엄마 난 연예인 매니저지, 연예인이 아니거든? '루머' 라느니 '열애설' 이라느니 그런 표현은 왜 쓰는 거야, 대체?"

딸의 불만 섞인 목소리를 들으면서도 희숙은 그저 시크하게 웃을 뿐이었다.

"자라. 졸리다."

할 말 없구나?

"네. 주무세요."

그 때 연지의 휴대폰이 울렸다. 희숙에게서 등을 돌리면서 연지는 휴대폰의 통화 버튼을 눌러 귀로 가져갔다.

"네. 우민현 매니저 신연지입니다."

우민현이 신연지에게 요구한 철칙 스물일곱 가지 중 하나.

전화를 받을 땐 꼭 자신의 이름과 매니저임을 당당하게 밝힐 것. 물론 연지도 일의 일환으로 생각해서 이렇게 전화를 받는 것에 불만은 없지만 가끔은 귀찮을 때도 있어서 그냥 '여보세요' 하고 받기도 한다. 그럴 때 하필이면 그 전화를 건 상대가 우민현인 경우 잔소리를 한 바가지 들어야 하지만.

— 연지야.

귀를 타고 들려오는 중저음의 목소리에 연지의 얼굴 가득 웃음꽃이 피었다.

"지찬 오빠."

같은 동네에서 나고 자란 지찬과 연지는 학생 땐 꽤 친한 사이였다. 그때 지찬은 머리가 너무 좋아서 전교 1등과 전국 1 등을 도맡아 했었고 깔끔한 외모 덕분에 동네에서 인기도 많 았다. 그가 고등학생 때 연지는 중학생이었지만, 온화하고 차 분한 성격이었던 지찬은 활발하고 밝았던 연지와 죽이 잘 맞 았다.

사실 그때 당시 연지는 지찬을 좋아했지만, 지찬은 워낙 인 기가 많았고 머리가 좋아서 의대에 가려고 준비 중이었기 때 문에 연지는 그런 그에게 감히 고백할 엄두를 내지 못했었다.

그렇게 졸업을 하고 한동안 잊고 지내다가 연지는 지찬의 결혼 소식을 들었고 1년 뒤에 이혼 소식도 듣게 되었다. 그 뒤 로도 몇 년 동안 남보다 못하게 지내다가 올봄 동네 친구의 결혼식에서 재회를 했다. 그날 서로의 명함을 주고받은 후 가 끔씩 연락하는 사이가 되어 얼마 전에는 연지 쪽에서 민현의 상담도 부탁한 것이다.

수화기 너머 그 중저음 목소리가 다시 연지에게로 들려왔다.

— 일하는 중이야?

"아니. 집이야. 오빠 퇴근했어?"

— 아니. 난 아직 병원.

"그래? 힘들겠다."

— 그래도 내일 오프라 다행이야.

휴대폰을 든 채 발걸음을 옮겨 자신의 방으로 향하는 연지의 귀로 뜻밖의 말이 들려왔다.

— 그래서 말인데, 혹시 내일 저녁에 시간 있어?

"응? 아, 내일, 우민현 영화 크랭크업 하니까 바쁘진 않을 것 같은데."

영화 크랭크업 뒤풀이가 있긴 하지만 민현은 뒤풀이에 잘 참여하는 성격이 아닌지라 연지는 이렇게 대답했다. 그랬더니 또다시 의외의 말이 들려왔다.

— 그럼 나랑 같이 저녁 먹을래?

"저녁? 어, 그래."

얼떨결에 대답을 한 후 전화를 끊은 연지는 오랜만에 느껴지는 설렘에 두 볼을 붉혔다.

새벽부터 민현을 신고 영화 촬영장에 도착한 연지가 어깨를
틀어 뒤를 돌아보았다. 그러자 팔로 눈을 가리고 자고 있는 민
현이 보였다.

'딱 10분만 더 재우지, 뭐.'

이렇게 결심한 연지는 안전벨트를 풀고 자신의 가방을 뒤적
거렸다. 잠시 후 그 안에서 렌즈통을 꺼낸 연지가 안경을 벗었
다. 그런 다음 손가락으로 눈꺼풀을 잡고 조심스럽게 오른쪽
렌즈를 넣은 후 나머지 렌즈도 넣으려고 하는 순간 뒤에서부
터 뒤통수를 가격당했다. 그 바람에 손가락으로 눈동자를 찌
르고 말았다.

"아앗!"

비명을 지르며 고개를 돌리는 그녀의 시야로 한쪽 눈썹을
구긴 민현이 보였다.

"너 뭐 하냐?"

"렌즈 넣다가 눈 찔렸잖아요. 진짜 왜 그래요? 잠이나 더
자지."

자신의 아픈 한쪽 눈을 손바닥으로 누르며 연지가 투덜거리
자 민현의 얼굴이 딱딱하게 굳어졌다. 그녀의 얼굴을 빤히 보
며 그가 짧게 물었다.

"웬 렌즈야?"

자신을 향한 민현의 살벌한 표정에 잠시 겁을 먹은 연지가
머뭇거리다가 이내 조심스럽게 대답했다.

"화장을 하지 말랬지, 렌즈를 끼지 말라고는 안 했잖아요?"

"그랬지만, 왜 갑자기 렌즈를 끼냐고?"

"안경이 은근 귀찮아요. 무겁기도 하고."

눈을 깜박여 렌즈의 위치를 맞춘 연지가 여전히 불만 어린 표정인 민현을 돌아보며 화제를 돌렸다.

"병원은 또 안 가 봐도 돼요?"

"그 성형외과?"

"네."

"그 의사는 돌팔이야. 안 가."

대책이라고 내놓은 게 유일하게 만질 수 있는 여자랑 결혼을 해라? 보통 돌팔이가 아니다. 다신 안 가.

단호한 표정으로 민현이 고개를 젓는 사이 연지가 다시 목소리를 보내왔다.

"꼭 거기 아니어도 한의원이라도 가서 고쳐야죠. 평생 그러고 살 거예요?"

"미쳤냐?"

민현도 당연히 고쳐야 한다고 생각하고 있다. 이건 성발이지 남자에게 심각한 문제가 아니던가? 이유도 모른 채 2년 동안 시달렸지만 이제는 확실히 치료하고 평범한 남자로 살고 싶었다.

그러나 그런 민현의 맘도 모르고 연지는 속 편한 소리를 했다.

"지금도 그냥저냥 살 만하면 그냥 살든지요."

무심한 그녀의 태도에 헛웃음을 터뜨린 민현의 눈에 힘이 들어갔다. 눈을 부릅뜬 채 그가 그녀에게 말했다.

"여자를 안을 수가 없다니까? 넌 이게 얼마나 심각한 문젠지를 모르냐?"

"?"

말간 연지의 얼굴에 물음표가 떴다. 그 표정을 본 민현은 속이 터져서 자신의 가슴을 쳤다.

"남자가 여자를 안을 수가 없다니까? 이해를 못해?"

"제가 이해할 필요 있는 거예요, 그거?"

눈을 똑바로 뜨고 묻는 연지에게 할 말이 없어진 민현은 혀를 쯧, 하고 차며 신경질적으로 의자 등받이에 등을 기댔다.

"여자가 다소곳한 맛이 있어야지."

"다소곳하게 맞아 볼래요?"

불만 어린 얼굴로 민현을 노려보는 연지에게 그 역시 눈을 날카롭게 떴다.

"너 요즘 좀 까분다?"

"그래요? 죄송해요."

"그렇게 바로 사과를 하니까 할 말 없고 뻘쭘하니 좋은데?"

담백하게 사과를 하고 바로 고개를 돌려 버리는 쿨한 연지의 행동에 민현은 헛기침을 해야 했다.

"이제 나가야 돼요."

손목시계를 들어 시간을 확인한 연지가 뒤를 돌아보며 하는 말에 민현이 고개를 끄덕였다. 그러다가 그녀가 집어 드는 대본으로 시선을 내리며 물었다.

"그 돌팔이 의사랑은 원래 사이가 좋은가 보지?"

대본을 펴서 오늘 촬영할 예정인 씬을 눈으로 훑으며 연지가 대답했다.

"지찬 오빠요? 학생 때는 꽤 친했어요. 한동안 연락 안 하다가 요즘엔 좀 해요. 지찬 오빠 쪽에서."

마지막 촬영이라 특별히 위험하거나 신경이 쓰이는 씬은 다행히 없었다. 연지가 대본에서 눈을 떼는 순간 민현이 짧게 물었다.

"그쪽에서?"

지찬의 얼굴을 떠올린 연지가 천천히 고개를 끄덕였다.

"네. 요즘 부쩍 연락이 많이 오는데…… 왜 그러는 걸까요?"

말을 하면서 그녀는 발그레 얼굴을 붉혔다. 홍조가 피어난 그녀의 얼굴을 본 민현은 어이없다는 듯 헛웃음을 터뜨렸다.

"성형외과 의사니까 네 얼굴만 보면 도전 욕구가 샘솟나 보지, 뭐."

"우씨."

입을 삐죽삐죽거리던 연지가 그의 말에 얼른 반박했다.

"오늘도 같이 밥 먹자고 했단 말이에요."

"뭐?"

그제야 민현의 눈썹 끝이 팩하니 올라갔다. 그리고 잠시 후 조심스럽게 질문을 던졌다.

"그 사람 설마…… 싱글이야? 그렇게 생긴 데다 의산데?"

"돌싱이에요."

"아아, 뭐야. 이혼남이야?"

그녀의 대답에 민현은 입꼬리를 올려 웃고 말았다. 거만한 표정으로 웃는 그를 본 연지가 의아한 표정을 지었다.

"이혼남이 왜요? 뭐 어때서?"

"아무리 의사여도 이혼남이고 넌 처녀인데……."

"이혼남이고 처녀고 총각이고 무슨 상관이에요?"

연지가 말을 하면 할수록 민현의 얼굴은 점점 어두워져 갔다. 민현은 지금 뭔가 잘못 돌아가고 있다는 걸 감지했다. 그리고 그걸 깨달은 순간은 너무 늦었다.

"그거랑 상관없이 제가, 제가 설렌단 말이에요."

그녀의 말에 민현은 뒤통수를 얻어맞은 듯 멍해졌다.

"뭐……? 설레?"

겨우 이혼남한테 설레? 이렇게 잘생긴 우민현을 옆에 두고?

0 4

마지막 촬영이 끝나자마자 연지는 신이 난 발걸음으로 스텝들에게 인사를 하고 다녔다.

"정말 수고 많으셨어요. 정들었는데 헤어지기 너무 아쉽네요. 다음에 기회가 되면 또 잘 부탁드릴게요, 우리 민현이."

그녀가 여기저기 허리 숙이며 인사를 다니는 동안 민현은 복잡한 머릿속을 정리해 보려고 애쓰고 있었다.

장지찬이 이혼남이란 소리에 자신은 왜 그토록 크게 안심을 했으며, 연지가 이혼남인 게 무슨 상관이냐고 했을 때는 왜 그렇게 맘이 상했으며, 연지가 장지찬에게 설렌다고 했을 땐 대체 왜 절벽에서 떠밀린 듯한 두려움과 허탈감을 동시에 느낀 건지 아무리 생각하고 또 생각해 봐도 답이 안 나왔다.

"차에 타세요. 퇴근해야죠."

지나치게 밝은 연지의 음성에 민현의 눈썹이 사납게 꿈틀거렸다.

"퇴근을 재촉하는 발걸음이 깃털처럼 가볍다?"

"퇴근은 항상 즐거운 법이니까요. 민현 씨는 안 그래요?"

대답 없이 민현은 우르르 몰려서 뒤풀이 장소로 향하는 스텝들을 물끄러미 바라보았다. 영화나 드라마가 끝나면 늘상 하는 뒤풀이에 참가하는 것을 민현은 별로 좋아하는 편은 아니었다. 그러나 오늘은…… 정말 너무너무 가고 싶어졌다.

"차 안 타요?"

밴 앞에서 의아해하는 연지에게 민현이 단호하게 말했다.

"넌 퇴근하고 싶으면 해. 난 지금부터 뒤풀이에 갈 거야."

"네? 뒤풀이요?"

바로 몸을 돌려 가 버리는 민현에게로 연지가 쪼르르 달려 갔다. 그리고 그의 팔을 잡아채며 물었다.

"원래 뒤풀이 같은 거 잘 안 가잖아요?"

당황한 연지의 얼굴을 빤히 쳐다보며 민현이 어깨를 으쓱했다.

"갑자기 가고 싶어졌어. 감독님께 죄송한 점도 많고."

자기 할 말만 깔끔하게 마친 그는 태연한 얼굴로 돌아섰다. 그의 등 뒤에서 연지는 한숨을 폭 내쉬었다. 그녀가 그를 원망스런 눈초리로 쳐다보았다.

그가 뒤풀이에 가겠다는데, 매니저인 자신이 어찌 안 따라 갈 수 있단 말인가? 게다가 여자 스텝이라도 접근해 오면 민현의 몸을 보호해 줄 사람은 자신뿐이다.

연지는 조금은 신경질적인 손길로 자신의 휴대폰을 찾아 전화를 걸었다. 잠시 후 그녀의 귀를 타고 지찬의 중저음 목소리가 들려왔다.

— 어, 연지야. 끝났어?

그의 질문에 연지는 차마 떨어지지 않는 입을 겨우 열고 말했다.

"미안해, 지찬 오빠. 오늘 저녁 같이 못 먹겠다."

— 아, 그래……? 혹시 왜인지 물어봐도 돼?

"영화 크랭크업 뒤풀이가 있어서. 마지막 인사하는 자린데 주인공이 있어야지. 나도 당연히 옆에 있어야 하고."

— 그래. 알았어. 밥은 다음에 같이 먹으면 되지, 뭐.

지찬의 부드럽고도 상냥한 음성을 들은 연지의 볼이 발그레 달아올랐다.

"이해해 줘서 고마워. 또 전화할게."

전화를 끊은 그녀가 몸을 돌리는 순간 자신의 바로 옆에 서 있던 민현과 부딪혔다. 그를 올려다보며 연지가 이마를 찡그렸다.

"아직 안 갔어요?"

그러나 민현은 말없이 그녀를 내려다볼 뿐이었다. 그런 그를 연지가 의아해했다.

"왜 그래요?"

얼굴에서 붉은 기가 완전히 사라진 연지의 말간 얼굴을 보며 민현이 작게 중얼거렸다.

"……그렇단 말이지?"

"뭐가요?"

눈을 동그랗게 뜨고 되묻는 연지에게서 등을 돌린 그는 입술을 굳게 다물었다.

'고작 이혼남한테 설렌단 말이지?'

★☆★

"수고 많으셨습니다."

항상 촬영장에 오면 무표정한 얼굴로 인사는커녕 목례도 안하던 민현이 갑자기 테이블과 테이블 사이에 서서 허리 숙여 인사를 했다. 그 모습을 보는 스텝들의 눈이 저절로 커졌다.

"오늘은 제가 사겠습니다. 많이들 드십시오."

파격적인 민현의 제안에 스텝들과 배우들 모두 서로를 바라보며 의아해했다.

'저 우민현이 그 우민현 맞지? 도플갱어 아니지?'

'어디 남우주연상 내정됐대? 오늘 왜 저래?'

'미쳤나?'

그렇지만, 어찌 되었든 먹고 죽은 귀신은 때깔도 고운 법. 모두들 화기애애한 분위기 속에서 뒤풀이가 시작되었다.

"민현 씨, 제 술 한 잔 받아요."

이 영화의 여주인공이었던 김주민이 소주병을 들고 민현에게 다가왔다.

"아, 감사합니다."

적극적인 그녀를 향해 민현은 웃는 얼굴로 술잔을 내밀었다. 그와 동시에 날카로워진 그의 두 눈은 재빨리 자신의 매니저를 찾기 시작했다.

'신연지, 어딨지?'

눈을 빠르게 굴려 그녀의 위치를 찾는 민현의 시선 끝에 감독에게 술을 따라 주고 있는 연지의 모습이 보였다.

"그동안 정말 감사했어요. 다음에도 잘 부탁드립니……."

감독에게 술을 따르고 있는 연지의 옆얼굴로 아주 강한 시선이 느껴졌기에 그녀는 말을 멈추고 고개를 돌렸다.

레이저와도 같은 시선을 보내고 있는 이는 바로 우민현이었다. 그리고 그의 옆에 바짝 붙어 있는 주민도 자연스럽게 시야에 들어왔다.

'내 연예인 위험 감지.'

촉이 오자 연지는 자리에서 벌떡 일어섰다. 재빨리 민현이 있는 자리로 간 그녀가 주민의 옆으로 앉으며 말했다.

"주민 씨, 제 잔 한 잔 받으실래요?"

근처에 있던 술병을 드는 연지에게 주민이 곱지 않은 시선을 보냈다.

"저 지금 민현 씨랑 한잔하고 있는데요."

둘만의 오붓한 시간을 망치지 말아 달라는 주민의 서늘한 눈빛에 연지는 억지웃음을 지었다.

"죄송한데, 우리 민현이가 내일 아침 일찍부터 CF 촬영이 있어서요. 술은 마시면 안 돼요. 이해해 주실 수 있죠?"

'우리 민현이'란 단어에 민현의 입꼬리가 실룩 올라갔다. 그녀들 옆에서 민현은 작게 웃으며 술잔을 들어 올렸다. 그사이 주민이 그런 민현을 돌아보며 연지에게 말했다.

"민현 씨 지금 엄청 마시고 있는데요?"

'저놈 자식이!'

기껏 도와주러 왔더니만 지가 더 마시고 있네?

뻔뻔스런 민현의 옆얼굴을 노려보며 화를 꾹 참은 연지가 주민의 어깨를 친근하게 잡았다.

"그러니깐요. 원래 마시면 안 되는데, 주민 씨랑 너무 마시고 싶었나 봐요. 호호호. 주민 씨가 워낙 미인이라."

그 소리에 주민도 기분이 좋아진 듯 호호 웃음을 터뜨렸다. 그녀와 같이 웃으며 연지는 손을 뻗어 민현이 마시고 있던 술잔을 잡았다.

"그만 마셔요, 민현 씨."

연지에게 술잔을 뺏긴 민현이 얌전히 물을 들이켜는 것을 본 주민이 여우같이 웃으며 말했다.

"근데 가만 보면 신 매니저가 민현 씨를 너무 과보호하는 것 같아요."

"그래요? 그런가? 하하."

"네. 신 매니저 혹시 민현 씨 좋아하는 거 아니에요?"

질문을 던지면서 주민은 예의 없어 보일 정도로 크게 웃었다. 연지도 따라 웃으며 그녀에게 대답했다.

"에이, 무슨 그런 말도 안 되는 소릴 하세요?"

"그렇죠? 하긴, 둘이 너무 안 어울려."

주민의 두 눈이 연지의 화장기 없는 얼굴과 큰 티셔츠, 긴 바지를 훑어 내렸다. 그녀의 노골적인 시선에 살짝 기분이 상한 연지가 어색한 미소를 짓고 있는 사이 민현이 몸을 움직였다. 연지가 그 움직임을 감지한 순간 민현의 팔이 그녀의 어깨에 둘러졌다.

"연지야."

"!"

딸꾹질이 나올 정도로 깜짝 놀란 연지가 고개를 돌리자 민현이 상기된 얼굴로 씨익 웃는 게 보였다.

"취, 취했어요?"

"응, 연지야. 나 취했어, 연지야. 나 집에 가고 싶어, 연지야. 너 내 집 알지, 연지야?"

'연지야'를 연발하는 민현 때문에 왠지 부끄러워진 연지가 자리에서 벌떡 일어나며 소리쳤다.

"매니저니까 당연히 알죠."

그런 다음 민현의 겨드랑이 사이로 손을 넣어서 그의 몸을 일으킨 연지가 스텝들과 배우들을 향해 고개를 숙였다.

"죄송합니다. 저희 먼저 가 봐야 할 것 같아요."

자리에서 일어선 민현이 자신의 어깨에 두 팔을 올려 업히듯이 서자 연지는 그의 몸이 쓰러지지 않도록 어깨로 늘어진 그의 두 팔을 꽉 잡았다.

"오늘까지 정말 수고 많으셨습니다."

마치 연인과도 같은 행동을 하고 있는 그들이 떠나고 난 뒤 남은 사람들은 모두 황당하다는 얼굴을 했다.

"아, 뭐야? 오늘 뒤풀이 우민현이 쏜다며?"

"하여튼, 있는 놈들이 더하다니까."

우민현이 짠돌이라는 루머가 돌기 시작한 건 그날부터였다.

★☆★

"집에 다 왔어요. 정신 좀 차리시죠?"

민현의 기다란 몸을 소파에 던지다시피 하며 연지가 하는 말에 그가 소파로 처박힌 고개를 들었다.

"집에 다 왔는데, 정신을 왜 차려? 더 놔도 되지."

"하긴, 그것도 그러네. 그럼 그러시든가. 전 이만 가 볼게요."

시원스런 발걸음으로 현관을 향해 가던 연지가 갑자기 몸을 휙 돌려 민현을 보았다. 민현은 여전히 자신이 소파에 던진 그 모습 그대로였다.

"근데 술 다 깼어요? 아님 처음부터 취한 척한 거예요?"

예리한 연지의 지적에 민현은 복잡한 얼굴을 했다. 그 얼굴을 보며 그녀가 물었다.

"혹시 뒤풀이에서 빠져나오려고 쇼한 거예요? 돈 내기 싫

74

어서?"

얼토당토않은 그녀의 추측에 민현이 순간 눈썹을 구겼다.

"야. 설마 내가 돈 때문에 그랬겠냐?"

"그럼? 김주민 때문에?"

민현은 대답 없이 긴 한숨을 내쉬었다. 소파에 축 늘어져 있던 그가 몸을 바로 세우며 연지를 향해 물었다.

"이상하지 않냐?"

"뭐가요?"

그녀의 의문 서린 동그란 눈이 심각한 표정을 짓고 있는 민현의 얼굴로 향했다. 그가 진지한 음성으로 말을 이었다.

"내 몸이 너한테만 괜찮은 거. 여자기피증 증상이 안 나타나잖아, 너한테만."

"그거야……."

머뭇거리며 잠시 말을 멈춘 연지가 이내 민현의 두 눈동자를 마주했다. 그리고 천천히 입을 열었다.

"제가 여자 같지 않으니까 그런 거 아니에요?"

"……그런 걸까?"

"그거죠, 뭐."

그때 연지의 휴대폰이 울렸다. 그 발신자가 지찬임을 확인한 그녀의 얼굴이 밝아졌다. 그 표정을 본 민현의 얼굴은 그와 반대로 딱딱하게 굳었다.

"전화 받지 마."

민현의 서늘한 말에 연지의 얼굴에서 웃음이 사라졌다.

"왜요?"

"나 지금 너한테 할 말 있으니까."

"전화 받고 나서 들을게요."

다시 휴대폰을 들어 올리는 그녀를 향해 민현이 성큼성큼 다가갔다. 그 움직임에 놀란 연지가 손을 멈추자 그녀의 앞에 선 민현이 말했다.

"너 말이야."

덥석, 연지의 양어깨를 두 손으로 잡은 그가 그녀를 뚫어지게 응시하며 물었다.

"나한텐 안 설레?"

"네?"

순간 연지의 동그란 두 눈이 더 동그래졌다. 그녀의 손에선 휴대폰이 계속 울리고 있었다.

"제가 왜 당신한테 설레요?"

허— 하는 짧은 한숨을 내쉰 민현의 눈빛이 달라졌다.

"안 설렌다고?"

그가 연지의 얼굴 앞으로 자신의 얼굴을 가까이 가져갔다. 서로의 숨결이 느껴질 정도로 두 사람의 거리가 가까워지자 민현이 다시 목소리를 보냈다.

"이래도 안 설레?"

영문을 모르겠다는 듯 연지가 눈썹을 구겼다. 그러자 다음 순간 민현의 입술이 그녀의 입술에 닿았다. 놀란 연지가 움찔 하자 그의 혀가 순간 그녀의 입안을 헤집었다. 그리고 민현은 느꼈다. 자신의 심장이 미친 듯이 뛰고 있다는 것을.

"이래도?"

말을 하면서 민현은 매력적이게 보이도록 씨익 웃었다. 그 미소를 본 연지가 두 손으로 자신의 입을 막았다. 그리고 소리쳤다.

"술 냄새……!"

……지금 그게 중요해? 민현의 눈썹이 사납게 구겨졌다.

"대체 얼마나 마신 거예요?"

연지가 손을 뻗어 그의 등을 때리기 시작했다. 퍽퍽, 연지에게 등짝을 맞으면서 민현은 생각했다.

키스는 충동적이었다. 술김이었다. 인정한다. 하지만 키스를 해서라도 그녀를 설레게 하고 싶었다.

그래서?

키스를 한 지금 어떤가?

"아…… 젠장."

내가 더 설렌다.

0 5

"아오!!"

한밤에 늑대라도 우는 듯 작은 방 안에선 울부짖는 소리가 들렸다. 그 소리에 거실에 나와 있던 희숙이 멈칫했다.

'뭐지, 이 짐승 소리는?'

그건 분명히 자신의 딸 방에서 난 소리였다. 재빨리 두 발을 옮겨 딸 방을 향해 간 희숙이 방문을 벌컥 열어젖혔다.

"너 짐승 키우냐!"

열린 문 사이로 연지가 막 이불 끝을 붙잡고 이불 정중앙에 니킥을 날리고 있는 모습이 보였다. 엄마와 딸의 눈이 공중에서 소리 없이 마주쳤다.

"……."

"……."

희숙의 눈이 연지의 헝클어진 머리와 붉어진 눈과 볼을 천천히 훑었다. 그리고 다음 순간 그녀는 조용히 문을 닫았다.

탁—

"엄마!"

닫힌 문에 대고 연지가 소리를 지르자 희숙이 다시 문을 열었다. 그녀의 두 눈이 연지의 험한 몰골을 훑어 내리며 말했다.

"아아. 너냐? 짐승인 줄 알았어."

"내가 괴로워하는 모습이 보였을 텐데?"

"어. 그러니까 괴로워하는 짐승."

"그리고 설사 진짜 짐승이었다고 해도 그냥 문 닫는 건 이상한 거 아니야?"

딸의 예리한 지적에 희숙은 시선을 바닥으로 떨어뜨리며 말했다.

"자라. 졸리다."

다시 문을 닫으려다 말고 희숙은 어깨를 늘어뜨리고 침대 위에 앉아 있는 자신의 딸을 돌아보았다. 딸의 얼굴 가득 서려 있는 근심과 혼란을 읽은 희숙이 방 안으로 들어섰다.

"왜? 무슨 일 있어?"

걱정스런 희숙의 얼굴을 보면서 연지가 몇 번을 주저하다가 말했다.

"엄마, 나 일 그만둘까?"

순간 희숙의 눈빛이 달라졌다. 연지는 두 손으로 쥔 이불을 더욱 꽉 움켜쥐었다.

"나 점점 더 힘들⋯⋯."

"자라. 졸리다."

엄마?

희숙은 그대로 몸을 돌려 연지의 방을 나갔다. 문까지 쾅 닫아 주고 가는 희숙의 모습에 연지는 힘없이 어깨를 떨어뜨렸다.

"아오!!"

또다시 짐승 소리를 낸 연지가 침대 위를 폴짝 뛰며 이불의 정중앙에 니킥을 날렸다. 그놈의 복부라고 생각하면서.

"말도 안 돼, 진짜!"

두근거렸다.

2년 동안 마치 계모처럼 신데렐라 언니들처럼 팥쥐처럼 뺑덕어멈처럼 가가멜처럼 나애리처럼 자신을 괴롭혔던 우민현에게.

"너 말이야."

술에 취한 우민현이 갑자기 자신의 양어깨를 잡고 물었었다.

"나한텐 안 설레?"

순간 이 무슨 생뚱맞은 소린가 싶었다.

"제가 왜 당신한테 설레요?"

솔직하게 말했던 것이 화근이었나? 그놈 자존심을 긁은 걸까?

"이래도 안 설레?"

민현의 입술이 닿았을 때는 정말이지 순간 혼이 나간 것처럼 제정신이 아니었다. 정신이 멍해지고 심장은 제 것이 아닌 것처럼 뛰어 댔다.

'지금 무슨 일이 일어난 거지?'

그때 민현의 반듯한 얼굴에 서린 미소가 보였다.

"이래도?"

그 순간 정신이 퍼뜩 드는 거다.

이놈은 지금 자신을 가지고 놀고 있다고. 그저 색다른 방법으로 자신을 괴롭히고 있는 거라고. 이젠 육체적만이 아니라 정신적으로도 고통을 주는 방법을 개발한 거라고!

"술 냄새……!"

그때 연지는 코를 찌르는 강렬한 술 냄새 핑계를 대며 민현을 때려 버렸다.

"대체 얼마나 마신 거예요?"

때리고 또 때렸지만 연지는 심란했다. 집으로 돌아와서도 그녀는 괴로웠다.

그래도 그렇지, 우민현한테 설레다니. 아무리 작정을 하고 덤볐어도 설레면 안 되는 게 우민현인데! 그놈은 이 세상 모든 여자들이 자기를 좋아하고 원한다고 생각하는 황제병에 걸린 놈인데!

"이, 이건, 내가 2년 동안 너무 면역력이 떨어져서 그런 거야."

남자를, 남자를 만나야겠어. 그것도 설레는 남자를……!

그러자 단 한 사람의 얼굴이 연지의 머릿속에 퐁 하고 떠올랐다. 재빨리 휴대폰을 찾은 연지가 그 사람에게 문자 메시지를 보냈다.

[지찬 오빠~ 내일 점심 약속 있어? 없으면 내가 병원으로 갈게. 같이 점심 먹자. ^—^]

★☆★

현관 앞 하얀 신발장 문을 열었다 닫았다 하며 민현은 초조한 마음을 애써 억눌렀다.

구두코가 긴 브라운 빛깔의 구두를 꺼냈다가 옷에 안 어울리는 것 같아서 집어넣고 이번엔 무난한 블랙 구두를 꺼냈다.

"아니야. 이것도 별로다."

블랙 구두를 집어넣고 다시 그 브라운 구두를 꺼냈다. 그런데 아무래도 맘에 안 들어서 한 손엔 브라운 구두를 든 채 다시 블랙 구두를 꺼냈다.

"어느 게 낫지?"

양손에 구두를 들고 잠시 생각에 잠겼던 민현이 순간 미간을 구겼다.

"에잇!"

민현의 손에 의해 두 구두가 바닥으로 처박혔다.

"근데 얜 왜 이렇게 안 오는 거야?"

구두 따위 아무래도 좋았다.

신고 나갈 수 있는 거라면 짚신이라도 상관없는 민현이었지만, 이렇게라도 하지 않으면 평소 오는 시간보다 한 시간이 넘게 안 나타나고 있는 연지를 찾으러 밖으로 뛰쳐나갈 것만 같았기 때문이다.

CF 촬영은 12시부터였다. 평소 연지라면 기본 2시간 전에는 나타나 집 안 청소를 하고 촬영장에 갈 준비를 재촉했을 것이다. 그런 그녀가 11시가 되도록 안 나타나고 있으니 민현은 지금 제법 속이 탔다.

'키스는 좀 심했나? 그냥 허그만 할 걸 그랬나?'

초조한 눈빛으로 그가 현관문을 뚫어지게 바라보았다.

'얘 화나서 일 그만두겠다고 하는 거 아니야?'

아무래도 안 되겠다 싶어서 슬리퍼를 급하게 꿰고 나가려는 민현의 눈앞으로 현관문이 벌컥 열렸다.

"!"

굵은 웨이브 파마를 한 연지가 집 안으로 들어오려다 말고 말끔하게 차려입은 민현과 마주했다. 민현의 눈이 그녀의 새로운 헤어스타일을 발견하고는 커졌다.

"너, 너, 머리했냐?"

그의 검지가 올라가 연지의 화려한 파마머리를 가리켰다. 뭔가 안심이 되면서도 불안한 이상한 기분이었다.

"어쩐지 늦는다 했더니 머리 하고 온 거야?"

"네."

딱딱하게 대답한 연지가 민현의 전신을 두 눈으로 빠르게 훑으며 물었다.

"근데 어디 가려고요?"

그녀의 눈빛을 마주한 민현이 현관에 서 있는 자신의 위치와 발밑을 힐끗 보고 대답했다.

"촬영장 가야지."

"그러고요?"

연지가 손가락으로 그의 슬리퍼를 가리키면서 물었다. 몸을 틀어 바닥에 널브러진 구두 두 켤레를 발견한 그녀가 미간을 좁혔다.

"구두는 왜 내팽개치고······?"

"슬리퍼가 더 편하잖아."

급하게 둘러대는 민현에게로 눈을 돌린 연지가 한숨을 폭 내쉬며 무릎을 굽혔다.

"불편해도 구두 신어요. 대스타잖아."

현관에 쪼그리고 앉은 연지가 브라운 구두와 블랙 구두를 가지런히 모아서는 두 구두 중 블랙 구두를 민현의 발 앞으로 밀었다.

"이거 신어요."

"어? 어."

슬리퍼를 벗고 구두를 신는 그를 가만히 보던 연지가 자리에서 일어서며 웃음을 터뜨렸다.

"왜 웃어?"

순간 의문이 든 민현이 그녀에게 웃는 이유를 묻자 연지가 웃음을 멈추며 대답했다.

"꼭 신데렐라 같잖아요."

"네가?"

"아뇨, 당신이."

그녀의 검지가 민현의 구두를 가리켰다. 왕자가 신데렐라에게 꼭 맞는 구두를 신겨 주는 장면을 상상한 듯한 그녀를 향해 민현이 쓴웃음을 지었다.

"난 왕자지."

신데렐라는 너고. 말은 더럽게 안 듣지만.

그사이 현관문을 다시 연 연지가 그에게 고갯짓을 했다.

"알았으니까 그만 나오세요, 왕자님."

집을 나와 엘리베이터를 향해 걷는 연지의 등 뒤에서 민현이 복잡한 얼굴을 했다.

'근데 얜 또 왜 갑자기 파마를 한 것이며, 왜 계속 렌즈를 끼고 다니는 거지?'

어쩐지 어제보다 사이즈가 작아진 듯한 몸에 꼭 맞는 연지의 티셔츠도 민현의 눈에는 거슬렸다.

"야, 신연지."

뒤에서 민현이 연지의 어깨를 잡자 그녀가 움찔 몸을 떨었다.

파앗—

바로 몸을 돌려 그의 손을 쳐낸 연지의 두 눈이 민현을 경계했다.

"제 몸에 손대지 말아요."

"뭐?"

순간 민현의 눈살이 찌푸려졌다.

"어젯밤 장난은 그냥 눈감아 줄게요. 대신, 다신 그런 장난 치지 말아요."

장난?

물론 술에 취해 한 행동이기는 하나 나름 진지했는데 저렇게 장난으로 치부해 버리니 민현은 슬슬 화가 치밀어 올랐다. 길게 숨을 내뱉어 화를 억누른 민현의 얼굴에 서늘한 미소가 걸렸다.

"장난? 어제 무슨 일 있었나?"

그러자 연지의 얼굴에 당혹감이 서렸다.

"설마 기억 안 나요?"

"어."

이번엔 연지의 눈살이 찌푸려졌다.

기억도 안 나는 장난을 친 남자 때문에 자신은 어젯밤 내내……!!

"왜? 나 막 너한테 토했냐? 이상한 소리 했어? 설마 욕했냐? 때린 건 아니지?"

"토하고 이상한 소리 하고 욕하고 때린 것보다 더한 짓을 했지요."

그 순간 민현의 서늘한 미소가 더욱 짙어졌다.

"그래? 뭔데?"

"말하고 싶지 않아요."

입을 꾹 다물고 엘리베이터 앞에 선 연지가 버튼을 누르자 곧 엘리베이터가 도착했다. 그 안으로 쏙 들어간 연지가 민현을 빤히 보자 그도 말없이 올라탔다.

잠시 침묵이 흐르는 동안 옆쪽으로 고개를 돌린 민현의 눈에 풍성한 연지의 파마머리가 들어왔다. 물끄러미 그녀의 웨이브 진 머리카락을 바라보면서 그가 말했다.

"너 되게 안 어울려, 파마."

"미용실 언니들은 예쁘댔어요."

"그러면 지들이 한 머린데 안 예쁘다고 하겠냐?"

민현의 핀잔에 연지는 더 이상 당신과 대화하지 않겠다는 듯 입술을 꽉 다물고 고개를 돌렸다. 그런 그녀에게 민현이 또다시 뭔가 말하려는 순간 엘리베이터 문이 열렸다. 그 틈으로 잽싸게 내리는 연지의 뒤를 따라 걸으며 그가 말했다.

"그 머리는 당장 푸는 게 좋겠어. 네 머리 때문에 내가 정신이 없거든."

여러 가지 의미로.

조용한 주차장으로 들어선 연지가 그를 돌아보며 아랫입술을 깨물었다.

"저도 예뻐지고 싶단 말이에요."

그러니까 왜 갑자기 예뻐지고 싶단 생각이 들었냔 말이다.

2년 동안 괜찮다가 왜!

'설마……?'

순간 떠오른 생각에 민현이 눈썹을 찡그렸다.

"왜? 그 이혼남이 너보고 제발 좀 예뻐지래?"

다시 걸음을 옮겨 밴 앞으로 간 연지가 언짢은 얼굴로 그를 돌아보자 민현이 계속 말했다.

"네가 안 꾸며도 예쁘다고 해 주는 남자가 진짜 네 남자지."

"예쁘다고 해 줘도 더 예뻐지고 싶은 게 여자라구요."

밴 문을 신경질적으로 연 연지가 턱으로 밴을 가리키면서 말했다.

"얼른 타기나 해요. 늦겠어요."

그녀의 앞으로 성큼성큼 걸어간 민현이 차 문에 손을 올리면서 연지를 뚫어 버릴 듯 강렬하게 노려보았다. 그는 지금 이 상황이 너무 마음에 들지 않았다.

"내가 파마 안 한 게 낫다고 해도 안 풀 거야?"

"네."

조금의 망설임도 없는 연지의 즉답에 민현은 실망했다. 그리고 그녀의 다음 말에는 절망을 해야 했다.

"지찬 오빠가 안 어울린다고 하면 풀 거예요. 아마도 그런 말은 안 하겠지만."

허— 하는 짧은 숨이 민현의 입에서 토해졌다. 다음 순간 그는 울컥 화가 치민 듯 소리쳤다.

"너 그 이혼남 계속 만날 거야?"

"그 이혼남 소리 좀 안 할 수 없어요?"

불쾌하다는 듯 눈에 힘을 주는 연지의 단호한 태도에 민현은 긴 한숨을 내쉬었다.

'장지찬 그 자식은 나한테 유일하게 만질 수 있는 여자랑 결혼하라고 해 놓고 왜 지가 꼬시고 난리람?'

아오, 짜증나.

자신의 뒷머리를 벅벅 긁으며 민현이 신경질적으로 물었다.

"너 그 이혼…… 아니, 돌싱 좋아하냐?"

연지가 이혼남이라고 하지 말라니까 바로 돌싱으로 바꾸는 자신이 되게 작아 보였지만 참았다. 그가 던진 질문에 연지는 조금 주저하는 모습을 보였다.

"아직…… 잘 모르겠어요."

"몰라? 그럼 난?"

"네?"

"난 안 좋아해?"

그냥 막 신경질이 나서 생각 없이 무심코 던진 질문이었다. 그 순간 연지의 눈이 더 동그래졌다. 그녀의 눈을 마주하자 그의 심장이 쿵쿵쿵 빠르게 뛰기 시작했다.

'내가 지금 무슨 소릴 한 거람?'

그는 마른침을 삼키며 선고와도 같은 연지의 답변을 기다렸다. 곧 그녀의 입이 열리며 말이 흘러나왔다.

"네. 안 좋아하는데요?"

지찬은 잘 모르겠다고 했으면서 자신은 아니라고 단박에 부정하는 연지의 칼 같은 대응에 민현의 눈썹이 일그러졌다.

"2년 동안 단 하루 아니, 단 한 시간이라도 날 좋아한 적이 없다고?"

"네."

"어떻게 2년 동안 단 한 번도 날 안 좋아할 수 있지?"

너무나도 뻔뻔한 그의 반응에 연지는 헛웃음이 터졌다. 뭐 이런 남자가 다 있지?

"자신감이 너무 지나친 거 아니에요?"

"어떻게 날 안 좋아할 수 있지? 넌 날 좋아해야만 해."

단호한 민현의 어투에 연지는 이제 웃음도 안 나왔다. 민현의 황제병은 생각보다 심각한 것 같았다.

"왜요? 이 세상 모든 여자들이 당신을 좋아해야 되나요?"

"어."

"진짜 어디 아픈 거 아니에요? 병원 가서 상담 좀 받아 봐요."

'병원'이란 단어에 민현이 갑자기 생각난 듯 고개를 끄덕였다.

"어, 그래, 거기 병원 가자."

"거기……?"

"장지찬 병원."

생뚱맞은 그의 말에 연지가 의아한 표정을 지었다. 이 남자, 정말 아픈 게 틀림없다.

"거기 성형외관데요?"

마치 미쳤어요? 라고 묻는 듯한 그녀의 얼굴에 울화가 치민 민현이 비아냥거렸다.

"처음에 그 성형외과에 절 데려가신 게 그쪽이거든요?"

아무래도 그는 지금 자신의 몸과 마음의 상태에 대한 해답을 그곳에서 찾을 것 같은 예감이 들었다.

★☆★

"여길 또 오게 될 줄은 몰랐네요."

유명 브랜드의 트렌치코트를 입고 예의 그 필수 아이템인 선글라스를 낀 민현이 지찬의 건너편에 앉으며 말했다. 그를 향해 살며시 미소 지은 지찬이 대꾸했다.

"저도 또 오실 줄은 몰랐습니다."

두 남자가 서로를 바라보며 앉은 진료실 안에서 지찬은 민현의 다음 말을 기다리는 듯 보였지만 그는 입을 굳게 다물고만 있었다. 이러다가는 상담도 뭣도 안 될 것 같아서 지찬이 먼저 말을 꺼냈다.

"증상은 어때요? 똑같나요?"

"……."

"혹시 증상이 좀 나아졌나요? 아님, 그 반대?"

"……."

잠시 진료실 안에 침묵이 흘렀다. 하지만 그 침묵은 곧 민현의 목소리에 의해서 깨졌다.

"있잖아요, 이건 진짜 그냥 호기심에서 묻는 건데요."

"네. 말씀하세요."

"……어떤 증상이 어떤 특정한 사람을 보는 것만으로도 완화가 되는 경우가 있나요?"

민현은 며칠 전에 있었던 잡지 화보 촬영 날을 떠올렸다. 여자 모델과 손을 잡는 순간 또다시 증상이 시작되었다. 소름이 돋고 식은땀까지 흐르는 느낌이 들었다. 게다가 카메라 뒤에서 자신을 보고 있던 연지까지 보이지 않아서 짜증도 났다. 이대로 촬영은 힘들겠다 느낀 순간 연지를 발견했고 그러자 거짓말처럼 몸이 안정을 되찾아 갔다.

까만 선글라스로 눈을 가리고 있는 민현의 얼굴을 뚫어지게 바라보면서 지찬이 입을 열었다.

"여자기피증 증상이 그 유일하게 괜찮다는 여성분을 보는 것만으로도 완화가 되는 모양이군요?"

정확하게 찔러 오는 지찬의 예리함에 민현의 놀란 두 눈이 그를 보았다. 잠시 후 민현이 무거운 고개를 끄덕였다.

"맞아요. 그런 것 같아요."

"정말 특이한 경우네요. 흐음."

잠시 말을 멈추고 생각에 잠겼던 지찬이 이내 다시 말을 이었다.

"기피증은 일종의 심리적인 상처입니다. 트라우마나 충격에서 비롯되는 경우가 대다수죠. 혹시 그 충격을 받았던 때 그분이 곁에 계셨던 건 아닐까요? 그래서 큰 도움을 받았다거나……. 가령 알에서 깨어난 병아리가 맨 처음으로 오리를 보고 엄마라고 믿어 버리는 것처럼요. 아, 예가 이상한가요?"

"네. 이상합니다."

"그럼 죄송합니다. 잊어버리세요."

지찬의 빠른 대응에 민현은 피식 웃음이 났다. 그리고 다음 순간 그는 자리를 털고 일어섰다.

"스케줄이 있어서요, 이만 가 봐야 할 것 같습니다."

"오늘도 별로 도움이 되어 드리진 못한 것 같네요."

자신을 따라 일어서며 아쉬워하는 지찬에게 민현이 웃는 얼굴로 말했다.

"아니요. 큰 도움이 됐습니다."

"그래요?"

의아해하는 지찬을 보며 민현은 온화하게 웃었다. 여기까지 온 성과는 이 정도면 충분했다.

"적어도 한 가지는 확실해졌거든요."

나는 결국 그녀 없인 살 수 없을 거라는 사실.

06

"다시 가겠습니다."

촬영 감독의 목소리에 민현은 들고 있던 우유팩을 내려놓았다.

'이게 벌써 몇 번째야?'

CF 촬영이야 지겹도록 해 봤지만 몇 십 번이나 반복되는 촬영은 늘 괴롭다. 특히 먹는 제품일수록 더더욱. 게다가 유당 분해효소가 제로에 가까운 체질인데 우유 CF 촬영을 할 땐 더더더욱.

사내자식이 우유 좀 많이 마셨다고 속 안 좋다고 말하기도 쑥스럽고 그의 성격상 그걸 티 내는 타입도 아니었기에 민현은 그저 묵묵히 촬영에 임했다.

"그럼 점심 식사 하고 나머지 촬영 진행할게요."

이 말을 기다렸다는 듯 민현은 바로 대기실을 찾아 들어갔다. 그의 개인 대기실 중앙에 놓인 소파에 배를 잡고 누운 민현이 앓는 소리를 냈다. 민현을 따라 대기실 안으로 들어온 연지가 그 소리를 듣고는 안타까워했다.

"이제 우유 CF는 재계약 못하겠네요."

누가 듣기라도 할까 봐 대기실 문을 꼭 닫는 그녀를 보며 민현이 정색을 했다.

"왜?"

"유제품 소화 못하는 유당불내증이잖아요, 민현 씨가."

"아니거든?"

"지금 속이 부글부글 끓는 것 같은 표정인데?"

바로 곁에서 지내 온 지 자그마치 2년이다. 민현이 우유 CF를 찍을 때마다 유난히 컨디션이 나쁜 것도 자주 배를 쓰다듬는 것도 연지는 다 알고 있었다. 게다가 오늘은 NG도 많이 났으니 민현의 속이 말이 아닐 것이다.

그래도 끝까지 자기는 유당불내증이 아니라고 우기는 민현에게 연지가 어이없어하며 말했다.

"그럼 점심 먹을 수 있죠? 뭐 먹을래요?"

"……밥 생각 없어."

"거봐요. 유당불내증 맞네, 뭐."

눈에 힘을 줘서 부릅뜨는 그에게 연지가 혀를 끌끌 찼다.

"민현 씨 은근 병 많은 거 알아요? 여자기피증, 유당불내증, 성격 파탄증, 싸가지 없증, 독하증……."

"야, 뒤로 갈수록 병이 굉장히 네 주관적이다?"

들켰다. 순간 뜨끔한 연지가 다시 대기실 문을 열고 나갈 태세를 취한 후 민현을 돌아보며 말했다.

"그럼 전 점심 먹고 올게요."

"그래라."

왠지 쉽게 안 떨어지는 발을 억지로 뗀 연지는 지찬과의 점심 약속을 위해 걸음을 옮겼다.

"지찬 오빠."

병원 앞에서 자신에게 다가오는 연지를 보자마자 지찬은 환하게 웃었다.

"파마, 보면 볼수록 예쁘다."

"정말? 고마워."

옛날부터 지찬은 유독 칭찬이 자연스러운 남자였다. 그의 칭찬을 들은 연지의 얼굴에 수줍은 미소가 걸렸다.

지찬 오빠라면 저렇게 말해 줄 줄 알았다. 괴팍한 민현과 달리 상냥한 남자니까.

"근처에 괜찮은 이탈리안 레스토랑 있어. 거기로 가자."

지찬에게 안내받아 가게 된 레스토랑은 천장이 높고 고급스러운 분위기를 풍겼다. 낯선 분위기에 연지의 눈이 자꾸만 주위를 힐끔거렸다. 그러는 사이 지찬이 그녀가 앉을 의자를 뒤로 빼 주며 말했다.

"앉으시죠, 공주님."

그 말에 연지의 볼이 붉어졌다.

"어우, 공주님은 무슨."

말은 그렇게 했지만 연지는 솔직히 기분이 좋았다. 그 마음을 대신하듯 그녀의 입술이 샐룩거렸다. 작게 미소 지은 연지가 의자에 앉자 지찬은 그녀의 반대편에 앉았다.

"뭐 먹을래?"

"맛있는 거 아무거나 시켜 줘."

"그래."

그녀의 말에 지찬이 웃는 얼굴로 대답했다. 음식을 시키는 지찬을 빤히 보면서 연지는 콩닥거리는 가슴을 느꼈다. 남자와―그것도 멋있는― 단둘이 식사를 해 본 적이 언젠지 까마득했다. 매일 우민현과 다투고 싸우고 우민현을 어르고 달래고 우민현과 관련된 사람들하고만 식사를 해 온 지 어언 2년. 이렇게 콩닥거리는 심장을 느끼며 밥을 먹는 건 상당히 오랜만이었다.

"많이 못 먹네?"

밥을 먹으면서 연지를 살피던 지찬이 하는 말에 그녀가 들고 있던 포크를 멈추었다.

"음? 아닌데? 많이 먹고 있어."

솔직히 연지는 지금 입맛이 좀 없었다.

'긴장해서 그런가?'

그녀의 두 눈동자가 자신의 반대편에 앉아 있는 지찬에게로 향했다. 깔끔한 외모에 어울리는 검정 뿔테 안경 너머 새까만 눈동자와 마주치자 연지의 얼굴에 절로 미소가 피어났다. 그녀의 웃는 얼굴을 보며 지찬이 물었다.

"일은 안 힘들어?"

"별로 안 힘들어."

"여자가 하기엔 힘든 일이잖아. 아닌가?"

어릴 적 연지는 지찬의 부드러운 목소리와 어투를 꽤 좋아했었다. 지금도 여전한 그의 목소리에 그녀는 설레는 기분이 들었다.

"우민현 성격만 받아주면 어려운 일은 없어. 성격이 진짜 괴팍하거든."

"그래?"

"어. 그리고 남의 말도 진짜 안 들어. 어쩌다 내 말만, 아주 가끔 들어주지."

"그렇구나."

온화한 얼굴을 한 지찬이 계속 맞장구를 쳐 주었기에 연지는 신이 나서 계속 말했다.

"은근히 애 같아서 손도 많이 가고 가끔가다 이상한 심술도 부리지만, 내가 누구야? 이 인간 천사 신연지가 다 받아 주고 있지. 이제 우민현도 나만한 매니저 찾기 힘들걸? 음하하."

화통하게 웃음을 터뜨린 연지가 갑자기 웃음을 멈추고는 지찬을 향해 상체를 숙였다. 주위를 힐끔 둘러본 그녀가 목소리를 낮추며 말했다.

"아, 나 지금 우민현 욕 엄청 했다, 그지?"

별 대답 없이 지찬이 미소 짓자 그녀가 자신의 입 앞으로 검지를 세워 보였다.

"우민현한텐 비밀이야, 알았지?"

지찬은 잠시 아무 말 않고 있다가 그녀와 마찬가지로 상체를 숙이며 나직하게 말했다.

"네가 내일도 나랑 같이 점심을 먹어 준다면, 비밀로 해 주지."

"어? 그래. 그거 뭐 어려운 거라고."

연지는 사람 기분 좋아지는 환한 미소를 지으며 조금의 망설임도 없이 대답했다.

"알았어."

"저 왔어요."

대기실 문을 열고 급하게 들어오는 연지를 본 민현이 눈썹을 확 구겼다.

"왜 이제 와? 식당에서 밥상 치우고 설거지까지 하고 왔냐?"

자리에서 일어나 스트레칭을 하고 있던 민현의 투덜거림에 연지는 피식 웃어 버리며 그에게 물었다.

"속은 이제 괜찮아요?"

"어. 괜찮아."

자신의 배를 슥슥 만지는 그에게 연지가 다가섰다. 둘의 거리가 가까워진 순간,

꼬르륵—

고요한 대기실 안에 이 소리가 울려 퍼졌다. 당황한 민현이 만지고 있던 자신의 배를 툭툭 때리면서 말했다.

"야, 이거 내 배에서 난 소리 아니다. 진짜다."

억울하다는 표정을 짓고 있는 민현을 향해 연지가 바로 고개를 끄덕였다.

"알아요."

그 소리는 연지의 배에서 난 소리였기 때문이다. 이에 민현이 눈썹을 가운데로 모으며 의아해했다.

"너 밥 먹고 왔잖아?"

"먹고 왔는데도 배고파요."

사실은 입맛이 없어서 많이 먹질 못한 탓이다. 오늘은 정말 이상하게 입맛이 없었다. 그걸 알 리 없는 민현이 툭 던지듯 말했다.

"돼지냐?"

"뭐예요? 그게 여자한테 할 소리예요? 언어순화 좀 못해요?"

방금까지 지찬에게서 예쁜 말들만 들어온 연지가 볼멘소리를 내자 민현이 눈동자를 굴렸다.

'언어순화? 말을 순화해서?'

어떻게 하는 거지?

순간 당황했지만 그래도 민현은 자신 나름대로 최대한 말을 예쁘게 해 보았다.

"꽃돼지냐?"

"그게 순화한 거예요?"

"그럼…… 꿀꿀이?"

"아, 그냥 그만해요."

아, 정말 머리부터 발끝까지 지찬 오빠랑은 판이하게 다르구만.

입을 삐죽거리는 연지를 의아해하며 민현은 대기실 문을 향해 걸어갔다. 촬영시간이 다 됐던 것이다. 문손잡이를 잡은 그가 문을 열며 그녀를 향해 말했다.

"촬영 끝나면 밥이나 먹으러 가자."

"그러죠, 뭐."

고개를 끄덕이는 연지를 보는 민현의 심장이 쿵쿵쿵 빠르게 뛰기 시작했다.

참나. 연지랑 단둘이 밥 먹는 일은 자주 있는 일인데, 뭘 새삼스럽게 두근거리고 난리람.

괜스레 뒷목을 긁적이는 민현에게 연지가 말했다.

"남은 촬영도 힘내요."

아, 맞다.

그전에 또다시 유당 분해요소가 없는 내 몸에 우유를 들이 부어 주는 게 먼저겠지만.

★☆☆

"뭐 먹을래요? 피자? 스파게티?"

밴의 운전석에 올라탄 연지가 뒷좌석에 널브러져 있는 민현을 돌아보며 물었다. 우유를 열 팩 가까이 마셔서 컨디션이 말이 아닌 그가 고개를 돌려 그녀를 노려보았다.

"시비 거나?"

"평소에 좋아하는 것들이잖아요. 전혀 아무것도 못 먹겠어요?"

부드럽게 차를 출발시킨 연지가 전방을 주시하면서 계속 말했다.

"그래도 밥은 먹어야죠. 뭐 먹고 싶은 거 없어요?"

"……있어."

연지가 룸미러로 힘없이 누워 있는 민현을 힐끔 보았다. 그의 마른 얼굴이 마음에 걸렸다.

"뭔데요?"

"오랜만에 집 밥 먹고 싶어."

"집 밥?"

"왜 그런 거 있잖아, 김치 넣은 찌개라든가 김치로 만든 찌개라든가 김치가 주를 이룬 찌개라든가 김치가 많은 찌개라든가 김치……."

"알았어요. 결국 김치찌개가 먹고 싶단 거잖아요?"

누운 채로 민현이 고개를 틀어 연지를 올려다보았다. 그가 눈을 크게 떴다.

"똑똑하다, 너?"

이에 코로 피식 웃음을 터뜨린 연지가 말했다.

"일단 집으로 돌아갈게요."

"김치찌개 먹고 싶다니까?"

"그러니까 집으로 가자구요, 김치찌개는 제가 끓여 줄게요."

순간 민현의 눈이 더 커졌다. 그리고 그의 입이 절로 벌어졌다.

"뭐?"

방금 자신이 들은 말을 믿을 수 없다는 듯 민현이 자리에서 벌떡 일어나 앉았다.

"너 지금 뭐랬냐?"

"못 들었어요? 제가 직접 손수 끓여 주겠다고요."

자신이 정확하게 들은 거였다. 내심 놀란 민현이 입을 멈췄다. 그사이 익숙한 그의 집으로 차를 몰면서 연지는 피식 웃었다.

"그러고 보니 요리는 처음 해 주는 거네요. 아아, 진짜 이런 매니저가 어디 있어요? 아마 세계 어디에도 나 같은 매니저는 없을 거야."

"응. 맞아."

자신의 농담 섞인 말을 저렇게 깔끔하게 수긍해 버리다니,
연지는 순간 놀라 급브레이크를 밟을 뻔했다.

"네?"

연지의 커진 두 눈이 룸미러에 비친 민현을 향하자 그가 씨
익 웃는다.

"요리 처음 해 주는 거 맞다고."

그럼 그렇지.

그가 자신을 칭찬하는 줄로 오해했던 연지는 얼굴이 화끈거
리는 걸 느꼈다. 당황한 그녀의 얼굴이 재밌다는 듯 민현은 옅
은 미소를 지었다.

"다 왔으니까 내려요."

빠르게 말을 던진 연지가 먼저 민현의 집으로 올라갔다. 그
녀의 뒤를 싱글거리는 얼굴로 민현이 따라갔다. 우유를 들이
부은 배 속에서는 장기들끼리 전쟁이라도 난 듯 부글부글 끓
고 난리가 났건만, 민현의 얼굴에서는 미소가 떠나지 않았다.

"어때요? 맛있어요? 짜진 않아요? 혹시 맵나? 싱겁진 않
죠?"

식탁에 앉은 민현의 앞에 한 시간이나 걸려 만든 김치찌개
를 놓은 연지가 래퍼처럼 빠르게 물었다. 그녀를 힐끔 보고 숟
가락을 든 민현이 냄비 안으로 그것을 넣으며 대답했다.

"짜고 매워. 게다가 싱거워."

"왜 먹지도 않고 그런 말을 해요?"

"그러는 너는 왜 먹지도 않은 사람한테 그런 걸 묻냐?"

"알았어요. 얼른 먹어 봐요."

연지를 조용히 시킨 후 민현은 여유롭게 찌개를 한술 떴다. 그리고 그것을 입안으로 넣었다.

"이야, 너 진짜, 이건……."

눈을 초롱초롱 빛내며 자신을 보고 있는 연지를 향해 민현이 눈을 가늘게 떴다.

"김치탕이냐, 김치국이냐, 김치물이냐?"

"그렇게 아무 맛도 안 나요?"

"생김치 맛이 난다. 넌 한 시간 동안 대체 뭘 한 거야?"

"이상하다. 우리 아빠는 매번 맛있다고 칭찬해 주시는데……."

"넌 대체 아버님께 무슨 짓을 하는 거야? 그것도 엄연한 불효다, 너."

시무룩해진 연지가 두 손으로 냄비 손잡이를 다시 잡았다.

"다시 끓여 올게요."

탁—

냄비 안으로 숟가락을 소리 나게 집어넣은 민현이 퉁명스럽게 말했다.

"그냥 먹을게, 이 김치물."

"아니에요. 제가 좀 더……."

"난 이미 널 한 시간이나 기다려서 지금 이사 직전이야. 어차피 가져가 봐야 라면 스프나 조미료밖에 더 넣어? 그냥 먹자, 좀."

결국 연지는 두 손을 놓고 그의 반대편 의자에 앉았다.

"저 싸가지……."

연지의 중얼거림을 들은 민현이 눈을 날카롭게 치떴지만, 그녀는 그것을 가볍게 무시했다. 자신이 만든 김치찌개를 떠서 입에 넣은 연지가 민현을 새치름하게 노려보았다.

"맛있기만 하구만."

숟가락을 든 채 맛있게 먹으면서 투덜대는 그녀를 물끄러미 보던 민현 역시 다시 손을 움직였다.

확실히 밍밍한 맛이었지만 못 먹을 정도는 아니었다. 한두 번 떠먹기 시작한 민현의 손은 그 뒤로도 멈출 줄을 몰랐다.

잠시 후 먼저 식사를 마친 연지가 자리에서 일어서자 민현의 시선이 따라 올라왔다. 그가 빠르게 물었다.

"집에 가려고?"

"네, 가야죠."

"그럼 다림질 좀 하고 가."

순간 연지의 미간이 구겨졌다. 잠시 고민하던 그녀가 한 손을 올려 자신의 어깨를 퉁퉁 치며 말했다.

"내일 하면 안 될까요? 저 오늘 좀 피곤해서요. 졸리기도 하고."

"그러니까 빨리 하고 가면 되잖아."

"이봐요, 우민현 씨."

눈을 모나게 뜨고 민현을 노려보다가 제풀에 지친 연지가 거실로 나가 버렸다. 그 모습을 지켜보며 민현이 씨익 웃었다.

자신도 얼른 남은 식사를 마치고 거실로 나간 민현의 눈에 셔츠를 손에 들고 꾸벅꾸벅 졸고 있는 연지가 보였다.

'진짜 피곤했나 보네.'

말없이 그녀의 옆으로 간 민현이 조심스럽게 앉으며 연지의 손에서 셔츠를 빼냈다.

'내가 다림질해야 하나? 다림질은 정말 귀찮은……'

슥—

생각에 잠겨 있던 그의 어깨로 연지의 머리가 툭 하고 떨어졌다.

"!"

순간 놀라 커진 그의 두 눈이 자신의 어깨에 기댄 연지의 작은 얼굴을 쳐다보았다. 그녀의 작고 단아한 이목구비에 시선을 뺏겨 멍하니 보고 있던 민현이 그 얼굴을 향해 자신의 얼굴을 가져갔다.

'뭐지? 나 지금 뭐하는 거지?'

순간 의문이 들었지만 멈출 생각은 없었다. 연지의 핑크빛 입술 앞에서 잠깐 행동을 멈춘 민현이 마른침을 꿀꺽 삼켰다.

'지금이다. 지금 그냥 고개를 뒤로 빼면 아무 일도 일어나지 않을 것이다. 내가 대체 언제부터 잠든 여자에게 키스를 하는 파렴치한이 됐단 말이냐.'

이성을 찾고 서서히 고개를 뒤로 빼는 민현의 눈동자가 흔들렸다. 그녀의 입술이 그의 시선을 옭아맸다.

'그런데도 도대체 나는 왜…….'

다음 순간 민현의 붉은빛을 띤 입술이 빠르게 연지의 입술에 닿았다. 순식간에 벌어진 일이었다. 생각을 더할 틈도 없이 민현은 본능적으로 일을 저질렀고 이내 망연자실했다.

'나 뭐지……?'

그럼에도, 자신이 이해가 되지 않는 상황임에도, 민현은 쉬이 입술을 떼지 못했다.

'나 왜 이러지?'

심장이 세차게 뛰어 대고 숨이 가빠 왔지만 이건 분명 여자 기피증과는 다른 증상이었다. 천천히 연지에게서 입술을 뗀 민현이 한 손을 올려 마른세수를 했다.

"나 설마……."

그가 작게 중얼거린 후 고개를 돌려 다시 연지의 말간 얼굴을 바라보았다.

'신연지를 좋아하나? 그것도 상당히?'

"엇!"

움찔하며 잠에서 깬 연지가 어두컴컴해진 거실 안을 휙휙
둘러보았다. 자신은 아까처럼 소파 밑에 앉은 채 잠이 든 것이
었고 꺼내 두었던 다리미도 옆에 그대로 있었다.

더듬더듬 소파를 잡고 연지가 일어서는 순간 욕실 문이 열
리고 목욕 가운을 입은 민현이 나타났다. 그의 여유로운 모습
에 그녀는 어이가 없었다.

"저 바닥에서 졸고 있는 거 못 봤어요?"

"봤어."

그가 덤덤하게 대답하자 연지의 눈썹이 꿈틀했다. 그녀의
상식으로는 도저히 이해가 안 되는 상황이었다.

"찬 바닥에서 여자가 졸고 있는데도 그냥 씻으러 들어간 거

예요? 깨우든가 하다못해 소파에라도 눕혀야지, 어떻게 된 사
람이…….”

“너보단 내가 더 큰일인지라.”

“큰일?”

그러나 연지가 본 민현의 모습은 전혀 큰일 난 사람 같지가
않았다. 고작 샤워하는 게 큰일이란 말인가?

“저 갈게요.”

마음이 상한 연지는 그대로 몸을 돌려 현관문을 향해 걸어
갔다.

덥석—

그러나 연지의 몸은 민현이 잡은 팔 때문에 더는 움직일 수
없었다. 민현이 그녀의 몸을 빙글 돌려 자신의 앞에 세우며 물
었다.

“너 내일 스케줄이 어떻게 되지?”

“저요? 당신이 아니라?”

되묻는 연지의 눈이 동그래졌다. 고개를 끄덕이는 민현을
보는 그녀의 눈에 의아함이 서렸다.

“당신 스케줄이 제 스케줄이죠, 뭐. 근데 내일은 스케줄이
없는 날이니 사무실로 출근할 예정이에요, 전.”

“그래? 그럼 나 영화 볼래. 예약해 줘.”

“영화요?”

“응. 로맨틱 코미디나 멜로로. 최대한 이른 시간으로 2장.”

그가 하는 말을 들을수록 연지의 표정은 복잡해졌다.

영화. 멜로. 2장.

더 생각할 것도 없이 연지가 낮게 물었다.

"데이트해요, 내일?"

"어."

바로 순순히 고개를 끄덕이는 민현을 향해 그녀가 미간을 좁혔다.

"누구랑요? 여자기피증 나았어요? 그런 말 없었잖아요. 나아서 여자 만나려는 거라면 축하해야 할 일이지만, 일단 스캔들도 조심해야 하고 또 어떤 여잔지도 제가 미리 알아봐야……."

"풋."

그녀가 쉴 새 없이 쏟아 내고 있는 말들을 듣다가 웃음이 터진 민현이 입가를 슬쩍 가렸다. 말을 멈춘 그녀가 의아한 시선을 보내자 그가 말했다.

"기피증은 아직 안 나았어. 아직도 심각해."

"그런데 어떻게 데이트를 해요?"

"할 수 있어. 할 수 있단 걸 보여 줄 테니까 내일 아침에 우리 집으로 출근이나 하셔."

그녀를 두고 민현은 돌아섰다. 돌아선 그의 얼굴이 진지해졌다.

머리를 식히느라 샤워를 하면서 생각해 봤지만 결론은 같았다.

자신은 신연지가 좋았다. 그것도 상당히.

★ ☆ ★

사람들 눈에 띌까 밴 대신 민현의 개인 차를 몰고 온 연지가 주차를 하고선 주위를 살폈다. 아침 8시도 안 된 이른 시간이라 영화관에 사람은 적은 편이었다. 그녀가 어깨를 틀어 차에서 내리는 민현을 돌아보았다. 그는 태연한 얼굴로 선글라스를 고쳐 쓰고 있었다.

"가자."

"미쳤어요?"

민현의 팔을 덥석 잡아 그의 걸음을 저지한 연지가 자신의 목에서 검정 머플러를 풀었다.

"아무리 모자 쓰고 선글라스 껴도 우민현인 거 다 알겠거든요? 목에 이거 둘러서 그 날씬한 턱 좀 가려요."

그녀에게서 머플러를 받아 든 민현이 피식 웃음을 터뜨렸다. 그가 자신의 목에 그것을 두르면서 말했다.

"근데 이거 냄새나는 것 같은데, 언제 빤 거야?"

"선물 받아서 오늘 처음 두른 거거든요?"

"누구한테 선물 받았는데? 좀 센스 없는 사람인가 봐? 머플러 색이 구려서 다시 풀고 싶을 정도야."

"계속 그럴 거면 그냥 내놔요."

울컥한 연지가 두 손을 뻗자 머플러 끝을 묶어서 단단히 동여맨 민현이 뒤로 몇 발자국 물러섰다.

"누가 준 건데 그래? 설마 남자가 줬냐? 그 이혼남 아니, 돌싱이?"

연지의 대답에 따라 다시 머플러를 풀 수도 있다는 듯이 민현은 머플러 끝을 잡고 다시 물었다.

"이 구린 거 누가 선물해 줬냐니까?"

그런 그를 노려보며 연지가 대답했다.

"우리 엄마한테 다 일러 줄 거예요."

"컥—"

너무 놀라 헛숨을 삼킨 민현이 머플러에서 손을 놓고 머쓱해했다.

"어머님이 사 주신 거야? 어쩐지 고풍스럽더라."

"이미 늦었어요. 우리 엄마 성격이라면 오늘 당장 당신 안티 사이트에 가입해서 주요 멤버로 활동하실걸요? 안티 블로그를 만드실지도 몰라요."

말을 마친 연지는 빠르게 영화관으로 걸음을 옮겼다. 그런 연지를 뒤따르며 민현이 말했다.

"다시 보니까 진짜 약간 럭셔리한 느낌도 나고 엔티크적이면서도 멋이 있는 것 같아. 어머님 센스 진짜 좋으시다."

별 대꾸 없이 영화관에 도착한 연지가 민현을 구석에 세워 두며 주위를 살폈다.

"자꾸 움직여 봐야 사람들 시선밖에 더 끌어요? 키도 큰 사람이. 그냥 여기 서 있어요. 제가 티켓 가져올게요. 영화 같이 본다는 그분한테는 아직 연락 없어요?"

대답 없이 민현은 어깨만 으쓱했다. 다시 한 번 주위를 살핀 연지가 무인 티켓 발매기로 가자 민현은 머플러 속으로 얼굴을 쏙 집어넣었다. 머플러 위로 눈만 빠끔히 내놓은 그의 시선에 무인 발매기로 가면서도 계속 주변을 경계하고 있는 연지의 행동이 들어왔다.

"풋."

순간 웃음이 터졌다.

"저 행동 때문에 더 눈에 띄겠네."

가려진 민현의 얼굴에 옅은 미소가 걸렸다. 그녀의 행동이 그의 눈에는 사랑스럽게만 보였다.

잠시 후 빠른 걸음으로 그에게 돌아온 연지가 주변을 휙휙 둘러보며 물었다.

"그분은 아직 안 왔어요? 데이트할 거라는 여자분."

"너의 그런 행동이 사람들의 시선을 더 끌 거라는 생각은 안 해 봤냐?"

"네?"

연지가 멈칫하며 행동을 멈추자 민현의 손이 뻗어져 그녀의 정수리를 잡았다. 그녀의 머리를 자신 쪽으로 돌리며 그가 말했다.

"둘러보지 마. 그냥 나만 봐."

주변을 둘러봐서 괜히 시선 끌지 말고 자연스럽게 행동하라는 의미임을 모르지 않건만 연지는 콩콩콩 빠르게 뛰기 시작한 심장을 느꼈다.

'내가 왜 이러지?'

이상하네. 연지의 얼굴이 딱딱하게 굳어 갔다. 그녀의 굳어진 얼굴에서 시선을 거둔 민현이 주머니에 양손을 집어넣으며 말했다.

"영화나 보러 들어가자."

앞장서서 걷는 민현을 따라 걸으며 연지는 의문 서린 표정을 지었다. 그녀가 낮게 물었다.

"그 여자분은요?"

"못 온대."

"네? 왜요?"

"몰라."

다음 순간 민현은 걸음을 멈추고 연지에게로 돌아서서 머플러를 살짝 내렸다.

"혼자 영화 보는 거 싫어. 그러니까 얌전히 따라 들어와."

졸지에 민현과 단둘이 영화를 보게 된 연지는 어리둥절해하며 뒷머리를 긁었다. 곤란해하는 표정의 그녀에게 민현이 말했다.

"영화관 안에서 누가 사진이라도 찍으면 네 그 튼실한 어깨로 막아야 할 거 아니야?"

"그렇긴 하지만……."

여전히 복잡한 얼굴을 하고 있는 연지의 팔을 민현이 덥석 잡아끌었다.

"영화 시작하겠다. 들어가자."

영화가 시작되기 직전 영화관 뒤쪽에 자리를 잡은 민현은 자신의 옆에 앉은 연지의 옆얼굴을 물끄러미 바라보았다. 길고 가느다란 속눈썹에 큰 눈, 작은 코를 따라 내린 시선이 그녀의 도톰한 입술에서 멈췄다. 그때 연지가 고개를 돌려 민현을 보았고 그는 헛기침을 하며 얼굴을 돌렸다.

"저기, 미리 말씀드릴 게 있는데요."

갑자기 연지가 이렇게 서두를 꺼내자 그의 얼굴이 다시 돌아갔다.

"뭔데?"

"이 영화가 사실은……."

굳은 표정의 연지가 거기까지 말한 순간 영화가 시작되었다.

영화는 첫 장면부터 범상치 않은 기운을 풍겼다. 남자 배우의 근육질 등이 보이고 여자 배우의 신음 소리가 들린 순간, 민현은 이 영화가 최근 노출과 격렬한 정사씬으로 화제가 되고 있는 작품이라는 걸 깨달았다.

'영화 제목부터 확인할걸.'

후회가 물밀듯이 몰려왔다. 차마 화면을 제대로 쳐다보지도 못하고 민현은 손을 들어 이마를 감쌌다.

'신연지 얘는 대체 무슨 생각으로……!'

시선은 가려도 소리는 미처 못 막아서 남녀 배우의 신음 소리가 민현의 얼굴을 벌겋게 만들었다.

'나에겐 나름 기념적인 첫 데이트인데, 이게 뭐야?'

한편 연지는 더 죽을 맛이었다. 민현이 오랜만에 하는 데이트였고 그 여자분과 좋은 분위기를 형성했으면 하는 바람에서 19금 영화를 예약한 것인데, 이렇게 첫 장면부터 야할 줄은 정말 몰랐다. 게다가 이 영화를 자신과 보게 될 줄은 정말, 정말 몰랐다.

어느 누가 연예인과 매니저가 나란히 앉아 19금 영화를 볼 줄 상상이나 했겠는가?

연지는 고개를 숙인 채 달아오른 얼굴을 두 손으로 감쌌다.

'나가고 싶다.'

그런데 지금 나가면 내 연예인이 홀로 남아서 19금 영화를 혼자 본다. 그건 도저히 매니저로서 용납이 안 됐다.

그 때, 어둠 속에서 어떤 손이 와서 연지의 손을 덥석 잡았다. 그 바람에 연지의 몸이 움찔했다.

"너, 따라 나와."

익숙하게 살벌한 목소리는 분명 민현의 것이었다. 그에게 이끌려 영화관을 나온 연지가 고개를 팍 숙였다.

"미안해요. 전 진짜 이렇게까지 야, 야할 줄은 몰랐어요."

"나 엿 먹이려고 그랬냐?"

순간 억울해진 연지가 고개를 급히 들었다. 그리고 민현의 붉어진 광대를 발견했다. 그녀의 시선에 민현은 급하게 선글라스를 찾아 꼈고 잠시 벗어 두었던 모자도 다시 꺼내 썼다.

"첫 데이트부터 저런 영화를 보는 사람이 대체 어디 있어?

너 일부러 그랬지?"

"그런 건 진짜 아니에요. 전 단지 두 분이 더 가까워지시라고……."

"가까워져? 삽시간에 멀어지겠다. 지금도 너랑 날 봐, 얼마나 떨어져 있는지."

정말 민현과 연지의 거리는 1미터 정도 떨어져 있었다. 평소엔 당연한 듯 민현의 옆에 바로 붙어 있었던 연지였지만, 지금은 왠지 가까이 할 수가 없었다. 연지가 주위 눈치를 보면서 말했다.

"일단 나가요. 차 타서 얘기해요."

영화관을 빠져나온 두 사람은 나란히 주차장으로 향했다. 민현의 차에 몸을 실은 두 사람 사이에 묘한 침묵이 흘렀다. 잠시 후 연지가 차를 출발시키면서 조심스럽게 침묵을 깼다.

"집으로 갈까요?"

"아니. 도무건설로 가. 가깝잖아. 오랜만에 부모님 얼굴 좀 봐야겠어."

그 순간 연지의 눈이 힐끔 자신의 연예인을 향했다.

"그럼 그건 개인 스케줄인 거네요? 저 안 따라가도 되죠?"

"무슨 소리야? 거기서 접근하려는 비서나 여직원들 막아 줘야지."

자신과 같이 안 가려는 연지의 행동에 민현이 정색을 했지만 그녀는 코웃음만 칠 뿐이었다.

"참나, 부모님 회사 한두 번 가요? 새삼스럽게 누가 우민현을 함부로 건드려요? 그리고 저 약속도 있단 말이에요."

"약속? 누구랑?"

그 사이 어느새 차는 도무건설 회사 앞에 도착했다. 차를 세운 연지가 벨트를 풀며 대답했다.

"지찬 오빠랑요."

"뭐?"

대답을 마친 그녀는 바로 차문을 열고 내려버렸고 다급해진 민현도 그녀를 따라 차에서 내렸다.

"내일은 사무실로 출근하니까 시나리오 몇 개 챙겨서 저녁에 집으로 갈게요. 그때까지 푹 쉬어요."

빠르게 자기 할 말만 던지고 가는 연지를 민현이 급하게 불렀다.

"야, 신연지!"

"왜요?"

귀찮다는 듯 연지가 어깨를 틀어 그를 돌아보았다. 민현이 목에 두른 머플러를 풀며 그녀에게 말했다.

"머플러 가져가야지."

"아아. 네."

연지가 다시 성큼성큼 그를 향해 걸어왔다. 다가오는 그녀를 보며 민현은 머플러를 앞으로 내밀었다. 자신의 손에서 머플러를 받아 드는 그녀의 팔목을 잽싸게 잡아챈 민현이 낮게 속삭였다.

"가지 마."

장지찬을 만나겠다고? 못 보낸다. 아니 안 보낸다. 내가 안 보낼 거다.

"네?"

갑작스런 그의 행동에 연지의 눈이 화등잔만 하게 커졌다. 민현이 쓰고 있던 선글라스를 벗으며 다시 한 번 말했다.

"가지 말라고."

"왜 이래요, 진짜?"

"경고했다."

모자 아래로 형형히 빛나는 민현의 눈빛은 살벌했고 낯설었다. 그렇지만 그 눈빛이 지찬과의 약속을 깨야 할 이유는 되지 못했다.

"조심히 들어가요."

연지는 냉정히 돌아섰고 민현의 입가에는 비릿한 웃음이 걸렸다.

"난 분명히 경고했다……?"

작게 중얼거린 그가 천천히 손을 들어 쓰고 있던 모자를 벗고 고개를 들자 지나가던 여자들의 비명에 가까운 감탄사가 들려왔다.

"꺄악! 저거 우민현 아니야?"

"어머? 우민현인데?"

"꺄— 우민현, 우민현!"

길거리를 지나가던 여자들이 순식간에 민현에게로 달려들었다. 그녀들은 민현의 팔을 잡으며 자신들의 몸을 부딪쳐 왔다.

예상한 일이었지만 막상 소름이 돋는 순간 민현은 정신이 아찔해졌다.

"잠시만요!"

우렁찬 연지의 목소리가 그녀들 사이를 파고들었다. 여자들을 헤치고 안으로 들어온 연지가 그녀들의 손을 떼어 내면서 민현의 몸을 보호했다.

"죄송하지만, 다들 뒤로 물러서 주세요. 계속 이러시면 위험합니다."

우민현이.

연지는 민현의 팔을 잡아 다시 차에 태웠다. 얼굴이 허옇게 질린 민현을 확인한 그녀의 입에서 큰 한숨이 터져 나왔다. 바로 운전석에 올라탄 연지가 급하게 차를 출발시켰다.

"무슨 생각으로 모자까지 벗었어요? 사람들 달려들 거 뻔히 알면서!"

화를 내는 연지를 쳐다보지도 않고 민현은 고개를 창밖으로 돌렸다. 그의 컨디션은 그 잠깐 사이에 엉망이 되어 있었다.

"……그러게. 왜 그랬을까……."

"지금 장난해요? 순식간에 컨디션도 안 좋아지면서 왜 그런 장난을 하냐고요!"

"……너, 약속은?"

"지금 약속이 문제예요? 일단 집으로 이동할게요. 집이 제일 편하죠?"

"……응."

연지는 모자까지 벗어서 사람들을 몰려들게 한 민현의 행동을 이해할 수 없었지만, 그보다 민현의 얼굴빛이 너무 안 좋아서 더는 따질 엄두도 내지 못했다. 아무래도 자신은 민현이 아픈 게 이 세상에서 제일 싫은 모양이다. 우민현의 하얗게 질린 얼굴을 볼 때마다 심장이 쿵하고 떨어지니 말이다.

"연지야."

차 안에서 민현이 조용히 그녀를 불렀다. 연지가 짧게 대답하자 그가 다시 낮은 목소리를 보냈다.

"장지찬 의사를 또 만나야겠어."

갑작스런 그의 말에 연지가 놀란 얼굴로 고개를 돌렸다. 그가 창밖을 보고 있어서 그의 표정까지는 그녀에게 보이지 않았다.

"지찬 오빠를요? 왜요? 상담 효과가 좀 있었어요? 방금 보니까 나아진 건 전혀 없던데……."

"응. 그래서 마지막으로 가 보려고. 예약은 바로 내일로 잡아 줘."

"네."

아무래도 장지찬을 다시 만나 담판을 지어야겠다.

신연지는 내가 결혼할 수 있는 유일한 여자이니, 좋은 말로 할 때 꺼지라고.

"아! 그리고……."

창밖에 뒀던 시선을 돌린 민현이 연지의 옆얼굴을 향해 이어 말했다.

"내일 병원은 나 혼자 간다."

★☆★

"단도직입적으로 말씀드리겠습니다."

필수 아이템인 선글라스를 손가락 하나로 추켜올리며 민현이 거만하게 말했다.

"전에 제가 말한 적 있죠? 유일하게 안을 수 있는 여자가 있다고."

"네."

"그리고 그 여자를 보는 것만으로도 증상이 완화가 된다고도 말했었고."

"네. 그러셨죠."

선글라스 너머 어둑한 저편에는 지찬이 온화한 표정으로 앉아 있었다. 민현이 진중한 어조로 이어 말했다.

"그 여자가 신연지입니다."

"네. 그러시군요."

"!"

안 놀라?

어떤 동요도 없는 지찬의 태도와 표정에 민현이 더 놀랐다.

"전혀 놀라질 않으시네요?"

"예상했었으니까요."

"역시 머리는 좀 좋으신 모양이네요."

"한때 천재 소리 좀 들었다니까요?"

지찬이 하하— 하고 웃음을 터뜨렸다. 그 웃는 얼굴을 언짢다는 표정으로 바라보면서 민현이 말을 시작했다.

"어쨌든, 그래서 전 유일하게 결혼할 수 있는 여자가 신연지라는 걸 분명히 하기 위해서 왔습니다."

지금 민현은 이유는 모르겠는데 무척 당당했다. 쩍 벌리고 있던 다리를 모아 꼰 그가 거만하게 말을 이었다.

"그러니까 돌싱인 분께서 자꾸 연지한테 연락하거나 그런 건 좀 자제를 해……"

"유일하게 결혼할 수 있는 여자라……. 그런데 이거 어떡하죠? 전 유일하게 결혼하고 싶은 여자가 연진데."

어쭈? 이게 날 자극하네?

더 들어 볼 것도 없다는 듯이 민현의 말을 자른 지찬은 무표정한 얼굴로 자신의 말을 계속 전했다.

"연지는 당신에게 유일하게 결혼할 수 있는 여자, 저에겐 유일하게 결혼하고 싶은 여자, 라는 건데…… 과연 어느 쪽이 더 연지의 마음을 흔들 수 있을까요?"

지금 지찬은 지극히 차분한 어투와 태도를 유지하고 있었다. 이에 괜스레 뿔이 난 민현이 선글라스를 신경질적으로 벗으며 목소리를 높였다.

"전에 저한테 처방을 내리셨을 때 유일하게 안을 수 있는 그 여자랑 결혼하라고 하셨잖습니까?"

"그땐 연지란 걸 몰랐으니까요. 두 번째로 오셨을 때 깨달았거든요, 그 여자가 연지겠구나 하고."

격앙된 민현과 달리 지찬은 침착했고 태연했다. 화가 나 있는 민현의 얼굴을 보며 그가 점잖게 물었다.

"연지를 좋아하시나요?"

"물론이죠."

"언제부터 좋아하셨는데요?"

순간 민현의 눈썹이 꿈틀했다. 그는 잠시 생각에 잠겼지만 답변을 찾아내지는 못했다.

"그러니까, 그게 잘……. 그걸 확실히 모르겠는데 어쨌든, 좋아해요."

"전 제가 스물두 살, 연지가 열여덟이던 그 해 여름부터 좋아했습니다. 민현 씨도 알다시피 연지가 반짝반짝 빛나는 아이잖습니까? 주변에 워낙 남자애도 여자애도 많아서 전 그냥 바라보는 것에 만족했었습니다. 또 그녀가 너무 어리게 느껴지기도 했구요."

조각도로 깎아 낸 듯한 민현의 반듯한 얼굴이 점점 딱딱하게 굳어 갔다. 지찬이 다시 그에게 물었다.

"연지를 얼마나 좋아하시죠?"

"꽤…… 꽤 좋아합니다."

그의 대답을 들은 지찬의 얼굴에 옅은 미소가 걸렸다. 그것이 민현은 썩 마음에 들지 않았다.

"저는요, 결혼에 한 번 실패를 한 사람입니다. 전 부인과 싸움만 하다 1년 만에 헤어졌지요. 그래서 그 뒤로 5년 넘게 혼자 살면서 결혼 따위 다신 안 한다 결심했었습니다. 그런데 연지랑 재회하고부터는 다시 결혼이 하고 싶어졌습니다. 그 정도로 좋아해요."

자신의 마음을 전하는 지찬의 진지한 눈빛에 민현은 할 말을 잃었다. 지찬은 거기서 멈추지 않고 계속 말했다.

"고백은, 하셨나요?"

"⋯⋯."

"그것도 아직인 모양이군요."

다음 순간 지찬이 머리를 좌우로 작게 흔들었다. 그가 민현을 향해 단호한 목소리로 다시 입을 열었다.

"연지를 언제부터 좋아했는지 얼마나 좋아하는지도 모르고 고백할 생각도 없어 보이는 남자한테 단지 이혼남이라는 이유 하나만으로 제가 양보해야 하나요?"

이 순간 민현의 머릿속에는 단 하나의 단어만이 떠올랐다.

'참패야. 참패당했어.'

"오히려 그 정도의 마음이라면 그쪽이 물러서시는 것이 맞다 싶은데요."

"⋯⋯."

다음 순간 민현은 말없이 자리에서 일어섰다. 천천히 몸을 돌려 문을 향해 가는 민현의 축 처진 어깨를 보는 지찬의 얼굴은 무표정했다. 무심하게 시선을 돌리는 지찬의 귀로 문이 열리는 소리가 들렸다. 그리고 곧 문이 닫히는 소리가 났다.

지찬은 다시 고개를 들었다. 그런데 그의 시야로 방을 나간

줄만 알았던 민현의 뒷모습이 들어왔다. 문 앞에 우뚝 서서 문만 열었다 닫은 민현이 몸을 빙글 돌렸다.

"전 양보 못 합니다."

지찬을 보는 민현의 눈빛이 단호하게 반짝였다. 그는 처음의 그 당당함을 되찾은 듯 보였다.

"사람을 좋아하는데 언제 몇 날 며칠부터 좋아하게 됐고 이런 이유로 이만큼이나 좋아하고 있다고 따지는 남자라면, 언제 몇 날 며칠에 싫어졌고 이런 이유로 이만큼이나 싫어하고 있다고 따지는 순간도 오지 않겠습니까?"

아까부터 손에 들고 있던 선글라스를 다시 눈으로 가져가며 그가 말을 이었다.

"우리 연지가 그런 비참한 순간을 맞이하지 않도록 제가 죽을힘을 다해 막겠습니다. 막아 낼 겁니다."

선글라스를 끼고 마치 화보와도 같은 미소를 지은 민현이 고개를 살짝 숙여 목례를 하고는 다시 문을 열었다.

'나 마지막엔 좀 멋있었나? 아, 젠장, 젠장. 모르겠다.'

병원을 나와 지하주차장으로 간 민현의 앞에 연지가 불쑥 튀어나왔다. 그녀가 불만 어린 목소리를 냈다.

"진짜 이러기예요? 위에도 못 올라가게 하고."

"그러니까 따라오지 말랬잖아."

"내 연예인이 성형외과엘 왔는데 어떻게 안 따라와요?"

물론 매니저라는 이유가 제일 크겠지만 연지는 항상 민현의 모든 것을 신경 쓰는 편이었다. 가끔은 그게 과하다 느껴질 정도였지만 정작 본인들은 그것을 개의치 않아 했다. 차 문을 열고 타려다 말고 민현이 재잘거리는 그녀를 돌아보았다.

"야."

"왜요?"

난 널 언제부터 좋아한 걸까? 난 대체 널 얼마나 좋아하고 있는 걸까?

"차 사 줄까?"

"네?"

생뚱맞은 민현의 말에 연지의 눈이 커졌다.

"웬일이에요? 그럼 나 얼그레이 홍차 마시고 싶은데……."

"스포츠카."

"네?"

분명한 건 너에게 내 전 재산을 다 주어도 아깝지 않을 것 같다는 거.

"빨간 스포츠카 사 줄게."

"왜요?"

눈이 동그래져서는 믿을 수 없다는 듯 연지가 계속 물었다.

"진짜 자동차 사 줄 거예요?"

"어. 너 2년 동안 고생 많이 했으니까. 보너스라고 생각해."

그러나 연지는 불안감에 휩싸인 듯한 표정을 지었다. 왠지 받으면 안 될 것 같은 기분이 들었던 것이다.

"이거 꼭 퇴직금 받는 느낌이 나서 별로 안 달가운데요?"

퇴직금이라……. 퇴직금은 퇴직금이지. 이젠 널 매니저로 대하지 않을 테니까.

"그냥 받아. 선물이야."

"선물?"

이대로 연지가 자신과 잘되면 그녀는 신데렐라가 되는 것이었다. 정작 본인은 그것도 모르고 반항하고 있지만 말이다. 아니, 아니다. 정정한다. 신연지는 그걸 알아도 반항할 것이다.

반항하는 신데렐라를 꼭 붙잡기 위한 첫 번째 수단으로 민현은 자신의 부(富)를 휘두르기로 결심했다.

이제부터 내가 얼마나 멋진 왕자인지 보여 주겠어.

08

'비크 엔터테인먼트' 대표인 대호는 자신의 책상 의자에 앉아 민현에게 건네줄 계약서를 체크하고 있었다. 그를 데뷔시키고 7년 넘게 보살펴 주고 있으니 내년에 해야 하는 재계약도 분명 별문제 없이 잘 마무리될 거라 대호는 굳게 믿고 있었다.

만족스런 미소를 짓는 그의 귀로 휴대폰이 울리는 소리가 들렸다. 평소 친분을 유지하고 있는 기자의 이름이 뜬 휴대폰을 한 번 본 대호는 귀찮다는 표정을 지었다. 그래도 곧 표정을 풀고 웃는 얼굴로 전화를 받았다.

"어, 한 기자. 잘 지내지?"

— 오랜만입니다, 김 사장님.

"밥 한 번 같이 먹어야지. 언제 시간 돼?"

말 많은 기자 놈들 한둘 친하게 지내 두면 자신이 모르는 루머나 미처 체크 못 했던 소식들에 대해 알 수 있는 루트가 되기 때문에 대호는 그들과의 관계를 늘 좋게 유지하려고 애썼다. 그리고 혹시 나중에 요긴하게 쓰일 때가 올지도 모르니 말이다.

— 저야 늘 콜이죠.

"그래. 그럼 날짜 잡을게. 그나저나 요즘 우리 민현이 뭐 별거 없지?"

대호가 넌지시 질문을 던졌다. 사장인 자신이 사심 빼고 봐도 요즘 민현은 스캔들은커녕 여자랑 있다는 목격담조차 들려오질 않으니 기자들 사이에선 꽤 재미없는 인물임에는 분명했다.

— 네. 민현 씨 요새 너무 조용한 거 아닙니까?

"영화도 크랭크업 하고 푹 쉬고 있어서 그렇지, 뭐."

— 그래도 2년 넘게 스캔들이나 루머가 없어도 너무 없잖아요. 여자랑 접점이 아예 없어서 파파라치도 포기한 거 아세요?

"요즘 좀 성실하게 살지, 우리 민현이가."

대답을 하면서 대호는 꽤 흡족한 미소를 짓고 있었다. 톱스타인 그가 자기 관리를 완벽히 한다는 건 소속사 대표로서 아주 뿌듯한 일이 아니겠는가.

— 항간에는 여자기피증 아니냐는 우스갯소리까지 나오고 있어요.

"뭐? 푸하하핫—"

생각지도 못한 한 기자의 말에 대호는 크게 웃음을 터뜨렸다. 한참을 웃던 그가 전화기에 대고 말했다.

"걔 인기 많은 거 알잖아? 우리 민현이는 여잘 멀리하려고 해도 여자 쪽에서 저절로 들러붙는 애야. 지금도 걔 앞에 옷 벗고 드러누울 여자들 넘쳐나. 줄을 섰다, 아주."

— 하긴, 매니저가 여자인 걸 보면 그것도 말도 안 되는 헛소리긴 하죠.

"그러니까."

— 그래서 매니저랑 사귀는 거 아니냐는 소문도 있지만요.

"뭐? 무슨 또 그런 말도 안 되는 헛소릴 해?"

방금 전과 달리 웃기보다는 정색을 하는 대호의 귀로 한 기자의 한층 낮아진 목소리가 들려왔다.

— 그냥 소문이에요, 소문. 흘려들으세요. 그럼 이만 끊을게요, 김 사장님.

전화를 끊으면서도 대호는 아주 재미없는 농담을 들었다는 듯 서늘한 코웃음을 쳤다.

"별 이상한 소릴 다 해."

이딴 급 떨어지는 소문은 언제 들어도 참 기분이 나쁘다.

★☆★

톱스타가 10년 정도 동고동락한 자기 매니저나 스타일리스트에게 차를 선물해 준다는 얘기는 종종 들은 적이 있다. 하지만 겨우 2년 된 자신에게 스포츠카를 선물해 주겠다는 민현의 말을 연지는 믿을 수가 없었다. 그래서 마침 민현의 드라마 복귀작을 의논하기 위해 기획사에 온 김에 이 실장에게 하소연을 했다.

"이 실장님, 민현 씨 미쳤나 봐요. 저한테 차를 사 준대요, 글쎄. 좀 말려 줘요."

회의실 의자에 앉는 민현과 연지 앞으로 드라마 대본과 시놉시스들을 늘어놓던 이 실장의 눈썹이 치켜 올라갔다.

"차 사 준다고 했는데 미쳤다고 한다는 건 내가 생각하는 홍차나 녹차가 아니라는 뜻이겠지?"

"네. 스포츠카요."

순간 이 실장의 눈이 커졌다. 자신이 정확하게 들은 건가 의심스러웠다.

"뭐? 스포츠카?"

눈에 힘을 줘서 부릅뜬 이 실장이 민현을 향해 소리쳤다.

"야, 이놈아!"

"그쵸? 실장님이 생각해도 너무하죠, 그건?"

옆에서 연지는 이 실장이 민현을 혼내 줄 거라 생각하며 맞장구를 쳤다. 그러나 이 실장의 다음 말은 그녀를 당황시켰다.

"나는, 인마?"

"에?"

당황한 연지의 눈망울이 흔들렸다. 그사이 민현의 뚱한 얼굴을 바라보는 이 실장의 얼굴에 보일 듯 말 듯 희미한 미소가 걸렸다. 곧바로 얼굴에서 미소를 거둔 그가 민현을 흘겨보며 말했다.

"내가 너랑 더 오래됐잖아."

"……."

귀찮다는 듯 미간을 구긴 채 민현은 말없이 대본을 하나 집어 들었다. 그런 그의 어깨를 잡으며 이 실장이 싱글거렸다.

"2년 된 연지 씨가 스포츠카면 7년 된 나는 집 한 채 사 주는 거야?"

"……형은 나중에요."

이 실장의 시선을 피하면서 민현이 두루뭉술하게 대답하자 이 실장의 미소가 좀 더 짙어졌다.

"근데 갑자기 웬 스포츠카? 너희 진짜 사귀는 거 아니야?"

갑작스런 이 실장의 말에 민현은 얼굴을 딱딱하게 굳혔고 연지는 황당해했다.

"실장님, 그게 지금 무슨 소리예요? 민현 씨랑, 어우, 상상도 안 간다, 진짜."

두 손을 휘저으며 부정하는 연지에게로 민현의 날 선 눈빛이 향했다. 그가 낮은 목소리로 물었다.

"왜? 너무 꿈같아서?"

이에 연지는 선선히 고개를 끄덕였다.

"네, 꿈같아요. 악몽."

"야."

민현의 눈썹이 구겨짐과 동시에 낯빛에는 서운한 기운이 감돌았다. 그걸 본 이 실장은 관자놀이를 긁으며 다소 난감한 표정을 지었다.

그때 회의실 문이 열리고 '비크 엔터테인먼트'의 사장인 중년의 남성이 모습을 드러냈다. 그의 등장에 연지는 자리에서 벌떡 일어나 인사를 했고 이 실장 역시 자리에서 일어서 허리를 숙였다.

"오셨습니까, 사장님."

"민현이 너 살 빠졌냐?"

민현의 기획사 대표인 김대호는 이 실장과 연지에게는 눈길도 주지 않고 자신에게 까닥 목례를 하는 민현을 향해 물었다. 옆에서 연지가 영화 촬영 때문에 살이 좀 빠졌다고 대답했지만 대호는 여전히 민현만을 보면서 말했다.

"너무 말랐다, 야. 살 좀 쪄. 민현이 너는 살 좀 오른 게 화면발이 잘 받아."

환하게 웃으며 말하는 대호를 향해 민현은 코로 피식 웃으며 심드렁한 얼굴을 했다.

"날 걱정하는 건지, 화면발을 걱정하는 건지."

들으라는 듯 중얼거리는 민현의 어깨를 옆에 서 있던 연지가 팔꿈치로 쿡 찔렀다.

"네, 알겠습니다."

자신을 대신해 옆에서 대답하는 연지를 힐끗 본 민현이 뚱한 얼굴로 고개를 돌렸다.

"연지, 너는 잠깐 나 좀 보자."

이 말만 남긴 채 대호는 자신의 방으로 향했다.

"네, 사장님."

허둥지둥 그를 따라가는 연지의 뒷모습을 바라보는 민현의 얼굴이 못마땅하다는 듯 일그러졌다.

"그냥 여기서 말하지……."

'뭐하러 사람을 따로 불러 간담?'

눈썹을 잔뜩 일그러뜨리고 있는 민현을 이 실장이 빤히 쳐다보았다. 그리고 잠시 후 그가 조심스럽게 물었다.

"민현아, 너 '돌직구'란 말 아냐?"

"설마 그걸 모를까 봐 묻는 거예요?"

민현의 시큰둥한 얼굴이 이 실장을 돌아보았다.

"그래, 너도 물론 알겠지. 말 그대로 돌로 직구를 던지는 거야. 그럼 얼마나 아프겠냐? 정신이 번쩍 들 거야. 하지만 효과는 확실하지."

"……지금 무슨 말이 하고 싶은 거예요?"

정갈한 갈색 눈썹이 치켜 올라가며 민현이 이 실장을 주시하자 그가 회의실 문을 턱으로 가리키면서 말했다.

"연지 말이야, 쟤는 그렇게 하다가는 평생 모른다? 네가 계속 심술부리고 괴롭힌다고만 생각할걸? 차 사 주지 말고 차를 사 줘. 스포츠카 말고 홍차를 사 주란 말이야. 그런 다음에 돌직구를 던져."

순간 민현의 얼굴에 당혹감이 서렸다. 잠시 말이 없던 민현의 입술이 이윽고 천천히 열렸다.

"내가 쟤 좋아하는 거, 티 나요?"

"어. 많이."

그의 즉답에 절망한 민현이 손을 올려 자신의 옆머리를 신경질적으로 긁었다.

"근데 왜 쟨 모르지?"

그런 그가 안타깝다는 듯 이 실장은 혀를 끌끌 찼다. 애가 잘생기면 뭐해, 여자를 모르는데. 잘만 생긴 민현을 안타까워하며 이 실장이 물었다.

"그러니까 지금 필요한 건 뭐다?"

이 실장의 질문에 민현이 마른침을 꿀꺽 삼키고는 대답했다.

"돌직구……?"

"민현이 요즘 이상한 루머 돌더라?"

사장실로 들어서는 연지를 향해 질문이 날아들었다. 순간 고개를 든 그녀의 눈에 커다란 책상 너머 의자에 앉아 자신을 바라보고 있는 대호가 들어왔다.

"어떤 루머요?"

얼마 전부터 돌기 시작한 짠돌이라는 루머를 말하는 건가?

순간 연지가 고개를 갸웃하며 미간을 살짝 좁혔다. 대호의 차가운 눈빛이 그녀에게로 향했다.

"자기 매니저랑 사귄다는 루머."

"예? 저요?"

자신은 그런 루머를 접한 적이 전혀 없었다. 놀란 연지의 눈이 화등잔만 하게 커졌다.

"에이, 무슨, 그런, 말도 안 되는……."

우민현이랑 내가? 오늘 정말 무슨 날인가? 왜 이런 얘기만 듣는 거야, 대체!

당황한 연지가 서둘러 다시 입을 열었다.

"설마 그걸 믿으시는 건 아니죠?"

대호의 무표정한 얼굴이 그녀를 빤히 바라보았다. 그의 무거워 보이는 두터운 입술이 곧 열렸다.

"내가 믿는지 안 믿는지는 중요한 게 아니야. 그런 그지 같은 루머가 떠돈다는 사실이 문제인 거지."

그지 같은 루머…….

정말 말도 안 되는 루머라고는 생각하지만 그렇다고 저렇게까지 표현할 필요가 있는지 연지는 순간 울컥 화가 치밀었다. 그렇지만 평소 민현을 지나치게 아끼는 사장의 태도를 잘 아는지라 연지는 그저 아랫입술 안의 속살을 지그시 깨물 뿐이었다.

"그딴 루머 다신 내 귀에 들리지 않게 해."

미간을 찌푸린 대호가 낮은 톤으로 강하게 말을 이었다.

"이건 경고야."

"……네."

기분이 착잡해진 연지가 짧게 대답을 하는 순간, 사장실 문이 열리고 척 보기에도 연예인 느낌이 나는 예쁘장한 여자가 한 명 들어왔다.

"어, 소진이 왔니?"

그녀를 향해 환한 미소를 지은 대호가 연지를 슥 돌아보며 말했다.

"인사해. 저번 주에 계약한 임소진."

새로 계약한 임소진이라는 여자는 이제 갓 스무 살을 넘긴 듯 어려 보였고 유난히 작은 얼굴이 눈에 띄었다. 소진이 연지를 향해 고개를 까닥거렸다.

"안녕하세요."

"만나서 반가워요. 정말 예쁘다, 소진 씨. 나이가……?"

"말씀 중이셨어요? 그럼 난 이따 올게요."

연지의 말은 듣는 둥 마는 둥 대호에게로 고개를 휙 돌린 소진이 이렇게 말하고는 다시 사장실을 나갔다. 쓴웃음을 지은 연지가 그녀에게서 시선을 거두는 순간 대호가 연지를 향해 물었다.

"네가 쟤 맡을래?"

"네?"

갑작스런 자신의 제안에 연지의 눈이 동그래지는 것을 보며 대호가 낮은 목소리로 말했다.

"너도 이제 신인 맡아야지. 언제까지고 편한 민현이만 맡을

순 없잖아?"

"정말 우민현이 매니지먼트하기에 편한 배우라고 생각하세요?"

순간 어이가 없어진 연지가 따지듯 묻자 대호는 태연한 표정과 어투로 대답했다.

"성격만 좀 케어하면 나머지는 쉽잖아? 워낙 유명한 애니 PR이나 홍보하러 다닐 필요도 없고, 여기저기서 캐스팅 못해서 안달이니 일 잡으러 뛰어다닐 필요도 없고."

"그 성격만 좀 케어하는 게 제일 어렵다는 생각은 안 해 보셨어요?"

2년 동안 우민현을 완벽하게 케어한 건 자신이었다. 힘든 순간도 많았고 서러웠던 순간도 많았다. 그러나 꿋꿋이 버텼고 지금은 자신의 일에 자부심도 있다. 그런 공로를 다 인정은 안 해 줘도 적어도 무시는 하지 말아 달라고 연지는 정중하게 말했다.

"……."

"……."

그러자 순간 적막이 흘렀다. 잠시 후 대호가 표정 없는 얼굴로 입을 열었다.

"그래. 네가 민현이 관리가 좀 힘든 모양인데, 그럼 다시 한 번 잘 생각해 볼게. 안 그래도 민현이가 매니저 남자로 바꿔 달라고 말한 것도 있고 하니."

'뭐라고?'

순간 연지의 눈썹이 팩하니 올라갔다. 가슴속에서는 섭섭한 마음이 확 휘몰아쳤다. 민현이 그런 말을 했다는 데 이렇게까지 서운한 마음이 들 줄은 몰랐다.

눈물이 울컥 쏟아질 만큼 연지는 서운하고 또 서운했다. 서운함이 휘몰아친 뒤에는 이내 분노가 밀려왔다.

자신이 민현과 함께 지낸 2년은 그에게 아무것도 아니었단 말인가?

화를 참고 있는 연지에게 대호가 손을 휙휙 흔들며 말했다.

"가 봐."

"네."

사장실을 나온 연지의 걸음이 빨라졌다.

"우민현 어디 갔어요?"

씩씩거리며 회의실로 돌아온 연지는 이리저리 고개를 돌리며 민현을 찾았지만 그의 모습은 보이지 않았다. 회의실 안에 혼자 앉아 있던 이 실장이 그녀를 향해 대답했다.

"민현이가 집으로 오래. 할 말 있다고."

"마침 잘됐네요. 저도 할 말 있는데."

분노가 느껴지는 연지의 얼굴을 빤히 보며 이 실장이 물었다.

"근데 연지 씨 할 말은 어째 달콤하진 않을 것 같네?"

은연중에 민현의 할 말은 달콤할 거라는 힌트를 준 것인데 지금 연지의 귀에는 그도 들리지 않는 모양이었다.

뒤로 돌아 회의실을 나가려다 말고 연지가 이 실장에게 물었다.

"혹시 이 실장님도 알고 있었어요?"

"뭘?"

"우민현이 매니저 바꿔 달라고 했다는 거."

"뭐? 민현이가?"

"남자로 바꿔 달라고 했었대요, 글쎄."

　이 실장은 기억을 더듬어 보았다. 연지가 처음 민현의 매니저가 되었을 때 그러니까 2년 전에, 민현은 딱 한 번 매니저를 남자로 바꿔 달란 말을 한 적이 있었다. 그래서 정말 바꾸어 주려고 했는데 일주일 만에 마음을 바꾼 건 민현이 쪽이었다.

　'그런데 그 2년이나 지난 얘기를 말하는 건가, 지금?'

"그런 말 한 적 있긴 한데……."

"그럴 줄 알았어, 그 인간!"

　이 실장의 말을 자르며 연지가 버럭 화를 냈다.

"저기, 근데 그게 2년……."

"나쁜 놈. 저 먼저 가 볼게요."

　그의 말을 더 듣지도 않고 연지는 회의실을 나가 버렸다.

★☆★

"왔나?"

자신의 집 소파에 직각 자세로 앉아 있던 민현이 현관문 열리는 소리에 벌떡 일어나 연지를 맞이했다.

"사장이 뭐래?"

반듯한 민현의 얼굴을 보는 순간 연지는 더욱 서러운 기분이 들었다. 아랫입술을 깨물며 눈에 힘을 주는 그녀를 향해 민현이 의아한 표정을 지었다.

"왜 노려봐?"

그녀는 말이 없었고 영문을 몰라 민현은 눈을 크게 뜨고 어리둥절해했다.

"왜 노려보냐니까?"

한 걸음 더 다가와 자신의 앞에 서는 민현에게 연지가 냉랭한 어조로 물었다.

"사장님한테 남자 매니저로 바꿔 달라고 했다면서요?"

"내가? 언제?"

순간 민현의 눈썹이 사납게 구겨졌다. 그런 민현을 향해 연지는 여전히 눈을 날카롭게 뜬 채 말했다.

"사장님이 그랬거든요? 그리고 이 실장님도 당신이 그런 말한 적 있다고 하던데요?"

"뭐? 아니야!"

화가 난 그녀를 향해 민현은 절대 아니라고 펄쩍 뛰었다. 그러나 연지는 쉽게 믿지 않는 눈치였다.

"그럼 사장님이랑 실장님 두 분 다 거짓말을 한다는 거예요?"

"진짜 아니라니……."

그 순간 전에 딱 한 번 그런 말을 한 적이 있었던 사실이 떠올랐다. 말을 멈추는 민현의 행동에 연지의 눈빛이 더 날카로워졌다. 그녀의 살벌한 시선을 피하며 민현이 중얼거리듯 말했다.

"한 2년 전에 한 말인데……?"

'왜 이제 와서?'

2년 전 여자기피증 증상을 처음 느끼고 불안해하던 때 매니저까지 여자면 힘들 것 같아서 바꿔 달라고 한 적이 있다. 그렇지만 연지는 곁에 있으면 묘하게 안정이 되고 편했기 때문에 바꿔 달라는 말을 곧 철회했었다. 민현이 이를 다 설명했지만 연지는 모난 눈빛을 풀지 않았다.

"정말이에요?"

"정말이라니까. 난 너랑 있는 게 제일 편하고 좋은 놈이야. 매니저 바꿔 달라는 말은 너 초창기 때 딱 한 번 했어."

계속해서 민현은 적극적으로 해명했고 그제야 그녀의 눈이 조금 풀어졌다.

"그럼 사장님이 당신이 2년 전에 한 말을 지금 저한테 얘기했다는 건가요?"

"그런 거지! 사장이 왜 지금 새삼스럽게 그 얘길 꺼냈는진 모르겠지만, 난 네가 좋다니까?"

정말 억울하다는 듯 펄쩍 뛰는 민현의 모습에 연지는 살짝 당황했다.

"그럼 사장님이 왜 갑자기 그런 얘길 꺼내셨을까요?"

"내가 아냐? 내가 아는 건 난 지금 그럴 마음이 전혀 없다는 거야. 난 네가 제일 편하고 좋아."

아까부터 계속 거슬리는 한 단어에 연지가 얼굴을 붉히며 민현의 말을 잘랐다.

"알았어요. 알았으니까 그 좋아한단 소리 좀 그만해요."

'사람 기분 이상해지니까.'

순간 민현이 놀란 얼굴을 했다.

"내가? 내가 그런 말을 했어?"

"아까부터 계속하고 있잖아요."

자신이 그런 말을 했음을 전혀 알아차리지 못해서 당황한 민현의 눈에 붉어진 연지의 광대가 보였다.

"!"

그녀가 부끄러워하고 있다는 걸 느낀 순간 그의 뇌리에 이실장이 던진 한 마디가 스쳐 지나갔다.

'돌직구.'

그 단어를 곱씹으면서 민현은 마른침을 삼켰다.

'얜 정말 돌직구만 통하는 건가?'

그렇다면…….

굳게 결심을 한 민현이 자신의 붉어진 볼에 손 부채질을 하고 있는 그녀의 이름을 다정하게 불렀다.

"야, 야. 신연지."

참으로 다정하게 자신을 부르는 민현을 향해 연지의 큰 두 눈이 향했다. 민현은 마음의 준비를 하고 포즈를 취한 뒤 그녀를 향해 돌직구를 던졌다.

휘익.

"나랑 결혼하자."

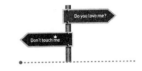

"지금 무슨 소릴 하는 거예요?"

발그레 붉어졌던 두 볼이 제 색을 찾기 시작한 연지가 정색을 하며 말했다.

"왜 우리가 결혼을 해요? 우리가 무슨 사귀는 사이인가요?"

"너도 생각해 봐. 난 심각한 여자기피증 환자야. 근데 너만 괜찮아. 넌 막 만질 수 있어. 그게 무슨 뜻이겠어? 난 너랑 섹스도 할 수 있단……!"

퍼억―

민현의 얼굴로 소파에 있던 쿠션이 날아들었다. 그의 얼굴을 때리고 바닥으로 떨어지는 쿠션에서 시선을 거둔 민현의 시야로 붉으락푸르락 변하는 연지의 얼굴이 들어왔다.

'어……? 이게 아닌데?'

순간 민현은 상황이 이상하게 돌아가고 있다는 느낌이 들어 당황했다. 그에게로 날 선 연지의 목소리가 날아들었다.

"그러니까, 유일하게 잘 수 있으니까 나랑 결혼하겠다?"

"그게, 그러니까, 내가 널 여자로……!"

"당신 정말 미친 거 아니야?"

소리를 빽 지르는 그녀에게 놀란 민현이 얼이 나간 표정을 지었다.

"최악이다, 당신 진짜."

연지의 커다란 눈망울이 흔들리는 것을 보며 민현은 지금 이 순간 자신이 커다란 실수를 저질렀을지도 모른다는 생각이 들었다. 그러나 그걸 깨달았을 땐 이미 너무 늦었다.

"나 다신 볼 생각하지 마, 너."

연지를 알고 지낸 2년 동안 이토록 화가 난 얼굴은 처음이었다. 그 화난 얼굴로 자신에게서 등을 돌리는 연지의 모습에 민현의 심장이 쿵 하고 내려앉았다. 돌아서는 그녀를 잡고 싶었지만 그 안타까움은 목소리가 되어 나오지 않았다.

쾅—

문이 닫히고 나자 민현은 자리에 털썩 주저앉았다.

자신은 지금 연지에게 프러포즈를 했고 그녀는 미친 거 아니냐고 대답했다. 지금까지 정리해 본 사실은 그렇지만 뭔가 아주 큰 뭔가가 결여된 듯한 느낌도 들었다.

"뭐, 뭐가 잘못된 거지?"

지금 이 순간 민현의 심장은 아프게 뛰어 댔다. 자신은 정말 연지와 결혼하고 싶었고 그 마음을 솔직하게 전했다. 그런 다음 좋아한다고 고백하려 했었다.

"그게, 그러니까, 내가 널 여자로 보고 있고 많이 좋아하고 있어."

이렇게 말하려고 했었다. 그런데 그럴 타이밍을 놓치고 말았다. 그러나 잠시 후 민현은 고개를 좌우로 저었다.

아니다.

타이밍이 문제가 아니었다.

그의 멍한 얼굴에서 말이 흘러나왔다.

"순서가……."

순서가 틀렸다.

★☆★

현관문이 열리는 소리가 나자마자 민현은 그곳으로 달려갔다. 그러나 현관에 서 있는 사람은 그토록 기다리던, 밤새 전화를 해도 받지 않던 연지가 아니라 이 실장이었기 때문에 민현은 실망한 어깨를 축 늘어뜨렸다.

"너희 둘이 싸웠냐? 아니지, 연지 씨가 그렇게 화를 내고 있고 네가 이렇게 시무룩하다는 건 싸웠다기보다 네가 일방적으로 연지 씨를 화나게 한 거구만. 맞지?"

대답 대신 민현은 거실로 먼저 들어가 소파에 몸을 눕혔다. 몸에 기운이 하나도 없었다. 그런 그에게로 이 실장이 다가왔다.

"연지 씨가 너랑 관련된 일은 일체 하지 않겠다고 선언했어. 대체 무슨 일이 있었던 거야?"

"……고백했어요."

"오, 드디어? 음? 좋아한다고 고백했는데 연지 씨가 그렇게 화를 냈다고? 뭔가 이상한데?"

추궁하듯 이 실장이 예리한 눈빛을 보내자 민현은 오른팔을 올려 두 눈 위에 얹으며 대답했다.

"결혼하자고 고백했어요."

민현의 말에 이 실장은 뭔가 이상함을 느꼈다.

"응? 결혼하자고…… 고백했다고? 좋아한다고가 아니라?"

그가 무언으로 대답을 대신하자 순간 이 실장의 눈이 커졌다.

"너 진짜 미친 거 아니야?"

이 실장의 격앙된 목소리에 팔로 가려진 민현의 눈썹이 심하게 꿈틀했다. 터져 나오려는 한숨을 꾹 참은 그가 입을 열었다.

"그 얘기는 어제 연지한테도 들었으니까 그만하시죠."

"돌직구도 돌직구 나름이지, 네가 자길 좋아하는지도 모르는 여자한테 결혼하자고 했으니 미친놈 소리는 당연한 거 아니야?"

얼굴에서 팔을 내린 민현이 괴로운 표정으로 소파에서 일어나 앉았다.

"너무 흥분했었어요."

"뭐?"

"걔가 막 얼굴이 붉어져 있는데, 난 정말 걔가 내 앞에서 얼굴 붉히는 거 처음 봐서, 나한테 부끄러워하는 거 처음이니까, 좋아서……. 너무 좋아서……."

두 손을 들어 마른세수를 하는 민현에게로 이 실장의 안타까운 시선이 향했다. 그를 가만히 보던 이 실장이 조용히 말을 시작했다.

"나 갑자기 네가 정말 불쌍해진다."

힘없이 민현의 고개가 푹 숙여지는 것을 보며 이 실장은 말을 이었다.

"나 인생 살면서 우민현을 부러워한 적 되게 많다. 나는 삼십 대에 배 나온 평범한 아저씨인데, 너는 아직 창창한 이십 대에 배도 안 나오고 근육질 몸매에 얼굴도 잘생겼고 인기도 많고 돈도 많고 집안 배경도 훌륭하고. 그래서 부러웠었어, 너."

"……."

"근데 그 우민현의 실체가 좋아하는 여자한테 고백도 제대로 못하는 불쌍한 놈이었다니."

혀를 끌끌 차는 이 실장에게 민현은 어떤 반박도 할 수가 없었다.

"그동안 여자는 대체 어떻게 사귀었냐? 아아. 여자들이 좋다고 달려들었지, 참."

커다란 깨달음을 얻었다는 듯 고개를 몇 번 끄덕인 이 실장이 여전히 고개를 폭 숙이고 있는 민현을 물끄러미 바라보았다.

"연지 씨는 내가 휴가를 이틀 줬어. 네 매니저 그만두겠다는 얘긴 아직 사장님껜 말씀 안 드렸다. 그러면 정말 끝일 것 같아서."

그제야 민현이 고개를 들고 이 실장을 쳐다보았다. 하루 사이에 마른 듯한 그의 얼굴을 향해 이 실장이 말했다.

"내가 어떻게든 자리 마련해 줄 테니까 연지 씨한테 제대로 사과해. 알았지?"

"네."

그 순간 갑자기 생각난 듯 그가 다시 입을 열었다.

"아참. 내일 패션쇼 리허설 있지? 현장에는 종원이가 따라갈 거야."

패션쇼. 그 단어에 민현은 벌써부터 머리가 아파 오는 것 같았다.

연지도 없는데 패션쇼라니…….

"영화 어땠어?"

함께 영화를 보고 나온 후 지찬은 연지에게 감상을 물었다.

"어?"

그의 물음에 생각에 잠겨 있던 연지가 퍼뜩 정신을 차렸다. 그녀는 솔직히 영화 내용이 잘 생각나지 않았다.

"슬프던데?"

영화 끝부분에서 옆에 앉은 여자가 훌쩍거렸던 것을 기억해 낸 연지가 대답하자 지찬은 옅은 미소를 지었다.

"음. 꽤 감동적이었지. 근데 오늘 영화에 영 집중을 못 하더라?"

"아…… 미안."

영화를 제대로 보지 않았다는 것을 들켜서 머쓱해진 연지는 그저 어색하게 웃었다. 그녀를 향해 지찬이 진지하게 말했다.

"그래도 이제부터 나한텐 집중해 줬으면 좋겠어."

"어? 어."

갑자기 진지해진 지찬의 표정에 연지도 덩달아 진지해졌다.

두 사람은 지찬의 차를 타고 장소를 한강으로 옮겼다. 아무 말 없이 한강이 보이는 곳에 차를 세운 지찬이 조용히 차에서 내렸다. 그리고 조수석으로 건너와 차 문을 열고 연지를 가만히 바라보았다. 연지는 열린 차 문과 지찬을 번갈아 쳐다보다가 말없이 차에서 내렸다.

한강을 보고 선 채 지찬이 나지막하게 그녀의 이름을 불렀다.

"연지야."

"응?"

지찬이 천천히 몸을 돌려 그녀를 바라보며 입을 열었다.

"나…… 대학생 때 널 꽤 좋아했어."

"어? 그래?"

전혀 몰랐던 사실에 연지가 눈을 크게 떴다. 그런 그녀를 향해 쑥스러운 듯 미소를 지은 지찬이 말을 이었다.

"바보처럼 고백도 못 하고 혼자 끙끙 앓다가 너랑 난 갈 길이 다른 것 같다고 내 자신을 포기시켰어. 그때 넌 너무 어렸으니까. 대학 들어가서 처음 사귄 여자 친구가 본과 4학년 때 임신을 했다고 해서 결혼까지 하게 됐지. 근데 그건 거짓말이었어. 그녀는 나에게 어디 먼 곳만 쳐다보고 있는 것 같은 남자를 잡기 위한 거짓말이라고 했지만, 난 끝내 이해할 수 없었어. 거짓말로 시작된 결혼생활은 평탄할 리 없었고 우린 결국 싸움만 하다가 헤어졌지."

잔잔하게 이어지는 지찬의 고백을 연지는 조용히 귀 기울여 들었다.

"그 뒤로 연애나 결혼 따위 생각하기도 싫었는데 말이야, 너랑 재회하고는 달라졌어. 연애가, 사랑이 하고 싶어졌어."

그 순간 연지의 심장이 두근두근 뛰기 시작했다. 까만 지찬의 두 눈동자가 그녀를 응시하며 고백했다.

"내가 아직도 널 좋아하나 봐."

그 때, 연지의 주머니 속 휴대폰이 짧게 진동했다. 심장이 두근거릴 새도 없이 방금 온 문자에 그녀의 온 신경이 쏠렸다.

이 중요한 순간에 꺼내 봐도 되나? 예의상 그건 아닌 것 같은데…….

그래도 연지는 그 문자가 너무 신경 쓰였다.

'혹시 우민현한테 무슨 일 생긴 건 아닐까?'

그때 마침 지찬이 쑥스러운 듯 강 쪽으로 고개를 돌렸고 연지는 재빨리 휴대폰을 열어 문자를 확인했다.

[연락하지 말라고 했는데 죄송해요, 누나. 저 지금 패션쇼 리허설장인데요, 민현이 형이 여자 모델하고 피날레 하는 부분에서 자꾸 얼굴이 새파랗게 질리는데, 형 무슨 병 있어요? 기자들 서너 명이 자꾸 물어봐서요.]

"이 자식이!"

순간 그녀의 입에서 튀어나온 욕설에 지찬이 고개를 돌려 연지를 쳐다보았다. 그러자 자연스럽게 그녀의 손에 들린 휴대폰도 보였다. 그의 얼굴에 씁쓸한 미소가 걸렸다.

'무슨 매니저가 이래? 넌 매니저 자격도 없어, 이 자식아!'

속으로 종원을 향해 욕을 퍼붓는 연지의 얼굴이 붉으락푸르락 변해 갔다.

자기 스타를 위해선 말 한 마디 행동 하나하나 신중해야 하는 거다. 나한테 이렇게 문자를 보낸 것 자체가 넌 이미 매니저 실격이다. 그게 사실이든 아니든 그것이 부정적인 이미지의 것이라면 제일 먼저 단호하게 부정해야 한다. 먹이를 발견하고 물어뜯을 준비를 하는 맹수들에게 뜯어먹기 좋게 동요하는 모습을 보여서는 안 된단 말이다.

기자들은 종원이 당황한 얼굴로 문자를 보낸 시점부터 더 날카롭게 눈을 빛내고 있을 게 분명했다. 그런 생각이 들자 연지는 마음이 급해졌다.

"지찬 오빠. 미안한데, 나 가 봐야겠다."

자신의 고백 따윈 안중에도 없는 듯한 그녀의 행동에 당황한 지찬의 눈이 동그래졌다.

"지금?"

"어. 내가 나중에 연락할게."

후다닥 가 버리려는 연지의 팔뚝을 잡아챈 지찬이 그녀에게 말했다.

"다음에 연락할 땐 네 마음도 꼭 알려 줘."

"……응."

잠시 머뭇거리던 연지가 이내 고개를 끄덕였다.

"신 매니저, 우민현 씨 어디 몸 상태 안 좋습니까?"

연지가 패션쇼 리허설장에 들어서자마자 기다렸다는 듯이 익숙한 얼굴의 기자들 셋이 그녀에게 달려들었다.

"우민현 씨 무슨 병 있나요?"

무례한 기자의 질문에 순간 연지의 두 눈이 날카롭게 떠졌다.

"2년간 여자랑 관련된 루머도 없었고 스캔들은 더더욱 없었고, 같이 연기하는 여배우들을 멀리한다는 소문도 있고 지금 여자 모델하고도 그렇고……. 혹시, 여자기피증 같은 건가요?"

키가 크고 살집이 있는 한 기자의 예리한 시선이 연지에게로 향했다.

"훗."

서늘하게 웃은 연지가 기자들을 무시하고 걸음을 옮겼다. 그녀의 뒤를 기자들이 졸졸 따라왔다.

"잠시 쉬었다 하시죠."

얼굴이 하얗게 질린 민현의 상태를 이상하게 생각한 무대 연출가가 냉랭한 목소리로 말했다. 다음 순간 민현은 아랫입술을 깨물며 무대에서 내려왔다. 그런 그의 앞으로 연지가 빠르게 다가섰다.

"민현 씨."

"!"

연지를 발견한 민현의 눈이 커졌다. 그를 향해 연지는 일부러 큰 목소리로 말했다.

"몸살이 이렇게 심해서 어떡해요?"

한동안 못 볼 줄 알았던 연지의 얼굴을 보는 순간 민현은 긴장이 풀려서 비틀거렸다. 쓰러지려는 민현의 몸을 향해 연지가 두 팔을 뻗었다. 민현이 그녀의 어깨에 손을 올리자 그의 겨드랑이로 손을 넣어 그의 몸을 받친 연지가 자신을 따라온 기자들을 향해 말했다.

"지금 우민현을 품에 안고 있는 건 접니다. 여자라구요. 혹시 제가 남자로 보이십니까?"

의심을 품고 있던 기자들은 모두 고개를 갸웃거렸다. 여자기피증이라고 하기엔 민현이 너무도 편하게 그녀에게 안겨 있었던 것이다. 그들을 보며 연지가 쐐기를 박았다.

"이래도 여자기피증이라고 하실 겁니까?"

그사이 호흡이 안정되고 여유를 되찾은 민현이 몸을 바로 세우며 눈썹 끝을 치켜 올렸다.

"응? 뭐라고? 내가 여자기피증이래?"

연지의 어깨에 팔을 두르고 선 민현이 제 색을 찾은 평온한 얼굴로 물었다.

"이 기자분이 그러시더라구요."

연지가 키 크고 통통한 그 기자를 콕 찍어 대답하자 민현이 그를 서늘하게 쳐다보았다.

"여자기피증이라……. 그런 게 정말 있기는 한 겁니까? 가능하다면 한번 걸려 보고 싶네요."

역시 배우다. 우민현은 역시 명배우였다.

연지가 민현의 뻔뻔한 얼굴을 보며 감탄하는 사이 기자들은 뒤로 슬슬 물러서려는 움직임을 보였다. 바로 고개를 돌린 연지가 그들을 향해 경고했다.

"우민현 씨는 지금 독한 감기몸살에 걸린 상태입니다. 근거 없는 루머가 확산된다면 저희 회사 측에서 가만있지 않을 겁니다."

그 말을 들은 기자들은 떨떠름한 얼굴을 했다. 연지의 입은 거기서 멈추지 않았다.

"아시잖아요? 저흰, 전, 제 배우를 위해선 무슨 일이든 합니다. 하겠습니다."

"와줄 줄 몰랐어."

대기실로 함께 들어서는 연지를 향해 민현이 말했다. 그 말에 그녀는 천천히 고개를 돌렸다.

"상황이 심각한 것 같아서 와 봤어요. 이제 갈 거예요."

그녀의 차가운 얼굴과 말투에 민현은 잠시 할 말을 잃었다. 상심한 민현을 아랑곳 않고 연지는 몸을 돌려 대기실 문으로 향했다.

"신연지. 거기 서 봐."

연지의 뒤에서 민현이 그녀를 불렀다. 하지만 그녀는 그대로 대기실 문의 손잡이를 잡고 돌렸다. 철컥, 하며 문이 열림과 동시에 뒤에서부터 다가온 민현이 손을 뻗어 문을 세게 닫았다.

쾅—

닫힌 문을 가만히 노려보던 연지가 고개를 돌리자 자신의 바로 앞에 선 민현의 반듯한 얼굴이 보였다. 문을 닫았던 손을 내리며 민현이 그녀에게 말했다.

"사과 따윈 안 해. 결혼하잔 말은 진심이니까."

"이봐요……!"

울컥 화가 난 연지가 무슨 말을 꺼낼 수도 없게 민현은 빠르게 말을 시작했다.

"아까 네가 날 안는데, 2년 전 그날이 생각나더라?"

순간 연지의 눈썹이 치켜 올라갔다.

2년 전 그날?

"내 여자기피증 증상이 시작된 날이자 우리가 처음 만난 날."

"?"

말간 연지의 얼굴에 물음표가 떴다.

'그 얘길 지금 왜 하지, 이 사람?'

그녀의 생각을 읽기라도 한 듯 민현이 곧 그 이유를 들려주었다.

"내가 여자기피증 증상을 처음 느끼고 당황해서 자칫 쓰러질 뻔했던 순간 아까처럼 네가 날 안았지. 비키라고 소리까지 질렀는데 너는 아랑곳 않고 날 꽉 끌어안았어. 괜찮아요, 이제 괜찮아요, 라고 중얼거리면서."

그러자 연지의 머릿속에도 2년 전 그날이 어렴풋이 떠올랐다.

그날은 민현을 처음 만난 날이었고 그의 첫인상은 꽤나 강렬했었다.

"헉…… 허억…….."

거친 숨을 몰아쉬던 그는 날개를 잃은 독수리처럼 날카로웠지만 안쓰러웠다.

"괜찮으세요?"

놀라서 물었지만 민현은 대답할 여력조차 없어 보였다. 그런 그가 너무 걱정스러웠다.

"혹시 공황장애 같은 건가요?"

사람이 진심으로 걱정을 하는데도 그는 매섭게 자신을 노려봤었다. 뭐지, 이 남자?

"꺼져……! 꺼지라고!"

게다가 입도 험했다. 그렇지만 본성이 착해서 그를 내버려두지 못했다.

"당신 상태가 이런데 어떻게 꺼져요?"

"비키라고!"

끝까지 남의 도움을 거부하려고 하는 그를 연지는 품에 안아 버렸다. 왠지 자신이 꼭 안아 줘야만 나을 수 있을 거라는 이상한 확신이 들어 그를 꼭 안아 줬던 것이다.

"야, 너……!"

"괜찮아요. 다 괜찮질 거예요."

무슨 이유였는진 지금 생각해도 알 수 없지만 왠지 그래야만 할 것 같았다.

회상에 잠긴 그녀의 귀로 민현의 목소리가 불쑥 들려왔다.

"너한테 반한 건 그때인 것 같아."

"네……?"

전혀 예상치도 못한 그의 발언에 연지의 눈이 커졌다. 지금

저 사람이 뭐라고 한 거지?

"너한테 스포츠카를 열 대 사 줘도 안 아까울 것 같고 좋아 한단 말보다 결혼하잔 말이 먼저 나올 정도로 난 너한테 푹 빠져 있어."

진지한 민현의 눈빛에 연지는 눈 한 번 깜박이지 못하고 그를 바라보았다. 거짓말 같은 그의 고백이 또다시 이어졌다.

"널 정말 좋아해, 신연지."

"엄마."

소파에 우두커니 앉아서 멍하니 텔레비전을 보던 연지가 옆에서 드라마에 열중하고 있는 희숙을 불렀다. 희숙은 그런 그녀가 귀찮다는 듯 돌아보지도 않고 대답했다.

"왜."

"두 남자가 나 좋대."

다소 자극적인 화두에도 희숙은 고개를 돌리긴커녕 코로 웃음을 터뜨릴 뿐이었다.

"꿈꾸냐?"

"진짜야!"

연지가 펄쩍 뛰며 억울해하자 그제야 희숙이 고개를 돌렸다. 아직도 얼굴에는 의심이 가득했지만, 희숙은 일단 한 발자국 물러서기로 했다.

"그래. 어디 그 소설 같은 얘기 좀 들어 보자."

"진짜라고!"

정말 억울한 듯한 딸의 얼굴을 바라보면서 희숙이 빠르게 물었다.

"직업은?"

"의사랑 연예인이야."

"그럼 당연히 의사지!"

뭘 고민하고 앉았냐는 간단명료한 희숙의 즉답에 연지가 조심스럽게 말했다.

"근데 의사가 이혼남이야."

"그럼 연예인."

더 들어 볼 것도 없다는 듯 단호하게 말하는 희숙에게 연지가 다시 입을 열었다.

"근데 그 연예인보다 의사가 더 잘해 줘. 비교가 안 될 정도로 훨씬 다정해. 게다가 이혼은 했지만 애도 없고."

"그럼 의사."

"근데 의사는 누나가 셋이야. 연예인은 남동생 하나 있고."

"그럼 연예인."

또다시 말을 바꾸는 희숙에게 연지가 열을 내며 말했다.

"근데 연예인은 싸가지가 없어도 너무 없어. 생각도 없고, 입도 험해. 고집도 세고 독하고……!"

"그럼 의사네."

연지의 말을 자른 희숙이 무덤덤한 얼굴을 돌려 그녀를 마주했다. 희숙의 대답에 안심이 된 연지가 작게 웃으며 물었다.

"그치?"

"응. 네 마음은 벌써 의사로 정해 놨구만, 뭘 자꾸 물어?"

"!"

날카로운 희숙의 지적에 당황한 연지는 서둘러 고개를 좌우로 저었다.

"아직, 정한 건 아니야."

"그럼 그냥 의사 해. 너 아까부터 계속 연예인 욕만 하잖아."

"맞아. 그 연예인은 진짜 아니야. 정말 생각이 없는 남자란 말이야. 나한테 막 결혼하자고 하고, 스포츠카도 사 주겠다고……!"

"뭐? 그럼 연예인!"

순간 눈이 커진 희숙이 목소리를 높여 외치자 연지의 눈썹이 팩하니 올라갔다.

"엄마 지금 스포츠카 하나에 연예인으로 돌아선 거야?"

"연예인."

희숙은 단호했다. 그래서 연지는 어깨를 축 늘어뜨리고는 다시 한 번 그녀에게 물었다.

"그래서 엄마는 연예인이라고?"

"연예인."

흔들림 없는 엄마의 태도에 연지가 헛웃음을 터뜨리는 사이 희숙이 아까부터 궁금했던 그 질문을 던졌다.

"그래서 그 연예인이 누군데?"

잠시 머뭇거리던 연지가 조심스럽게 대답했다.

"……우민현."

희숙의 입이 천천히 벌어졌다. 더 벌어질 수 없게 그녀의 턱을 손으로 받쳐 닫아 주는 연지를 향해 희숙이 눈을 빛냈다.

"그럼, 그러니까, 그래서, 그러므로, 연예인."

"대체 왜?"

약간은 불만 어린 표정의 연지를 보며 희숙은 자신의 말을 이어 갔다.

"이 오십 넘긴 아줌마도 알 정도로 유명한 우민현이다. 그런 인기 배우가 너랑 결혼을 하겠다고 했어. 보통 진심은 아니라고 본다."

"엄마, 그럼 스포츠카 때문이 아니라 결혼하잔 말 때문에 연예인으로 돌아선 거구나?"

감동을 받은 듯 연지가 눈을 촉촉하게 적시는 사이 희숙은 조용히 자리에서 일어섰다.

"자라. 졸리다."

그, 그건 아닌가 봐……?

"엄마?"

희숙이 안방으로 들어가 버린 후 혼자 남겨진 연지는 두 무릎을 끌어안으며 소파에 깊숙이 몸을 묻었다.

지찬의 고백은 뜻밖이었지만 기뻤다. 심장을 울렸고 설레기도 했다. 그런데 민현의 고백은…… 이상하게 마음이 아팠다.

복잡하기만 한 머리를 숙이며 연지는 한숨을 길게 내쉬었다.

★☆★

이 실장에게 하루만 더 휴가를 달라고 요청한 연지는 하루 종일 민현과 지찬에 대한 자신의 마음에 정의를 내려 보려고 노력했지만 결론은 쉽게 나지 않았다.

저녁을 먹는 둥 마는 둥 대충 해결하고 방으로 들어온 연지는 휴대폰을 손에 쥔 채 생각에 잠겼다.

그날 지찬의 고백을 듣고 기쁘고 설렌 건 분명하지만, 민현의 상태가 안 좋다는 연락을 받은 순간부터는 머릿속에 온통 우민현 생각뿐이었다.

상태가 많이 안 좋은 건지, 또 쓰러지는 건 아닌지, 그로 인해 기자들에게 괜한 공격을 받는 건 아닌지……. 내가 옆에 있어야 하는 건 아닌지…….

직업병이라고 치부하기엔 그 감정이 조금 과하다 느껴졌다.

그 때였다. 윙— 하는 문자 진동 소리에 연지의 손이 조심스레 움직였다. 발신자는 민현이었다.

[혼자 끙끙대지 말고 나와.]

문자를 읽고 순간 흠칫 놀란 연지는 어깨를 움츠리며 방 안을 둘러보았다.

'어디 CCTV라도 달아 놨나?'

잠시 고민하던 연지는 결국 얇은 카디건을 하나 걸쳐 입고 집을 나섰다.

"안녕?"

그녀가 아파트를 빠져나오자 집 앞 전봇대에 등을 기대고 서 있던 민현이 그녀를 발견하고 손을 들어 올렸다.

대한민국 남성 평균 키보다 더 큰 키에 대한민국 남성 평균 몸무게보다 덜 나가는 날씬한 몸매의 그가 막 감고 나온 듯 젖은 머리를 털며 그녀를 기다리고 있었다.

카디건을 여미며 나오다 그의 모습을 본 연지가 잔소리부터 시작했다.

"그러고 왔어요? 감기 걸리면 어쩌려고?"

그녀의 걱정스런 두 눈을 마주한 민현은 어깨를 으쓱했다.

"가만있을 수가 없었어."

어쩐지 기운 없어 보이는 그를 연지가 가만히 바라보자 그가 조용히 말을 이었다.

"그냥, 걱정이 돼서. 너 그날 많이 놀란 얼굴로 갔으니까. 오늘도 연락도 없이 안 나오고⋯⋯."

"내일은 출근할 거니까 그만 돌아가요."

그의 말을 자르며 연지가 냉랭하게 말하자 민현은 얌전히 고개를 주억거렸다.

"응."

순간적으로 연지의 미간이 좁혀졌다. 그녀는 지금 내심 당황했다.

이 남자, 왜 이렇게 온순하게 굴지? 적응 안 되게.

"왜 그래요, 진짜? 사람 불안하게."

"뭐가?"

"너무 얌전하잖아요. 안 어울리게."

"그럼 너 좋다고 고백한 남자가 이보다 어떻게 더 당당해?"

순간 밀려오는 민망함에 연지는 민현의 뜨거운 시선을 피해 버렸다.

"그, 그냥 평소처럼 해요. 어색하니까."

"평소처럼 못 한다니깐."

민현의 갑작스런 말에 얼굴이 달아오르고 부끄러운 마음이 든 연지는 시선을 아래로 내렸다. 전봇대 가로등 불빛을 받아 그녀의 얼굴이 발그레진 게 민현의 눈에도 보였다. 그의 얼굴에 옅은 미소가 걸렸다.

"늦었어요. 그만 가요."

말을 마친 연지가 먼저 그를 스쳐 지나가자 민현의 눈이 커졌다. 그녀가 집이 아닌 반대쪽으로 향했기 때문이다.

"근데 넌 어디 가?"

그를 돌아보지도 않고 걸음을 늦추지도 않으며 연지가 대답했다.

"요 앞에요."

"요 앞에 왜?"

자신을 따라오며 민현이 집요하게 물어 왔다. 그를 향해 연지가 몸을 빙글 돌려 쳐다보았다.

"상관 말고 집에나 가요."

"그러니까 어디 가는데?"

사실 연지는 배가 조금 고팠다. 고민한답시고 하루 종일 밥을 제대로 못 먹은 탓이다. 대답을 안 하면 평생 물어볼 것 같아서 연지는 작은 목소리로 대답했다.

"떡볶이 사러요."

젖은 앞머리가 눈가를 찌르는지 민현은 긴 검지로 머리카락을 쳐내며 씨익 웃었다. 그렇게 대답하는 그녀가 귀엽게 느껴졌던 것이다.

"배고파? 저녁 안 먹었어?"

"먹었어요. 근데 먹은 것 같지도 않네요."

대충 대답을 한 연지가 다시 걸음을 옮기려고 하자 민현이 그녀에게 다가섰다.

"나도 같이 가, 그럼."

"뭐라구요?"

앞장서려 하는 민현의 팔뚝을 잡아채며 연지가 놀란 눈을 했다.

"사진이라도 찍히면 어쩌려고요?"

"걱정 마. 이게 있잖아."

말하면서 민현은 재킷 안주머니에 손을 넣어 선글라스를 꺼냈다. 그것을 본 연지의 얼굴이 딱딱하게 굳어졌다.

"그게 더 뒐 거란 생각은 안 해 봤어요?"

"연예인 오라를 숨기려고 끼는 게 아니야. 연예인 모드임을 드러내려고 끼는 거지."

선글라스를 낀 민현이 연지에게 길을 안내하라며 손짓했다. 여전히 얼굴 가득 의문을 드러낸 그녀에게 그가 말을 덧붙였다.

"연예인은 떡볶이도 못 먹냐? 어서 안내해."

헛웃음을 터뜨린 연지는 그대로 민현을 스쳐 지나갔다. 그를 스치면서 맡게 된 라벤더 향에 그녀는 묘하게 안심이 되는 자신을 느꼈다. 그것이 라벤더 향의 영향인지 민현의 영향인 진 알 수 없었지만 말이다.

연지가 향한 곳은 골목길이 끝나는 코너에 있는 작은 포장마차였다. 나이가 지긋한 주인 할머니를 향해 그녀가 말했다.

"떡볶이 2인분만 포장해 주세요."

"난 안 먹어."

어느새 그녀의 바로 옆까지 따라온 민현이 손까지 저으며 자신의 의사를 밝혔고 연지는 고개를 끄덕였다.

"네. 그러니까 2인분이요."

"혼자 많이도 먹는다."

옆에서 민현이 주는 핀잔에도 아랑곳 않고 연지는 태연한 얼굴로 주인 할머니가 건네주는 떡볶이를 받아 들었다. 그녀가 민현을 힐끔 올려다보며 말했다.

"많이 먹는 여자 싫어하시는 것 같은데, 그럼 안녕히 가세
요."

"누가 싫어한대?"

바로 몸을 돌려 걸어가는 연지에게 민현이 급하게 다가섰
다. 그러고는 그녀의 손에 들린 검정 비닐봉지로 손을 뻗었다.

"이럴 정도로 좋아하거든?"

떡볶이가 든 검정 비닐봉지를 뺏듯이 가져가는 그의 행동에
놀란 연지가 얼른 그의 팔뚝을 잡아챘다.

"이리 줘요."

"걱정 마. 안 뺏어 먹어. 집 앞에서 줄게."

부드럽게 그녀의 손을 쳐낸 민현이 앞장서 걸었고 그 뒤를
연지가 따라 걸었다. 낮게 한숨을 폭 내쉰 연지가 그의 뒤에서
말을 시작했다.

"저기, 있잖아요, 민현 씨. 전요, 솔직히 당신이 이러는 게
좀……."

부담스럽다, 라고 말하려는 찰나 민현이 갑자기 몸을 빙글
돌리며 빠르게 말해 왔다.

"야, 나 방금 사진 찍힌 것 같아."

"정말요?"

놀라 눈이 휘둥그레진 연지가 재빨리 민현의 앞을 막아서며
주위를 살폈다. 그녀의 눈은 경계심으로 가득했다.

"어디서요? 어느 쪽이었어요? 소리가 들렸어요? 아님, 플래

시 터지는 게 보였어요?"

그러자 입가에 슬며시 미소를 띤 민현이 그녀의 뒤통수를 내려다보며 입을 열었다.

"글쎄. 어디였더라?"

그의 목소리에서 느껴지는 가벼움에 연지는 순간 눈썹을 팩 하니 올렸다. 그리고 그를 노려보며 물었다.

"장난친 거예요?"

자신은 진심으로 마음 쓰고 걱정하는데, 이 사람은 늘 아무렇지도 않게 장난을 친다.

그녀의 서슬 퍼런 눈빛을 마주한 민현의 얼굴에서 웃음기가 사라졌다. 다음 순간 연지의 손이 거칠게 뻗어져 그의 손에서 비닐봉지를 낚아챘다.

"그 고백도 장난은 아니었는지 의심되네요. 조심히 돌아가세요."

휙 하니 몸을 돌려 성큼성큼 걸어가는 연지의 뒤에서 망연자실한 표정으로 서 있던 민현이 천천히 선글라스를 벗었다. 그리고 달리기 시작했다.

파앗, 연지의 앞을 가로막고 멈춰 선 민현이 화를 참는 듯한 얼굴로 말했다.

"장난? 나도 장난이었음 좋겠다, 젠장. 2년 동안 낮이고 밤이고 붙어 있던 네가, 내 가족보다도 더 가까이 지냈던 네가, 너무 좋아 미치겠는 이 감정도, 그걸 너무 늦게 깨달은 내 자신도, 나 안 받아 주면 어떡하나 전전긍긍하며 잠도 못 자는 지금 이 상황도 다 장난이었음 좋겠어!"

지금 연지는 어떤 말도 할 수가 없었다. 그저 멍하니 자신에게 진심 어린 고백 중인 남자를 올려다볼 뿐이었다.

"근데 다 진짜잖아. 다 사실이잖아. 장난이냔 말에 내가 이렇게, 심장이 아프잖아."

연지는 그 순간 찌릿하고 반응하는 심장을 느꼈다. 그의 진심이 절절히 느껴졌던 것이다.

만약 이게 장난이라면 이 남자는 신도 속일 수 있는 능력자일 것이다.

★☆★

— 내려와요.

집까지 올라오지도 않고 전화로 주차장까지 내려오라는 자신의 매니저에게 민현은 불평 한 마디 하지 않고 얌전히 밑으로 내려왔다. 조용히 밴에 올라탄 민현이 운전석에 앉아 자신을 돌아보지도 않는 연지를 향해 부드러운 목소리를 냈다.

"안녕, 연지야. 잘 잤니?"

그제야 그녀의 고개가 뒤로 돌려졌고 민현은 그녀의 얼굴을 볼 수 있었다.

"!"

그런데 그녀의 얼굴은 곱게 화장을 한 상태였고 그걸 확인한 민현은 눈썹을 사납게 구겼다. 그가 버럭 소리를 질렀다.

"너 화장했냐?"

"보면 몰라요?"

그 단아한 얼굴이 무표정하게 민현을 보았고 그 순간 민현은 왠지 좋지 않은 예감이 들었다. 그래서 그는 자리에서 일어나 운전석 쪽으로 상체를 들이밀었다. 그러자 그의 시야로 연지의 허벅지가 드러나는 짧은 스커트가 보였다.

"어쭈? 치마까지?"

"저 원래 화장하는 거 좋아하고 치마도 좋아해요. 그러니까 앞으로 계속 이러고 다닐 거예요."

뒤통수라도 얻어맞은 듯 민현의 표정이 일그러졌다. 그가 연지의 치마를 삿대질하며 소리쳤다.

"야, 당장 벗어!"

"변태같이 무슨 소리예요? 진짜 지금 벗어요?"

스커트의 지퍼 끝을 잡으며 협박하는 연지를 향해 민현이 손을 들어 보였다.

"이, 이따 대기실 가서."

당황한 그의 대답을 들은 연지는 피식 웃으며 오늘 있을 패션쇼를 위해 부드럽게 차를 출발시켰다.

패션쇼 현장에 도착한 연지는 스텝들에게 허리 숙여 인사를 건네기 바빴고 민현은 즐겨 쓰던 선글라스도 벗고 그녀의 옆에 딱 달라붙어서 주위를 경계했다.

"야, 방금 저 자식이 네 다리 쳐다본 것 같은데?"

"안 봤어요."

"아니야. 봤다니까?"

방금 그들을 지나쳐 간 현장 스텝에게 괜한 생트집을 잡는 민현의 팔을 잡아끌며 연지는 대기실로 향했다. 그녀에게 끌려가면서도 민현은 말을 멈추지 않았다.

"그러니까 빨리 바지로 갈아입으라구."

"싫어요."

"남자들이 자꾸 쳐다본다니까?"

구석에 마련된 대기실 문을 열어 민현의 몸을 구겨 넣은 후 같이 안으로 들어온 연지가 그에게 물었다.

"그래서 그런 거였어요?"

"뭐가?"

"2년 동안 나 화장도 못 하게 하고 치마도 못 입게 한 이유가 딴 남자들이 쳐다볼까 봐 그런 거였냐구요?"

허리에 척하니 손을 얹은 그녀가 그를 노려보았고 다음 순간 민현은 어이없다는 듯 헛웃음을 터뜨렸다. 그리고 최대한 차분하게 말했다.

"어우야, 넌, 야, 무슨, 그런, 야, 웃겨, 야, 아니거든?"

굉장히 차분하게 부정을 하는 민현에게로 연지의 모난 두 눈이 향했다.

"진짜 아니에요?"

"내가 그런 쪼잔한 놈으로 보이냐?"

"네."

176

냉큼 긍정을 하는 그녀 때문에 민현의 주먹이 꽉 쥐어졌지만, 어쨌든 지금은 그가 약자다.

"그럼 전 잠깐 나갔다 올게요."

민현의 무대 순서와 의상을 체크하기 위해 다시 밖으로 나가려는 연지의 팔을 민현이 잡아챘다. 그를 돌아보는 그녀에게 민현이 마른침을 삼키며 물었다.

"그래서, 대답은?"

"?"

무슨 의미냐는 듯 연지가 눈을 동그랗게 뜨자 민현이 다시 입을 열었다.

"내가 고백했잖아."

"뭐가 그렇게 급해요?"

"난 급해."

자신의 팔을 꽉 잡은 민현의 손을 물끄러미 내려다본 연지가 작은 목소리로 말했다.

"저 지금 좀 복잡하단 말이에요."

"뭐가 그렇게 복잡해? 간단한 거야. 내가 널 좋아하고, 넌 날…… 싫어하진 않을 거 아냐? 아니야? 솔직하게 말해 봐. 너 잘하는 거 있잖아, 지나치게 솔─직한 거."

진지한 민현의 눈빛과 태도에 연지도 진지하게 표정을 바꾸었다. 그녀가 조용히 물었다.

"진짜 솔직하게 말해요?"

"어? 어."

막상 연지가 진중한 어조로 말을 시작하니 민현은 살짝 긴장이 되었다. 그의 두 눈을 마주하며 연지가 솔직하게 말했다.

"사실 지찬 오빠한테도 고백받았어요."

"뭐?"

순간 민현의 두 눈이 커졌다. 이내 그의 한쪽 눈썹이 불편한 듯 크게 꿈틀거렸다.

'장지찬 그 자식, 내가 그렇게 경고를 했는데도 고백을 했단 말이지?'

한편, 연지는 이마에 손을 짚으며 지끈거리는 머리를 눌렀다. 이미 마음의 결정은 끝났다. 그렇지만 이게 과연 옳은 선택인가 아직은 혼란스러웠다. 그녀가 다시 민현을 향해 입을 열었다.

"그래서 지금 제 마음이 복잡해요. 더 솔직하게 말해요?"

갑자기 민현은 겁이 덜컥 났다. 솔직한 그녀의 마음을 듣고 싶었지만, 그녀가 장지찬한테도 고백을 받았다면 이야기가 달라진다.

"돼, 됐어. 나중에 들을게."

"왜요? 지금 얘기할게요."

"아, 됐다고."

고개를 저으며 민현은 뒤로 물러섰다.

'왜, 이 우민현이 그 이혼남한테 질 것 같은 기분이 드는 거야!'

속으로 분을 삭이고 있는 민현에게서 등을 돌린 연지는 그

대로 문을 향해 걸어갔다. 그리고 잠시 후 문 앞에서 멈춰 선
채 말했다.

"좀 이따 지찬 오빠 만나러 갈 거예요."

"왜, 왜?"

"대답 들려주려고요."

문 앞에서 연지가 몸을 빙글 돌려 다시 민현을 바라보았다.

"먼저 들을래요?"

"됐다니까?"

민현은 정색을 하며 바로 고개를 저었다.

왠지 매를 먼저 맞고 싶지는 않았다.

"미안해."

카페 한구석에 자리를 잡고 앉은 연지가 자신을 바라보고
있는 지찬에게 고개를 푹 숙였다. 그러자 지찬이 덤덤한 얼굴
로 그녀를 향해 물었다.

"그게 네 답변이야?"

다시 고개를 든 연지가 아랫입술을 깨물며 주저하다가 말을
시작했다.

"나도 학생 때 오빠를 꽤 좋아했고 지금도 이렇게 설레는
걸 보면 아직도 좋아하는 것 같아. 근데…… 그만큼 우민현이
신경 쓰여. 그 사람이 아프지 않았으면 좋겠어. ……이런 기

분으로 오빠랑 사귀는 건 예의가 아닌 것 같아."

"그건 동정이고 연민이야."

덤덤한 지찬의 지적에 연지는 순순히 고개를 끄덕였다. 솔직히 맞는 말이었다.

"그래, 알아. 아마 그렇겠지."

"그런 감정으론 관계가 오래 지속되지 못할 거야."

지금 지찬은 화를 내고 있다기보다 안타까워하고 있었다.

"네 감정에 하루 빨리 솔직해져야 아무도 상처받지 않을 거야."

진심 어린 지찬의 말을 들은 연지가 자신의 마른 입술을 혀로 축였다. 그사이 갑자기 소란스런 소리가 들려왔다.

"꺄악! 우민현이다!"

'뭐? 우민현?'

순간 연지의 눈이 화등잔만 하게 커졌다. 고개를 홱 돌려 카페 입구를 본 그녀의 눈에 선글라스를 낀 민현이 사람들의 시선을 받으며 들어오고 있는 것이 보였다.

'저 인간이 여길 왜 왔지?'

선글라스를 끼고 있었지만 그의 오라는 전혀 감춰지지 않고 있었다. 아니. 감출 생각이 없어 보였다.

방금 끝난 패션쇼에서 입은 연미복을 그대로 입고 선글라스까지 끼고 나타나 '나 우민현이다' 광고하고 있는 그에게로 여자들이 달려들었다.

"꺄악, 오빠!"

"사인 좀 해 주세요!"

'이런.'

벌떡 일어나 카페 입구로 달려가려는 연지의 팔뚝을 잡아챈 지찬이 자신에게 고개를 돌리는 그녀에게 말했다.

"나한텐 언제든 연락해도 돼."

다음 순간 지찬은 손에서 힘을 풀어 그녀의 팔을 놓았다.

"힘들 때 연락해. 기다릴게."

이어지는 지찬의 낮은 목소리를 들으며 연지는 그대로 카페 입구를 향해 달려갔다. 이미 민현의 몸은 수많은 여자들로 둘러싸여 보이지 않았다. 그 여자들을 밀치면서 연지가 목소리를 높였다.

"죄송합니다. 좀 비켜 주세요."

연지의 작은 몸이 힘겹게 안으로 파고들기 위해 바동거렸다. 그러나 여간해선 틈이 생기지 않았다.

"오빠, 악수 좀 해 주세요, 네?"

"사인 좀요, 민현 오빠."

"윽……!"

이리저리 밀리고 밀쳐지는 상황에서 연지는 자신의 귀로 정확하게 꽂히는 민현의 고통스런 목소리를 들었다. 순간 눈썹을 움찔한 연지가 초인적인 힘을 발휘해서 사람들을 밀치고 그 중앙에 있는 민현의 몸통을 덥석 잡았다. 그러고는 그를 자신의 뒤로 보호한 다음 사람들을 향해 말했다.

"그만하시고 뒤로 물러서 주세요."

손을 뻗어 사람들을 뒤로 물러서게 하면서 연지가 민현을 향해 작은 목소리로 속삭였다.

"얘기 금방 끝난다고 밴에서 기다리라고 했잖아요."

패션쇼가 늦게 끝나는 바람에 지찬과의 약속 시간에 늦은 연지는 민현에게 금방 돌아오겠다고 하고 그를 현장에 남겨 둔 채 여기로 왔었다. 민현이 혼자선 집에 돌아가지 않겠다고 고집을 부렸기 때문이다.

"금방? 30분이나 기다리다가 속 터져서 내가 직접 밴 몰고 왔다. 내가 운전하고 온 거 티 안 내려고 조수석으로 내린 거 너 모르지? 그거 되게 귀찮고 힘들어."

"알았으니까 그만 가요, 빨리."

사람들의 시선을 신경 써서 재빨리 그를 데리고 나가려는 연지의 행동을 민현이 저지했다.

"어딜 가? 카페까지 와서 너만 데리고 나가는 게 더 이상하게 보일 것 같지 않아?"

그들을 둘러싼 사람들은 이미 자신들의 휴대폰을 꺼내 사진을 찍고 있었다. 그런데도 민현은 태연했다.

"당연히 커피는 사야지."

황당해하는 연지를 아랑곳 않고 언제 아팠냐는 듯 민현은 카운터로 향했다. 그를 반갑게 맞이하는 점원을 향해 싱긋 미소 지은 민현이 아메리카노 두 잔을 시키고 팔짱을 끼자 그의 뒤로 연지가 다가왔다. 자신의 옆에 서는 그녀에게로 살짝 고개를 숙인 민현이 목소리를 낮춰 물었다.

"아메리카노 괜찮지?"

"이미 시켰잖아요."

"뭐 어때. 너 어차피 그거밖에 안 마시잖아."

뻔뻔한 민현의 태도에 연지는 헛웃음이 터졌다. 그런 그녀에게로 더욱 상체를 숙인 민현이 더 작은 목소리로 물었다.

"장지찬은? 거절한 거야, 받아 준 거야?"

"……그거 지금 꼭 대답해야 돼요?"

"아니. 그렇다면 나한테 마지막 발언 기회를 줘."

"?"

자신들을 주시하고 있는 사람들을 둘러보며 연지가 의아해하자 민현은 그녀에게로 더욱 고개를 숙이며 속삭였다.

"어젯밤에 내 총명한 머리로 생각해서 깨달은 건데, 내가 그동안 카메라 앞에선 여자기피증 증상이 심하지 않았잖아? 근데 그게 카메라 앞이라 여자와의 스킨십이 괜찮았던 게 아니라, 네 앞이라 괜찮은 거였어. 그동안 넌 한 번도 촬영장을 벗어난 일이 없었으니까. 그래서 항상 카메라 뒤에 서 있는 너 때문에 괜찮은 거였어. 그 증거로, 네가 선 보러 간 날이랑 패션쇼 리허설 하던 날이랑 내가 그 증상이 심해져서 고생했었잖아? 근데 너 온 뒤론 무사히 촬영이랑 리허설을 마쳤지."

"……."

그럴듯한 민현의 말에 연지는 아무 말 없이 생각에 잠겼다. 가만히 시선을 내리는 그녀를 보면서 민현은 입꼬리를 올려 미소를 지었다.

"너 부담 가지라고 한 말 맞아. 그래야 네가 날 선택하지."

순간 새치름해진 연지의 눈빛이 민현을 향해 위로 올라왔
다. 그녀를 내려다보는 민현의 얼굴에는 미소가 끊이지 않았
다.

"난 너 없인 안 되니까."

그런 그들을 향해 휴대폰 카메라들이 작동하고 있었다.

'왜 안 뜨지?'

휴대폰을 들고 계속 만지작거리던 민현의 손길이 이내 신경질적으로 변했다. 그의 손가락이 더 빨라졌다.

'뜰 때가 됐는데?'

손가락 끝으로 계속해서 자기 이름만 검색하고 있는 민현을 한심하다는 듯이 보던 연지가 결국 자리에서 일어섰다.

"저 이제 가 볼게요."

"안 돼. 잠깐만."

그러자 연지의 눈썹이 팩하니 올라갔다. 그리고 도저히 이해가 안 된다는 듯 물었다.

"세 시간째 절 잡아 두는 이유가 대체 뭐예요?"

처음엔 민현이 파스타를 만들어 주겠다며 집에 가려는 연지를 붙잡았다. 2년 만에 처음 있는 일이고 해서 연지는 그러라고 말했고 민현은 신이 나서 파스타를 삶았다. 그러나 그러기도 쉽지 않은데 만든 파스타가 엄청 써서 결국 피자를 시켜 먹었다.

피자를 먹고 연지가 다시 집으로 가려고 하자 민현은 저번에 끝난 자신의 드라마를 모니터 하라며 그녀에게 드라마 DVD를 내밀었다. 그의 성화에 못 이겨 드라마 2화까지 본 연지가 결국 못 참고 그 이유를 따져 묻자 민현이 능청스런 얼굴로 대답했다.

"잡아 두다니? 매니저한테 자기 배우의 드라마를 모니터 하라는 거잖아. 모니터 다 했어?"

"이 24부작 드라마를 언제 다 모니터 해요?"

연지가 드라마 DVD를 가리키면서 어이없어하자 그는 자신의 턱을 매만지며 진중하게 말했다.

"나 요즘 연기력이 날로 발전하는 것 같아. 분석 좀 해 봐."

"연기력이 떨어지는 것도 아니고 발전하는 건데 꼭 분석까지 해야 돼요?"

"어. 해."

단호한 민현의 태도에 연지가 눈을 모나게 떴다. 문득 좋은 생각이 떠오른 연지가 DVD들을 손으로 모으며 말했다.

"그럼 집에 가져가서 할게요."

그 순간 그녀를 향해 민현이 다급하게 손을 뻗었다.

"야, 자, 잠깐만, 그거 가져가면 안 되는 DVD야. 함부로 렌털 안 되는 거란 말이야. 프리미엄 붙은 거라 엄청 비싸고 귀해. 그냥 여기서 봐."

"좋아한다면서 DVD 하나 못 빌려 줘요?"

연지가 툭 던진 말에 민현의 얼굴이 화악 붉어졌다. 그런 그의 얼굴을 보는 연지도 괜히 얼굴이 달아오르는 느낌이 들었다.

'내가 지금 무슨 소릴 한 거람?'

흠흠, 헛기침을 한 연지가 시선을 분산시키며 딴청을 부리는 사이 민현은 그녀의 손에 DVD를 꼭 쥐여 주었다.

"너 다 가져."

"네? 귀한 거라면서요……?"

붉어진 얼굴로 그녀의 눈길을 피하면서 민현은 다시 자신의 휴대폰으로 시선을 내렸다. 그리고 검색 사이트에 다시 한 번 자신의 이름을 넣어 보았다. 그러자 이내 그의 눈앞으로 그토록 기다리던 새로운 화면이 떴다.

'드디어 떴다!'

곧 민현의 입에서 일부러 만들어 낸 격앙된 목소리가 튀어나왔다.

"어, 이런!"

"왜요?"

갑작스런 그의 목소리에 연지가 궁금해하자 민현이 그녀의 얼굴 앞으로 휴대폰 화면을 내밀었다.

"이거 봐 봐."

연지의 큰 두 눈이 그가 보여 주는 화면을 가만히 응시했다. 그리고 이내 깜짝 놀랐다.

"어머?"

아까 저녁에 아메리카노를 두 잔 산 커피전문점에서 찍힌 둘의 사진이 인터넷 화면에 떠 있었던 것이다. 그때 그곳에 있던 사람들 중 누군가가 사진을 블로그에 올린 것으로 보였다.

'우리가 이렇게 다정한 모습이었나?'

카운터 앞에 서 있는 민현과 연지의 모습이 그렇게 다정할 수가 없었다. 사진은 민현이 얼굴 가득 미소를 띤 채 연지에게 귓속말을 하고 있는 것이 대부분이었다.

마른침을 꿀꺽 삼킨 연지가 두려움이 깃든 얼굴로 민현을 쳐다보았다.

"우리, 스캔들 나면 어떡해요?"

"그러게."

무미건조하게 형식적으로 대답하면서 민현은 손으로 사진들을 일일이 저장하기 시작했다. 그의 옆에서 연지가 걱정스런 얼굴을 했다.

"사장님한테 혼나겠죠?"

"그러게."

왠지 건성으로 대답하는 듯한 민현의 태도에 연지의 미간이 슬쩍 모아졌다.

"당신은 스캔들 안 무서워요?"

"그러게."

"제 말 안 듣죠?"

"그러게. 응?"

고개를 든 민현의 눈에 그를 노려보고 있는 연지이 성난 얼굴이 보였다. 그런 그녀를 향해 씨익 웃은 민현이 저장한 사진들 중 자신과 연지의 옆얼굴이 예쁘게 찍힌 사진을 보여 주었다.

"이 사진 잘 나왔다."

"웃음이 나요? 미소가 지어져, 지금?"

벌써부터 기사와 인터뷰를 막을 생각에 머리가 아파 오는 연지였지만 민현은 태연자약했다. 오히려 여유로워 보이기까지 했다. 흥얼흥얼 콧노래까지 부르면서 휴대폰을 보던 민현이 멀뚱히 선 연지를 발견하고는 물었다.

"근데 넌 집에 안 가?"

순간 연지의 눈이 커졌다.

"언제는 가지 말라면서요?"

"내가 언제 가지 말랬어? 너 진짜 은근히 엄청 되게 살짝 밝힌다?"

방금까지 24부작 드라마 DVD를 다 보고 가라던 사람답지 않게 민현은 연지를 엉큼한 사람 취급했다. 기가 찬 연지는 그를 노려보면서 DVD를 챙겨 들었다. 그러고는 현관문을 향해 씩씩하게 걸어가는데 그런 그녀의 뒤에서 민현은 여유롭게 손을 흔들었다.

"잘 가. 내일 봐."

흥, 하고 고개를 돌리며 아무 대답도 하지 않은 연지가 문을 닫고 사라질 때까지 민현은 그녀의 뒷모습에서 시선을 떼지 않았다.

"어떻게 한 번을 안 돌아보냐……."

그렇지만 아침이 오면 그녀를 또 볼 수 있다. 그 아침을 멀게 느껴지게 하는 새벽 따위 지금은 없어져도 좋다.

★☆★

이른 새벽에 눈을 뜨자마자 연지는 '비크' 사무실로 달려갔다.

"연지야아아아."

울상을 한 이 실장이 사무실로 들어오는 그녀의 양어깨를 잡았다. 그런 이 실장에게 연지는 고개를 꾸벅 숙였다.

"죄송해요."

"나 기사 막느라 죽을 뻔했어."

어젯밤 커피전문점에 있던 민현과 연지의 다정한 모습은 사진으로 남아 인터넷 이곳저곳에 올라왔다. 그러면서 자연스럽게 기사도 나고 기획사에 문의 전화도 많이 왔다. 다행히 회사 측에서 발 빠르게 매니저일 뿐이고 비즈니스 관계 이상은 아니라고 기사를 냈기 때문에 사태는 생각보다 커지지 않았다.

"너도 같이 기사를 막아야 하는 입장에서 오히려 기사를 쓰라고 사진을 찍히면 어떡해?"

"죄송해요. 조심할게요."

계속 머리를 조아리는 연지의 귀로 큰 고함 소리가 들려왔다.

"야, 신연지!"

순간 어깨를 움찔한 연지가 그 소리가 난 쪽으로 천천히 고개를 돌렸다. 그 목소리의 주인공은 그녀를 잡아먹을 듯이 노려보면서 다가왔다.

"사장님……."

"너 미쳤어?"

겁을 먹은 연지의 앞으로 성큼성큼 걸어온 '비크' 사장 대호가 다짜고짜 소리쳤다.

"내가 분명히 조심하라고 했지? 그런데 사진까지 찍혀? 네가 제정신이야?"

사무실을 뒤흔드는 대호의 호통에 연지는 두 눈을 질끈 감았다.

그 때였다.

똑똑—

"적당히 하시죠."

책상 위를 두드리는 소리와 함께 저음의 목소리가 그들을 향해 들려왔다. 재빨리 몸을 돌린 연지의 시야로 민현의 반듯한 얼굴이 들어왔다. 깜짝 놀란 대호가 그를 향해 어색한 미소를 지었다.

"민현아, 네가 아침부터 웬일이야?"

"이럴 줄 알고 와 봤죠."

저벅저벅 걸어 연지와 대호의 앞으로 온 민현이 연지를 향해 상체를 숙이며 그녀의 얼굴을 살폈다.

"왜 그렇게 어깨를 움츠리고 서 있어, 신연지?"

민현의 등장에 연지는 거짓말처럼 크게 안도하는 자신을 느꼈다. 처음으로 자신이 그에게 의지를 하고 있다고 느껴졌다. 이내 고개를 빳빳이 들고 어깨를 당당히 펴는 연지의 머리 위로 손을 올리며 민현이 대호를 향해 말했다.

"너무 연지한테만 뭐라고 하지 마세요. 연지 커피 사 준 건 나니까."

말하면서 민현은 연지의 머리를 슥슥 쓰다듬었다. 그리고 그녀의 얼굴을 빤히 바라보았다.

'오늘은 화장 안 했네, 우리 연지.'

흐뭇해하는 민현의 앞에서 대호가 그의 눈치를 살폈다. 그리고 곧 조심스럽게 입을 열었다.

"민현아, 곧 영화도 개봉하고 드라마 복귀도 앞두고 있는 시기니까 조심 좀 하자, 응?"

자신을 대할 때와는 달리 부드럽게 어조를 바꾼 대호의 태도에 연지는 울컥 화가 치밀었다. 어이없어하는 연지의 옆에서 민현이 대호를 못마땅하다는 얼굴로 쳐다보았다.

"저는 매니저랑 커피도 사러 가면 안 됩니까?"

"근데 그 모습이 너무 다정했잖아."

"그럼 거기서 멱살이라도 잡고 있어야 합니까?"

"아니, 그게 아니라……."

"연예인은 자기 매니저랑 담소도 못 나눠요?"

대호가 꼼짝도 못하게 따지고 들던 민현이 갑자기 주위를 둘러보았다. 그와 시선을 마주친 직원들 몇몇이 빠르게 흩어지는 것이 보였다. 다시 대호의 딱딱하게 굳은 얼굴로 시선을 돌린 민현이 싱긋 웃으며 말했다.

"사장님, 전 내년까진 사장님이랑 친하게 지내고 싶습니다."

재계약을 해야 하는 내년까진.

"그러니까 우리 내년까진 좀 친하게 지내요."

대호는 아무 대답도 하지 않았지만 민현이 무슨 말을 하고 있는지는 정확히 감지했다. 내년에 재계약을 하고 싶으면 이 이상 간섭하지 말라는 거였다.

'건방진 놈.'

겉으로는 태연한 얼굴을 한 대호가 입술을 앙다문 채 미소를 지었다. 그것을 흡족한 표정으로 보던 민현이 연지의 어깨에 팔을 두른 후 대호와 직원들을 돌아보며 말했다.

"연지한테 잘 좀 해 줘요. 제가 아끼는 동생 같은 앤데."

"……그래."

떨떠름한 얼굴로 대답한 후 대호는 그대로 자신의 방으로 가 버렸다. 그때까지 그들의 모습을 가만히 지켜보던 이 실장이 의문 서린 얼굴로 민현에게 물었다.

"동생? 너희 동갑이잖아?"

"저 출생신고 1년 늦게 했잖아요."

"진짜? 진짜야, 연지 씨?"

민현의 대답에 이 실장은 자신의 관자놀이를 긁적이며 연지를 보았다. 이에 그녀 역시 어깨를 으쓱할 뿐이었다.

"저도 몰라요. 확인할 방법이 없어서요. 출생신고 1년 빨리했을 가능성도 있으면 좋을 텐데. 누나라고 부르라고 시키게."

시킨다고 할진 의문이지만.

★☆★

"오늘은 내가 운전할게."

갑작스런 민현의 제안에 연지가 눈을 동그랗게 떴다.

"웬일이에요?"

그러나 민현은 기분이 좋은 듯 콧노래까지 흥얼거리며 운전대를 잡았다. 그의 뒤에서 피식 웃음을 터뜨린 연지는 푹신한시트에 몸을 기대고 잠시 눈을 감았다.

"다 왔어."

낮은 목소리에 눈을 뜬 연지의 시야로 익숙한 아파트 전경이 들어왔다. 확실히 항상 보던 고급 빌라의 벽은 아니었다.

"어? 여기 우리 집 아니에요?"

"맞아. 오늘은 내가 데려다 준 거야."

"진짜 왜 이래요?"

"내리기나 해."

연지가 얼떨떨해하며 밴에서 내리자 민현은 낑낑거리며 조수석으로 내렸다. 힘들게 조수석으로 건너와 내리는 폼생폼사 민현을 향해 연지가 헛웃음을 터뜨렸다.

"그럴 거면 그냥 저보고 운전하라고 하지."

조수석으로 내린 민현이 깜깜한 밤하늘을 올려다보며 선글라스를 찾아 꼈다. 이 밤에 선글라스는 대체 왜 끼냐는 연지의 핀잔을 무시하며 민현이 그녀의 아파트 입구를 가리켰다.

"들어가. 내일 보자."

"네."

연지가 몸을 돌리는 순간 아파트 입구로 한 파마머리 아줌마가 나왔다. 아줌마의 손에는 노란 음식물 쓰레기봉투가 들려 있었다. 그 아줌마를 발견한 연지가 익숙한 그녀의 호칭을 불렀다.

"엄마!"

"엄마?"

깜짝 놀란 민현이 빠르게 선글라스를 벗었다. 자신의 딸을 발견한 희숙이 그들에게 다가왔다.

"이제 오냐? 마침 잘 왔다. 너 이거 좀 버리고 와라."

연지를 향해 손에 든 음식물 쓰레기봉투를 내밀던 희숙이 그녀의 옆에 선 민현을 보고는 순간 멈칫했다. 들고 있던 음식물 쓰레기봉투를 자신의 몸 뒤로 숨기며 희숙이 여성스럽게 물었다.

"우리 어디서 본 것 같지 않아요?"

순간 민현의 고개가 갸웃했다. 이내 그의 얼굴에 어색한 미소가 걸렸다.

"글쎄요, 저는 오늘 어머님 처음 뵙는데요."

"엄마 혼자 TV에서 봤겠지."

옆에서 들려오는 날카로운 딸의 지적에 희숙이 눈을 크게 떴다. 그녀의 얼굴이 밝아졌다.

"아, 맞다! 연예인이다."

"처음 뵙겠습니다. 우민현이라고 합니다."

그가 연예인 우민현이란 걸 깨달은 순간 희숙의 눈이 반짝였다. 눈치 빠른 연지가 얼른 손을 뻗어 희숙에게서 쓰레기봉투를 받아들면서 말했다.

"내가 버리고 올게. 엄만 빨리 들어가."

"그러지 말고 둘이 같이 갔다 와, 연예인이랑."

딸의 데이트를 위해서 친절히 자신의 음식물 쓰레기봉투를 양보하는 센스 있는 희숙의 모습에 연지가 난감한 얼굴을 했다.

"네. 다녀오겠습니다."

씩씩하게 대답하며 민현은 연지의 손에서 음식물 쓰레기봉투를 뺏어 들었고 희숙은 쓰레기봉투를 든 모습마저 화보 같은 민현의 모습에 흡족한 미소를 지었다.

"저 혼자 해도 되는데……."

아파트 쓰레기장까지 걸어오면서 연지는 민현에게 미안해했고 그는 이런 상황이 재미있다는 듯 계속 웃음을 터뜨렸다.

"오늘 일은 미안해."

잠시 후 쓰레기장에서 다시 밴으로 돌아오자마자 민현이 연지에게 사과를 했다. 연지는 그런 그를 말없이 빤히 올려다보았다.

"네 마음은 아직 그대론데 나만 급해서……. 내 마음만 급해서 생각이 없었다. 미안."

깔끔하게 사과를 마친 그가 밴의 조수석 앞으로 걸어갔다.

"나 갈게. 들어가."

밴의 조수석으로 타서 운전석으로 건너가는 민현의 행동을 보며 연지는 피식 웃음을 터뜨렸다. 이 밤에 누가 본다고 저러지. 가만히 웃던 그녀는 이내 결심한 듯 조수석 문을 열었다.

"왜?"

갑작스런 그녀의 행동에 민현이 깜짝 놀란 얼굴을 했다. 조수석으로 올라탄 연지는 차 문을 닫은 후 그를 돌아보았다. 그리고 그녀의 진지한 목소리가 차 안에 낮게 울려 퍼졌다.

"예를 들어 우리의 마음이 10이면 당신이 8, 내가 2, 이 정도의 마음에서 시작하는 거예요. 그래도 괜찮겠어요?"

순간 눈을 크게 뜬 민현이 마른침을 꿀꺽 삼키고 그녀에게 따지듯이 말했다.

"야, 숫자가 그게 뭐냐?"

"왜요? 난 2면 꽤 쓴 건데."

"아니, 내 숫자 말이야. 8이 뭐냐고!"

큰 결심을 한 고마운 연지를 향해 민현은 자신의 솔직한 심정을 전했다.

"내 마음을 우습게 보는 거야? 내 마음이 10, 네가 0이어도 네가 시작만 하자면 난 해."

항상 붙어 있는 게 습관처럼 되어 버린 관계에서도 막상
'사귄다' 라는 영역으로 들어서면 이렇게 묘하게 긴장이 되는
모양이다.

연지는 오늘도 평소처럼 우민현의 어수선한 방을 치우고 있
고 우민현의 컨디션을 살피고 있지만, 뭔가 다르다.

그건 분명…….

"그만 좀 쳐다볼래요?"

저 눈빛 때문이겠지.

연지가 움직일 때마다 따라오는 저 다갈색 눈동자가 그렇게
평소와 다를 수 없었다.

"싫은데."

사귀기 전이나 후나 똑같은 건 하나 있구나.

'말 더럽게 안 듣는 거.'

연지가 낮은 한숨을 폭 내쉬는 사이 민현이 갑자기 소파에서 벌떡 일어섰다.

"데이트하자, 데이트."

생각지도 못한 그의 말에 연지는 눈을 동그랗게 떴다.

"데이트요?"

연지가 대스타 우민현과 사귀기로 하면서 포기한 것이 세 가지 있는데, 그게 바로 데이트, 화장 그리고 집착이다.

그런데 그중 제일 어려울 것 같았던 '데이트'를 할 수 있다고?

"어떻게요?"

밖에만 나갔다 하면 사람들이 몰려들고 온 시선을 한 몸에 받으면서 무슨 데이트를 한단 말인가?

"나한테 다 생각이 있지."

다음 순간 민현은 자신의 방을 향해 성큼성큼 걸어갔다. 잠시 후 방에서 나온 민현의 손에는 캠코더가 들려 있었다.

"웬 캠코더?"

연지가 고개를 갸웃했다. 그사이 캠코더의 몸체를 손에 쥔 민현이 그것을 연지를 향해 들어 올리자 그녀가 놀란 얼굴을 했다.

"저 찍는 거예요, 지금? 저 화장도 안 했는데."

황급히 손을 들어 카메라 렌즈 부분을 가리는 연지 때문에 민현은 웃음이 터졌다.

"너 원래 화장 잘 안 하잖아."

"하게만 해 주면 잘하거든요? 가부키 화장보다 더 뽀얗게 잘할 자신 있거든요?"

어후, 그런 소리 말라며 민현이 정색을 했다.

"내가 너 그 꼴 보기 싫어서라도 화장은 못 시키지."

말하면서 민현은 연지의 얼굴을 캠코더 안에 고스란히 담고 있었다. 입술을 삐죽거리며 그를 노려보는 연지의 얼굴이 캠코더에 녹화되고 있었다. 순간 의문이 든 연지가 그에게 물었다.

"근데, 그 캠코더랑 데이트랑 무슨 연관이 있어요?"

데이트를 하자면서 캠코더를 꺼내 온 민현의 행동에 연지가 의문을 품자 그가 그녀의 얼굴이 녹화되는 캠코더 화면을 보면서 대답했다.

"가끔 케이블 같은 데 보면 연예인들이 6미리 캠코더 들고 나와서 셀프카메라처럼 자기 찍는 방송 있잖아? 리얼리티 다큐 프로그램 같은 거."

순간 연지의 입이 떡 벌어졌다. 민현의 생각이 읽힌 것이다. 그녀의 추측은 정확하게 맞아떨어졌다.

"이걸 들고 나가면, 우리 둘이 밥을 먹고 영화를 보고 카페에 가도 사람들은 그냥 리얼 다큐 찍나 보다 생각할 거야."

"그래서…… 있지도 않은 방송을 찍는 척한다구요?"

"응. 이 정도는 해야 대스타랑 데이트를 하지?"

자신이 생각해 낸 아이디어가 꽤나 기특했던지 민현은 어깨를 으쓱으쓱하며 즐거워했다.

"나 진짜 천재 아니냐?"

"네. 진짜 천재 아니에요."

그녀의 대답이 마음에 안 들었던지 민현의 들썩거리던 어깨가 멈추었다. 그래도 캠코더로 그녀를 찍는 건 멈추지 않았다. 화면 속 새치름한 연지의 얼굴을 보는 민현의 얼굴에 흡족한 미소가 걸렸다.

화질이 아주 좋군. 아주 예뻐.

"그러다 그걸 본 팬이 방송 언제 하냐고 물으면요? 그리고 나중에 왜 방송 안 하냐고 따지면요?"

민현의 아이디어는 꽤 좋았지만, 그만큼 위험부담이 따랐다. 그걸 걱정하는 연지에게 민현은 대수롭지 않다는 듯 대꾸했다.

"편성이 확정되지 않아서 엎어졌다고 하거나……."

"대스타 우민현의 리얼 다큐가 엎어질 리가 있어요?"

"아님 내년으로 미뤄졌다고 하면 되지, 뭐."

불안해하며 펄쩍 뛰는 연지와 달리 민현은 태평하기 그지없었다.

"그러다 내년에 진짜 리얼 다큐 해 버리고, 그럼 되잖아?"

"후우, 그러다 들키면 여기저기서 깨질 텐데……."

들고 있는 캠코더 화면 안의 연지가 근심 어린 얼굴을 하자 민현이 손을 내리고 그녀에게 다가섰다. 다가오는 그를 올려다보는 연지의 어깨에 민현이 팔을 둘렀다.

"!"

갑작스런 그의 행동에 연지가 눈을 동그랗게 뜨자 민현이 그녀에게로 머리를 기댔다.

"왜, 왜 이래요?"

아직 이런 스킨십은 그녀에게 어색하기만 했다.

"나 오랜만에 연애하는 거야. 제발 좀 웃어 주면 안 되냐? 원래 연애라는 게 지나치게 유치할 때도 있고 대책 없을 때도 있는 거잖아?"

"……."

잠시 후 연지는 그저 말없이 그의 앞으로 자신의 손바닥을 내밀었다. 그것을 가만히 보던 민현이 씨익 웃으며 그녀의 손 위에 자신의 손을 얹었다. 그러자 연지는 한쪽 입술 끝만 끌어 올려 서늘하게 웃었다.

"이거 말고 캠코더 달라구요. 제가 들어야죠, 리얼하게."

"됐어. 여자는 무거운 거 드는 거 아니야."

"저 여자 아니고 매니저예요."

"너 매니저 아니고 여잔데?"

잡은 그녀의 손을 더욱 꽉 잡아당기는 민현에게 연지가 눈을 동그랗게 뜨고 따져 물었다.

"새삼스럽게 왜 이래요? 그동안 제가 당신 옷이며 신발이며 가방 다 들고 다녔던 거 잊은 거예요?"

"뭐래, 이 여자가?"

민현이 순간 어이없다는 듯한 표정을 지은 후 이어 말했다.

"그땐 내 여자가 아니었잖아."

★☆★

"저는 지금 제가 자주 오는 단골집 한식당에 와 있습니다."

캠코더를 자기 자신에게 향하게 한 채 설명을 하는 민현을 연지는 재미있다는 듯이 쳐다보았다.

식탁과 식탁 사이에 칸막이가 세워져 있어 독립된 공간처럼 보이는 식당 안에서도 민현은 여전히 사람들의 시선을 받았다. 처음엔 우민현과 젊은 여자의 등장에 웅성거렸던 사람들도 그의 손에 들린 캠코더를 보고는 방송일 거라 여기는 듯했고 덕분에 그들은 수월하게 착석할 수 있었다.

"제가 생긴 건 이탤리언 레스토랑만 가게 생겼는데 한식을 굉장히 좋아합니다. 뭐 그런데 프렌치도 좋아하고 브런치도 좋아하고 크런치도 좋아하고, 하하, 마이 조크, 편집해 주세요."

"혼자 되게 잘 논다."

자신의 앞에 있는 컵에 물을 따라 주면서 피식 웃는 연지를 힐끔 본 민현이 짐짓 심각한 표정으로 캠코더에 대고 말했다.

"지금 제 앞에는요, 진짜 그러면 안 되는데 자기 민낯을 굉장히 자신 있어 하는 양심 없는 매니저가 앉아 있습니다. 여러분께 보여 드리고 싶은데……."

장난기 가득한 표정의 민현이 캠코더를 자신의 쪽으로 돌리려고 하자 연지가 얼른 손을 뻗었다.

"저 찍지 마요. 못생겼어."

"못생긴 게 뭐야? 난 한 번도 못 들어 본 단어라서 생소하다. 너같이 생긴 걸 말하는 거야?"

너무 어이가 없어서 헛웃음이 터진 연지가 그를 새치름하게 노려보았다. 곧 그녀가 그의 손에서 캠코더를 빼앗으며 말했다.

"딱 지금 당신 되게 못생겼어요. 여자 친구 놀리는 그 얼굴. 제가 찍어 줄게요."

연지가 던진 말들 중 민현의 심장을 울리는 그 단어 하나에 그가 멈칫했다. 그의 얼굴에 이내 환한 미소가 걸렸다.

"누구 놀리는 얼굴?"

민현의 짓궂은 표정을 캠코더로 찍으려던 연지가 방금 자신이 한 말을 깨닫고 깜짝 놀라며 입을 손으로 가렸다.

"어머. 나 지금 말실수했죠? 미쳤나 봐. 누가 들은 거 아니야?"

'여자 친구'란 단어를 주변 사람들이 듣기라도 했을까 봐 연지는 두근거리는 마음으로 주위를 둘러보았다. 다행히 근처에 사람은 없었다. 안심한 그녀가 고개를 돌리자 민현이 그녀에게 말했다.

"손잡고 싶다."

"!"

그의 얼굴 가득 퍼진 미소와 부드러운 목소리에 연지는 부끄러운 마음이 들었다. 캠코더를 올려 자신의 얼굴을 가려 버리는 연지의 행동에 민현의 미소는 더욱 짙어졌다.

"뽀뽀도 하고 싶다."

"미, 미쳤나 봐!"

캠코더 너머 연지의 얼굴이 붉어졌다. 시선을 식탁 위로 떨군 그녀가 민현의 앞으로 반찬들을 급하게 밀어 넣으며 말했다.

"밥도 먹고 싶죠? 그러니까 얼른 먹어요."

리얼 다큐 프로그램의 셀프카메라로 위장한 그들의 데이트는 영화관까지 이어졌다.

월요일 저녁이라 영화관에 사람들은 생각보다 많지 않았고 자리는 넉넉했다. 그러나 민현은 앞에서 세 번째라는 좋은 자리가 남아 있음에도 불구하고 제일 뒷자리의 가장자리로 티켓을 끊어 달라 요구했고 연지는 그 부탁을 들어주었다.

"중앙에 좋은 자리도 많았는데……."

티켓을 끊어 와서 작게 투덜거리는 연지를 향해 민현이 답답한 소리 한다는 듯 한숨을 내쉬었다.

"제일 뒤에 앉아야 손이라도 잡지."

순간 연지가 놀라 눈을 크게 뜬 채 주위를 둘러보았다. 그러고는 그의 어깨를 툭 밀쳤다.

"머릿속에 온통 그 생각밖에 없어요?"

"아니. 그 이상의 생각이 더 많은데? 너 날 너무 순진하게 본다?"

뻔뻔한 그의 태도에 연지는 미간을 찡그리며 입을 삐죽거렸다.

"어휴, 변태."

그러자 두 팔을 교차시켜 팔짱을 딱 낀 민현이 그녀에게로 상체를 숙이며 진지하게 말했다.

"야. 내가 아는 일반인이 그랬다. 이 세상엔 두 가지 종류의 인간이 있다고. 변태와 아직 자신이 변태임을 자각하지 못한 예비 변태."

전 세계 사람들을 변태로 만들 기세인 민현 때문에 연지의 입이 절로 벌어졌다. 이내 그녀가 따져 물었다.

"그럼 이 세상 사람들이 다 변태예요? 난 아닌데?"

"으음. 아니지. 넌 변태임을 자각 못 한 예비 변태지."

"그럼 난 평생 자각 안 할래요."

냉랭하게 대꾸하며 고개를 홱 돌려 버리는 연지에게 민현의 서운한 눈빛이 뒤따랐다.

"날 위해 자각 좀 해 주면 안 될까?"

"안 할래요."

"지각을 해 달라는 것도 아니고 자각을 해 달라는 건데, 그게 어려워?"

"차라리 지각을 할게요."

그 때 자신들을 향한 사람들의 시선을 느낀 연지가 바로 민현의 손에서 캠코더를 뺏어 들었다. 그녀가 주위 눈치를 보며 말했다.

"주변 사람들이 당신이 변태인 걸 아니, 우민현인 걸 눈치

챘는지 시선이 느껴지네요. 연기나 하시죠."

그러고는 바로 캠코더를 들어 민현에게 포커스를 맞추자 그가 바로 싱긋 미소를 지었다.

"저는 지금 영화를 보러 영화관에 와 있답니다. 영화는 제가 개인적으로 좀 순수한 걸 좋아해서 애니메이션으로 보려고 했는데, 매니저가 애들 때문에 시끄럽다고 로맨틱 코미디 영화를 끊어 왔네요. 그래도 재미있을 것 같아요. 재미있게 볼게요."

말을 마친 민현은 화면을 향해 손 인사까지 건넸다. 그 캠코더 너머 연지의 눈이 새치름하게 민현을 흘겨보았다.

방금까지 전 지구인 변태설을 주장하던 남자 맞나?

"들어가자."

"네. 안에서 캠코더 사용 못 하니까 일단 꺼둘게요."

민현의 존재 자체가 너무 눈에 띈 탓인지 아니면 캠코더 때문에 시선을 끈 탓인지 사람들은 어느새 그를 알아보고 흘끔흘끔 훔쳐보기 바빴다.

"저기 우민현 아니야?"

"맞는 것 같은데? 촬영 왔나?"

숙덕거리는 사람들 때문에 영화관 데이트는 민현의 의도대로 흘러가지는 않았다. 영화를 보는 내내 느껴지는 사람들의 시선에 그는 연지의 손끝 하나 건드려 보지 못했던 것이다.

답답하고 짜증은 났지만 이게 그의 위치고 자리였다. 일반 회사원들보다 많은 연봉과 높은 명예를 얻는 건 그만한 희생과 인내를 요구했고, 그것들은 자연스럽게 고통을 동반했다.

"저기, 저랑 사진 한 번만 찍어 주시면 안 돼요?"

영화가 끝나자마자 바로 자리를 뜨려고 한 민현의 앞을 한 여성 팬이 막아섰다. 그녀의 손에는 휴대폰이 들려 있었다.

"죄송합니다."

짧게 거절의 말을 던진 민현이 그녀를 쳐다보지도 않고 스쳐 지나가자 그 여성 팬의 얼굴이 굳어졌다.

"아, 뭐야, 우민현. 재수 없어."

아무렇지도 않게 민현의 뒤통수에 대고 욕을 하는 여성을 연지가 툭 치면서 지나갔다. 자신을 친 그녀를 흘겨보는 여성에게 연지가 손에 들린 캠코더를 들어 보이며 말했다.

"방금 욕한 거, 방송 나가도 돼요? 물론 얼굴 말고 뒤통수만 찍었어요. 그냥 연예인의 삶이 이렇게 힘들다라는 걸 보여 주려고요."

진지한 연지의 제안에 그 여성은 안 된다며 펄쩍 뛰었다.

"안 돼요. 편집해 주세요. 꼭이요, 꼭."

그녀의 당황한 얼굴을 보며 연지는 빙그레 미소를 지었다.

"네, 알겠습니다. 그럼, 그쪽도 그렇게 사람 뒤통수에 대고 욕하는 건 하지 말아 주세요. 꼭이요, 꼭."

여자를 스쳐 지나가는 연지의 손에는 전원이 꺼진 캠코더가 들려 있었다.

13

영화관을 나와서 기분이 별로 안 좋은 듯 보이는 민현이 자연스럽게 조수석에 올라타자 연지는 그의 눈치를 살피며 운전석으로 갔다.

곧 연지가 차를 출발시키자 그때까지 입을 꾹 다물고 있던 민현이 속삭이듯 작게 말했다.

"제대로 데이트도 못 하고, 미안해."

이런 일이 앞으로도 계속 이어질 게 뻔했다. 공개적으로 연인임을 선언하지 않는 한 앞으로도 제대로 된 데이트는 못할 게 불 보듯 뻔해서 민현은 속상했다.

"뭐가요? 전 이미 각오한 일이에요."

민현의 사과에 연지는 어리둥절했다. 이미 각오한 일이라 자신은 아무렇지도 않은데, 민현의 축 처진 어깨는 마음을 아프게 만들었다.

잠시 그들 사이에 무거운 침묵이 흘렀다. 얼마 지나지 않아 그 침묵을 깬 건 민현 쪽이었다.

"우리 결혼할까?"

생뚱맞은 그의 제안에 연지는 헛웃음이 터졌다. 저거 혹시 저 사람 입버릇은 아닐까.

"군대나 다녀오실래요?"

"아아."

'나 군대 가야 하는구나……'

순간 민현이 비릿한 웃음을 지으며 다시 입을 열었다.

"그럼, 군대 다녀오면 결혼해 줄 건가?"

"글쎄요."

"누구 여자 친군지 콧대 참 높다."

"제가 쉬운 여잔 아니죠."

"……실제로 코는 별로 안 높은데."

"뭐라구요?"

"아니. 별말 안 했어."

"한동안 두문불출합니다."

갑자기 집에서 꼼짝도 않겠다고 선언한 뒤 정말 집에만 있는 민현을 만나기 위해 손에 시나리오와 시놉시스를 든 이 실장이 그의 집 벨을 눌렀다.

"오셨어요."

마치 이 집의 안주인인 양 나와서 문을 열어 주는 앞치마 차림의 연지를 보며 이 실장이 놀란 눈을 했다. 놀란 그가 그녀에게 물었다.

"연지 씨, 혹시 이 집 가사도우미로 전업했어?"

순간 웃음을 터뜨린 그녀가 바로 손을 저으며 부정했다.

"아뇨, 아뇨. 민현 씨가 배고프다고 해서요."

대한민국 연예인의 매니저들은 참 희생을 많이 하는구나 다시 한 번 깨달으며 이 실장은 안으로 들어왔다.

"민현이 어디 있어?"

"저 안쪽에 있을 거예요."

대답을 마친 연지가 다시 주방으로 들어가자 이 실장은 열심히 고개를 돌려 이 집 주인을 찾았다. 그런 그의 눈에 베란다에서 움직이는 실루엣이 보였고 그는 바로 그곳으로 걸음을 옮겼다. 그 순간 베란다 안에서 익숙한 저음 목소리가 들렸다.

"연지야, 탈수 버튼이 어느 거지?"

그건 분명 우민현의 목소리였다. 이 실장이 베란다 문틈으로 얼굴을 삐죽이 내밀었다.

"아이참, 연지곤지, 탈수 버튼이 안 보…… 아, 깜짝이야."

몸을 홱 돌린 민현의 시야에 이 실장의 동그란 얼굴이 보였다. 어깨를 움찔하며 놀라는 그를 빤히 본 이 실장이 검지를 주욱 뻗었다.

"'탈수' 라고 쓰여 있는 버튼 안 보여? 한글 못 읽어?"

"에이, 알아요, 알아."

곧바로 손을 뻗어 간단하게 버튼을 눌러 버리는 민현을 계속 의심 가득한 눈으로 주시하며 이 실장이 물었다.

"근데 연지곤지가 뭐야? 혹시 연지 씨 별명이야?"

"……."

그건 어젯밤 민현이 혼자 생각해 낸 연지의 애칭이었다. 가끔 부끄럽거나 하면 볼이 붉어지는 연지가 귀여워서 지은 애칭인데, 그걸 이 실장이 먼저 듣게 될 줄은 정말 몰랐다. 민현이 아무 대답도 않자 이 실장은 흥미롭다는 표정을 지었다.

"둘이 진짜 많이 친해졌나 보네."

음흉하게 웃은 이 실장이 한 발자국 더 다가와 민현에게 속삭이듯 말했다.

"얼레리꼴레리."

음을 넣어서 노래 부르듯 민현을 놀린 이 실장이 그대로 베란다를 나가 버리자 그 뒤를 민현이 얼른 따랐다.

"형, 그 이상한 노래 연지한텐 부르지 마요."

아직 서툰 둘의 관계가 남에게 알려지면 이제 막 자신한테 마음을 연 연지가 더 부담스러워할 것만 같았다.

"응? 무슨 노래?"

주방에서 요리를 만들던 연지가 쪼르르 달려 나왔다. 민현이 눈에 힘을 줘서 이 실장에게 눈치를 줬지만 그걸 보지 못

213

한 그는 그녀를 향해 능글맞은 표정으로 말했다.

"국수는 언제 먹여 줄 거야? 그러게 내가 뭐랬어? 민현이 정도면 봉 잡는 거라니까?"

순간 연지의 입이 떡 벌어졌다. 그리고 이내 눈을 모로 떠서 민현을 노려보자 그는 펄쩍 뛰었다.

"나 아니야. 내가 말한 거 아니라니까?"

그들 사이에서 이 실장은 크게 웃음을 터뜨렸다. 그의 웃음에 민현과 연지가 동시에 그를 쳐다보았다.

"민현이가 연지 씨를 '연지곤지'라고 부르기에 내가 그냥 찔러 본 건데, 둘 다 너무 쉽게 걸려드네."

"연지곤지?"

그런 애칭 처음 들어봤다는 듯—실제로도 처음 들었다—연지의 얼굴에 당혹감이 서렸다. 민현과 연지가 서로 눈치를 보는 모습을 재미있다는 듯이 바라보며 이 실장이 말했다.

"난 아무것도 모르는 거야. 귀 막고 눈 가리고 이만 간다. 아, 그리고 따끈따끈한 시나리오랑 시놉시스 두고 가니까 둘이 다정하게 검토 좀 해 봐. 나는 개인적으로 그중 맨 위에 있는 시나리오가 제일 재미있던데, 연지 씨는 싫어할지도 모르겠네."

너희들의 관계는 모른 척해 주겠다며 윙크를 날리고 가 버린 이 실장의 뒤에서 민현이 연지에게 조심스럽게 물었다.

"'연지곤지' 싫어?"

"말이라고 해요?"

"아……."

어깨에 힘을 빼고 축 늘어뜨리는 민현을 아랑곳 않고 연지는 바로 이 실장이 말한 시나리오를 집어 들었다.

제목은 가제로 '밀애'였고 내용은 대충 봐도 청소년 관람은 불가능해 보였다. 그러나 남자 주인공이 몹시 매력적이게 그려지고 있었고 민현이 전에 맡아 본 적 없는 캐릭터였기에 연지는 망설임 없이 들고 있던 시나리오를 민현에게 내밀었다.

"저도 이거 괜찮은 것 같아요. 추천해요."

말없이 그것을 받아들고 읽던 민현의 미간에 내 천(川) 자가 새겨졌다.

"장르가 격정멜로네?"

"네."

냉큼 고개를 끄덕이는 연지의 단아한 얼굴이 지금 민현에게는 그렇게 서운할 수가 없었다.

"감히 네가 나한테 이런 걸 권해? 네가 그러고도 내 애인이냐?"

"좋은 작품인 것 같아서요."

"넌 내가 네 앞에서 다른 여자랑 야하게 뒹굴어도 괜찮나 보지?"

민현의 키스신 러브신이라면 지금까지도 꽤 봐 왔던 연지였다. 그런 게 이제 와서 괜찮지 않을 이유는 뭐란 말인가. 물론 자신은 지금 그의 여자 친구였지만, 그전에 그는 프로였고 그녀 또한 프로였다.

"일이잖아요."

그녀의 단호한 대답에 민현은 그녀를 빤히 응시했다. 잠시 후 그가 다시 입을 열었다.

"넌 아직도 내 매니저 같다?"

"매니저 맞잖아요?"

그녀의 태연함에 울컥 화가 치민 민현이 그녀를 향해 서늘한 어조로 말했다.

"그럼 난 거절이야. 거절 이유는 여자기피증으로 인한 베드신 키스신 촬영 불가로 통보해."

그 말을 들은 연지의 눈이 커졌다. 도저히 믿을 수 없다는 듯 연지는 그를 향해 목소리를 높였다.

"미쳤어요?"

"그래, 삐졌다!"

순간 정적이 흘렀다.

"……."

"……."

침묵이 흐르는 공간 안에서 민현의 낯빛만이 창백해졌다.

'왜, 미쳤냐는 소리를 삐졌냐로 들은 거지? 아, 곤란하네…….'

잠시 후 연지가 웃음을 참는 얼굴로 그에게 물었다.

"삐진 거예요?"

"……."

"진짜 삐진 거였구나?"

"……미친 것보단 낫잖아."

고개를 돌려버리는 민현이 연지는 귀엽게 느껴졌다. 옅은 미소를 띤 연지가 그에게 말했다.

"당신이 싫으면 안 해도 돼요. 그러니까 기분 풀어요."

"내 기분은 내가 알아서 풀게."

삐진 민현을 어떻게 풀어줘야 하나 고민하는 연지의 눈에 거실 탁자 위에 놓인 튜브형 핸드크림이 보였다. 잠시 생각에 잠겼던 연지가 그것을 집어 든 후 소파에 앉았다. 자신의 손등에 핸드크림을 조금 짜서 바르는 그녀를 민현이 물끄러미 내려다보았다. 그의 눈썹이 꿈틀거렸다.

"넌 이 상황에서 무슨 핸드크림을……!"

"바를래요?"

그녀가 자신의 손에 들린 튜브형 핸드크림을 그에게 보여주자 민현이 말을 멈췄고 그 순간 연지가 다시 물었다.

"발라 줄까요?"

"……."

민현은 갈등했다. 여기서 도도하게 됐다고 남자가 무슨 핸드크림이냐고 쳐낼 것인가 아니면 내가 바를게 하고 그녀의 호의를 거절함으로써 삐졌음을 더 어필할 것인가 아니면…….

"싫으면 말고요."

"누가 싫대?"

소리를 치며 민현은 한걸음에 내달아 그녀의 옆 소파에 몸을 던졌다.

"자. 발라."

그녀를 향해 손등을 척 내민 민현의 얼굴에 작은 미소가 피어올랐다.

요즘 같은 세상에 화장하는 남자가 얼마나 널렸는데 고작 핸드크림 못 바를 이유가 무엇이며, 고작 삐졌다는 이유로 그녀가 처음 시도하는 스킨십을 쳐낼 정도로 자신은 바보가 아니었다.

연지가 천천히 그의 오른 손등에 크림을 짜고 손가락으로 슥슥 발랐다. 손등에서 느껴지는 부드러운 감촉에 민현은 심장이 콩콩콩 뛰었다. 그런데 뭔가 감질나게 손등하고 손바닥만 문질러 대는 그녀의 행동을 빤히 보던 민현이 입을 열었다.

"꼼꼼히 좀 발라 봐. 손가락 사이도."

그의 뻔뻔한 요구에 연지는 조심스럽게 그의 손가락 사이로 자신의 손가락을 밀어 넣었다. 그때 민현이 손가락을 움직였다.

"!"

순간 민현이 일부러 깍지 끼듯이 잡은 손 때문에 연지는 민망한 기분이 들었다. 그녀가 손을 빼려고 하자 민현이 낮은 목소리를 그녀에게 보냈다.

"핸드크림 발라 준다 했으면 이 정도는 각오 했어야지?"

다시 손가락으로 그녀의 손을 꽉 잡은 민현이 씨익 웃었다. 그의 시선을 피하며 연지가 투덜거렸다.

"점점 더 능글맞아지는 것 같아요. 진짜 변태 같애."

"야. 내가 아는 일반인이 그랬다. 태어날 때 변태인 인간보다 죽을 때 변태인 인간이 더 많다고."

"?"

이해를 전혀 못하는 것 같은 연지의 말간 얼굴을 보면서 민현이 얼른 덧붙였다.

"변태는 존재한다, 고로 늘어간다. 이 말이지."

연지의 입에서 허— 하는 숨소리가 터져 나왔다. 미간을 모아 좁힌 그녀가 심각한 얼굴로 그에게 물었다.

"전부터 궁금했는데, 그 일반인이 대체 누구예요?"

"성선설, 성악설보다 더 강력한 성변설을 주장하고 계신 분이시지. 그보다, 나 이제 왼손도 좀 발라 줄래?"

자신이 말하는 그 '일반인'의 존재는 중요한 게 아니라는 듯 민현은 그녀에게 자신의 왼손을 내밀었다. 고생이라곤 모르고 자라온 듯한 그 하얗고 매끈한 손을 잡은 연지가 다시 핸드크림을 집어 들었다. 그리고 그의 손등 위에 크림을 짜며 말했다.

"나랑은 이렇게 스킨십 하는 게 괜찮으면서, 왜 다른 여자들한테는 그런 증상들이 생기는 걸까요?"

전부터 궁금하고 신경이 쓰였던 부분이었다. 자신의 손을 잡고 크림을 바르는 그녀의 눈빛에 걱정이 깃든 것을 보며 민현이 슬쩍 미소를 지었다. 그런 그를 보지 못한 연지가 계속 말했다.

"당신 얼굴 하얘지고 식은땀 흘릴 때마다 심장이 아주 그냥 철렁해요. 낫게 해 주고 싶은데 내가 해 줄 수 있는 게 없으니까…….”

잠시 가만히 그녀의 말간 얼굴을 응시하던 민현이 천천히 입을 열었다.

“난 평생 너만 만져도 돼.”

그의 저음 목소리에 연지가 고개를 들어 그를 쳐다보았다. 그리고 납득할 수 없다는 듯 고개를 좌우로 저었다.

“안 돼요. 평생 연기할 건데, 고치긴 해야죠. 배우가 천직이라고 생각하잖아요, 당신?”

진지한 그녀의 표정과 말투에 민현도 이내 고개를 끄덕였다.

“맞아. 하지만 카메라 뒤에 너만 있으면 버틸 수 있어, 난.”

“그래도 힘들 거예요.”

걱정스러운 연지의 얼굴에 민현은 또다시 미소를 지었다.

가족이 아닌 사람 중에 자신을 이렇게 진심으로 걱정해 주는 이가 연지 말고 또 있을까…….

그의 얼굴에 뜬 옅은 미소를 본 연지가 짐짓 화난 얼굴을 했다.

“웃지 마요. 전 심각한데. 정말, 방법이 없는 걸까요? 병원엘 한 번 더 가 보든가…….”

“병원은 가 봤잖아.”

“거긴 성형외과잖아요. 다른 병원이요, 새로운 병원.”

“정신과도 가 봤어.”

걱정하는 그녀를 바라보는 민현의 눈빛은 따뜻하기 그지없었다. 그러나 연지는 그저 태평하게만 느껴지는 그의 태도를 답답해했다.

"그러지 말고, 내가 새로운 병원을 한번 알아볼……!"

연지는 순간 말을 멈출 수밖에 없었다. 민현이 기습적으로 그녀의 입술에 자신의 입술을 갖다 댔기 때문이다. 그의 입술이 그녀의 입술을 감싸고 혀로 부드럽게 핥았다.

"!"

익숙하지 않은 야릇한 느낌에 연지가 민현의 어깨를 손으로 붙잡았다. 그녀의 손에 힘이 가해지는 사이 민현의 혀는 그녀의 이 사이로 들어가 입안에 있던 혀를 찾아냈다. 그것을 잡아 깊게 빨아들이자 연지가 두 눈을 질끈 감는 게 민현의 가늘게 뜬 눈 사이로 보였다. 다음 순간 민현이 그녀에게서 입술을 떼고 손가락으로 그녀의 작은 턱을 잡으며 말했다.

"병원은 내가 알아서 할게. 그보다 넌, 내가 앞으로 얼마나 더 참아 줄 수 있을지나 걱정해."

그 순간 민현이 붉은 입술을 옆으로 늘어뜨리며 매력적인 미소를 지었다.

"아무리 8대 2의 감정이어도 우리는 사귀는 사이고 넌 그에 대한 책임을 져야 하니까."

짓궂은 표정으로 말하는 민현을 보는 연지의 심장이 방금 전만큼이나 빨리 뛰기 시작했다.

연인이라는 건 그런 거고 당연한 일이라고 생각했지만, 그의 키스는 솔직히 당황스러웠다.

하지만 더 당황스러운 건 지금이다.

그의 미소에 설레고 있는 지금이다.

"이젠 여기 안 오셔도 되지 않나요?"

이제는 제법 익숙해진 진료실의 책상 너머 지찬의 솔직한 말과 노골적인 표정에 민현은 환한 미소를 지었다.

승자의 여유랄까⋯⋯.

기다리고 있던 연지한테선 연락도 없고 그녀의 남자만 이렇게 버젓이 웃는 얼굴로 나타났으니 지찬도 기분이 썩 좋진 않을 것이다. 너그러운 얼굴을 한 민현이 입을 열었다.

"아무리 생각해도 장 선생님이 명의신 것 같아서요."

"명의요?"

전혀 예상치 못한 단어에 지찬은 의아했다.

"제 여자기피증도 바로 맞추셨고 상담도 잘 해 주시고⋯⋯."

의아함을 담은 지찬의 두 눈동자가 그렇게 말하는 민현을 가만히 바라보았다. 이내 그가 다시 입술을 움직였다.

"요즘은 어때요? 증상이 좀 나아졌나요?"

"아뇨, 전혀요."

"그거 큰일이네요."

그러나 지찬의 목소리는 전혀 아무 일 아니라는 듯 평온했고 무뚝뚝했다. 감정 없는 지찬의 말투에 민현은 피식 웃으며 말했다.

"전 안 고쳐도 상관없다고 생각하는데, 제가 워낙 배우가 천직이다 보니 우리 연지가 너무 걱정을 해서요."

남자다운 지찬의 굵은 눈썹이 꿈틀했다. 화를 참는 듯 낮게 한숨을 내쉰 지찬이 민현을 가만히 바라보았다. 솔직히 지찬은 그가 귀찮게 느껴졌다.

"정신과 상담을 받으세요."

정신과로 가라는 퉁명스러운 지찬의 말에 민현은 어깨를 으쓱했다.

"물론 가 봤죠. 스트레스로 인한 일시적인 증상이라고 하더라구요. 무슨 일시적인 증상이 2년이나 갑니까?"

그리고 자신의 직업 특성상 정신과에 자주 모습을 드러내면 이미지 안 좋아진다고 덧붙이는 민현에게 지찬은 그럼 여기 성형외과에 자주 모습을 드러내는 건 이미지 좋아지는 거냐고 따지고 싶었지만 그와 길게 대화를 나누고 싶지 않아서 참았다.

"그리고 장 선생님처럼 딱히 좋은 해결책을 제시해 준 것도 아니고요."

민현이 마지막으로 덧붙인 말에 지찬은 의아하다는 듯 눈썹을 치켜 올렸다.

"제가 해결책을 드렸던가요?"

"연지랑 결혼하라고 하셨잖아요?"

웃는 민현의 얼굴과는 대조적으로 지찬의 얼굴은 그대로 굳어졌다. 그는 정말 이 남자가 집에 갔으면 좋겠다고 생각했다.

"······그랬었죠, 제가."

지금은 후회합니다만.

다음 순간 지찬이 양팔을 교차시켜 팔짱을 척 낀 후 반대편에 앉은 민현을 빤히 응시했다. 여전히 생글거리며 웃는 얼굴로 민현이 말했다.

"이 여자기피증을 아예 낫게 할 해결책 같은 건 없으신가 하고 와 봤어요."

실실 웃는 민현의 얼굴이 마음에 안 들어 지찬은 냉랭한 목소리로 대답했다.

"저라고 무슨 묘책이 있겠습니까."

"아니, 그렇게 도 덜 닦은 도사 같은 말씀 마시고 그 천재 소리 들으신 머리로 생각 한번 해 보시죠."

얼굴에 미소를 단 채 상체를 숙여 오는 민현에게 주었던 눈길조차 걷어 오며 지찬이 차갑게 말했다.

"저 다음 상담 예약 있습니다. 그만 나가 주세요."

"간호사한테 앞으로 한 시간 동안 예약 없는 거 확인하고 들어온 건데요?"

그럼에도 지찬은 자신의 컴퓨터 화면으로 향한 시선을 그에게 돌리지 않았다.

"환자들 수술 경과도 봐야 하고 체크해야 할 것들이 많습니다."

"……."

잠시 그들 사이에 불편하고 무거운 침묵이 흘렀다. 그리고 얼마 지나지 않아 민현이 자리에서 몸을 일으켰다.

"아, 예. 알겠습니다. 제가 생각이 짧았네요. 그만 가 볼게요."

갑자기 태도를 바꾸고 일어서는 민현을 보는 지찬의 얼굴에 의아함이 서린다. 그러자 민현이 그를 내려다보며 말했다.

"당연히 기분 나쁘시겠죠. 제가 바로 선생님이 좋아하던 여자의 남자 친구니까. 그래도 전 장 선생님을 그렇게 속 좁겐 안 봤는데 말이죠. 아. 혹시 A형이신가?"

민현이 자신을 내려다보는 게 싫었던지 지찬 역시 자리에서 일어섰다. 공중에서 두 남자의 시선이 팽팽하게 맞섰다.

"네, 맞습니다. 그러니까 앞으로 여기 오지 마십시오. 다른 데도 아니고 성형외과입니다. 누군가에게 사진이라도 찍히면 어쩌려고 자꾸 오십니까?"

공중에서 마주친 지찬의 검은 두 눈동자를 바라보면서 민현은 다시 입술 끝을 늘려 미소 지었다.

"장 선생님을 친구라고 하면 되죠."

"친구요?"

그런 단어 난생처음 들어 봤다는 듯 지찬의 얼굴에 당황스러운 기색이 감돌았다. 그가 딱딱하게 말했다.

"전 우민현 씨와 친구가 아닙니다."

"딱딱하게 왜 이러실까?"

능글맞은 민현의 태도에 울컥 화가 치민 지찬의 눈썹이 크게 꿈틀했다.

"그쪽이야말로 정말 왜 이러실까요?"

일관적인 빡빡한 태도로 자신을 경계하는 그를 향해 민현이 조심스럽게 말했다.

"제 비밀을 다 알고 있는 친구는 장 선생님밖에 없거든요."

"연지도 있지 않습니까?"

"연지는 친구가 아니라 애인이죠."

씨익 웃으며 한 방 먹이는 민현에게 지찬의 서늘한 미소가 향했다. 역시 그는 이 남자가 빨리 집으로 돌아갔으면 했다.

"나가시는 문은 들어오신 문과 동일합니다."

당장 나가 달라는 지찬의 완곡한 표현에도 민현은 꿋꿋하게 자기가 하고 싶은 말을 전했다.

"연지 말고 제 증상에 대해 자세히 알고 있는 사람은 장 선생님이 유일합니다. 제 친구들도 자세히는 몰라요. 원래 유명인의 삶이란 게 그렇습니다. 겉으론 화려해 보여도 늘 외롭고 쓸쓸하고 별 대단한 것도 없고……."

그러나 지찬은 별 반응이 없었다. 이렇게까지 말했는데도 표정 하나 바꾸지 않는 그를 보며 민현은 결국 포기한 듯 말했다.

"전 이만 가 볼게요."

후우, 지찬의 입술 사이로 가느다란 한숨이 터져 나왔다. 몸을 돌려 문을 향해 간 민현이 문 앞에서 뭉그적거리는 듯한 행동을 보이자 그의 뒤통수에 대고 지찬이 말했다.

"설마 문 여는 방법을 잊으신 건 아니겠죠?"

그 순간 민현이 고개를 돌려 그를 곱지 않은 시선으로 쳐다보았다. 그 시선을 가만히 마주하던 지찬이 다시 입을 열었다.

"개인적인 의견으론…… 면역력 문제라고 생각합니다."

"면역력?"

민현이 잡았던 문손잡이를 놓으며 미간을 슬쩍 모았다. 모든 걸 체념한 듯한 지찬이 낮고 딱딱한 어조로 주욱 말을 던졌다.

"면역력을 키우십시오. 즉, 여체에 익숙해지세요. 이것이 제가 개인적으로 드릴 수 있는 최선의 해결책입니다."

"여체? 무슨 말씀을 하시는 거예요? 여체에만 닿았다 하면 소름이 돋는 남자한테 대체 무슨 소릴…… 아?"

순간 민현의 눈이 커졌다. 한걸음에 다시 지찬의 앞으로 달려온 그가 지찬의 손을 덥석 잡았다. 정색을 한 지찬이 그의 손을 떼어 내면서 빠르게 말했다.

"남체 말고 여체에 익숙해지란 말입니다."

불쾌한 듯 살짝 구겨진 지찬의 눈썹을 보면서도 민현은 싱글벙글 웃는 얼굴이었다.

"감사합니다!"

고개를 숙이며 연신 고맙다는 인사를 하는 민현을 보는 지찬의 얼굴에 근심이 서렸다.

"역시 장 선생님은 제게 은인과도 같은 분이세요, 정말!"

……또 실수한 건가.

지나친 그의 반응에 지찬의 표정이 좋지만은 않았다. 그래도 민현의 저 행복한 얼굴 표정을 보니 지찬은 웃음이 나긴 났다.

쓴웃음이라서 그렇지.

자신이 괜한 말을 한 건 아닌가 관자놀이를 긁적여 보는 지찬이었다.

★☆★

"뭐 하는 거예요?"

한밤중에 전화를 걸어 집 밖으로 연지를 불러낸 민현이 다짜고짜 그녀를 품에 안았다.

"누가 보면 어쩌려고……!"

급하게 민현의 몸을 밀친 연지가 어둑어둑한 아파트 주차장 주변을 둘러보았다. 밤 11시를 넘긴 시각이라 다행히 주변에 사람은 없었다. 그사이 민현이 정색을 했다.

"내가 하고 싶어서 이러는 거 아니야."

"그럼요?"

믿기 힘든 민현의 말에 연지는 눈을 가늘게 뜨며 그를 흘겨 보았다.

늦은 밤에 갑자기 나타나서 껴안아 놓고는 그러고 싶어서 그런 게 아니다?

그녀의 의심 서린 눈빛에 민현은 정말 억울하다는 표정을 지었다. 그가 연지의 양팔을 잡으며 진지하게 말했다.

"정말이야. 의사 선생님이 시킨 거야."

"의사 선생님?"

"여자기피증 낫게 하려면 여체에 익숙해지라고."

"네?"

생각지도 못한 처방에 연지는 순간 머릿속이 혼란스러워졌다. 여자기피증으로 고생 중인 남자한테 여체에 익숙해지라고 했다고?

"면역력 문제라고 했어. 여체에 익숙해지면 여자기피증도 호전될 거래."

"누가 그래요? 무슨 그런 돌팔이가 다 있어요?"

"돌팔이 아니야. 천재 의사야. 내가 말하기도 전에 여자기 피증인 것도 맞추고 원인이랑 해결책도 제시해 주신 분이야."

순간 연지의 눈빛이 달라졌다. 그런 명의가 그의 주변에 있 었단 말인가?

"그 의사가 대체 누군데요?"

"네가 개인적으로 아는 유일한 의사."

"지찬 오빠요?"

"어."

혼란스러운 듯 연지의 얼굴이 일그러졌다. 그녀를 지그시 바라보며 민현은 단박에 고개를 끄덕였다.

"그분이 그랬어."

언제는 이혼남, 돌싱, 그 자식 등등으로 부르더니 이제는 그분이란다.

"정말 지찬 오빠가 그랬다고요?"

믿을 수 없다는 듯 연지가 되물었다. 민현은 몇 번을 묻느냐는 듯 귀찮아하며 빠르게 말했다.

"아, 그렇다니까. 근데 내가 익숙해지려고 노력하려 해도 만질 수 있는 여체가 너밖에 더 있어?"

순간 민현이 잡고 있던 연지의 양팔을 더욱 세게 잡아당기며 이어 말했다.

"어쩔 수 없이 너를 만져서 면역력을 길러야지."

"……."

이걸 정말 믿어야 돼? 연지의 눈빛이 흔들렸다. 그러나 농담으로 치부하기엔 그는 너무 진지했다.

"그러니까 좀만 더 이러고 있자."

다음 순간 민현이 손에 힘을 줘서 연지의 몸을 끌어안았다. 처음엔 약간 반항을 하던 연지도 이내 그의 품에 얌전히 안겼다. 그녀가 그의 품에서 나직하게 말했다.

"이제 됐죠? 내일 아침 일찍 인터뷰 있으니까 그만 가서 자요."

"좀만 더 면역 생기게 도와주라."

"……"

잠시 후 자신을 꼭 끌어안고 있는 민현에게로 연지가 두 팔을 뻗었다. 그의 허리를 끌어안으며 그녀가 조심스럽게 물었다.

"정말 저랑 이렇게 자주 접촉하면 그게 다 나을까요?"

또 우리 착한 연지가 못 이긴 척 자신의 말을 들어주자 민현은 자꾸만 실실 웃음이 났다. 곧 그가 얼굴에서 웃음을 걷어내고 진중하게 말을 시작했다.

"어. 면역력을 길러서 극복하는 거지. 솔직히 난 지난 2년 동안 여체에 대한 면역력이 떨어질 대로 떨어졌잖아. 면역력을 다시 키우려고 해도 내가 만질 수 있는 여체는 너뿐이니 뭐 어쩌겠어? 널 막 만져야지."

"표현이 왜 그래요?"

저질이야, 라고 덧붙이는 연지에게 민현의 진지한 얼굴과 음성이 향했다.

"날 살릴 수 있는 건 너뿐이야, 신연지."

"뭘 그렇게까지……. 흐음."

넘어오는 건가?

고민하는 그녀의 얼굴을 보는 민현의 심장이 콩콩콩 뛰었다. 잠시 후 연지의 입술이 다시 열렸다.

"그런데…… 저한텐 원래 기피증 증상이 없잖아요? 제 몸에 익숙해진다고 과연 여자기피증도 나을까요?"

예, 예리하다.

당황한 민현은 시선을 분산시키며 급하게 머리를 굴렸다. 이럴 때 필요한 건 그동안 현장에서 갈고닦아 온 애드리브. 곧 민현의 입에서 다시 그럴싸한 말들이 쏟아져 나왔다.

"내가 싫은 건 여자들의 그 말랑말랑거리는 살이야. 너도 여자니까 말랑거릴 거 아니야? 아니야? 너 혹시 딱딱하냐?"

손을 휙 뻗어 그녀의 허리를 잡는 민현의 행동에 연지가 소리를 꺅 질렀다.

"쉿!"

입 앞에 검지를 세워 그녀를 조용히 시킨 민현이 손의 위치를 그녀의 어깨로 바꿨다. 그 어깨에서 살짝 손을 내려 연지의 팔을 잡아 만져 본 민현이 씨익 웃었다.

"말랑거리네."

"살쪄서 그래요."

쑥스러워진 연지가 그의 손을 치워 내며 부끄러워하자 민현은 여전히 웃는 얼굴로 말했다.

"그리고 계속 이렇게 만지다 보면 내가 왜 여자기피증에 걸렸는지 그 원인을 알아낼지도 모르잖아?"

두 손으로 민현의 몸을 경계하면서 연지가 그를 새치름하게 노려보았다. 아무리 생각해도 민현의 의도는 딱 하나뿐이었다.

"제 몸 만지고 싶다는 말을 되게 길고 거창하게 하시네요?"

"어? 티 났어?"

"네. 노골적으로."

다음 순간 연지는 양팔을 교차시켜 자신의 몸을 보호하듯 팔짱을 껴 버렸고 그것을 본 민현은 웃음을 터뜨렸다. 그런 그를 아랑곳 않고 연지가 중얼거렸다.

"근데 아무리 생각해도 제 몸은 별로 효과가 없을 것 같아요. 기피증 증상이 나타나는 것도 아니고."

"그건 내가 해 보고 판단할게."

"뭘 해요?"

순간 연지의 눈이 동그래졌다. 그녀의 얼굴을 빤히 보던 민현이 다시 두 손을 그녀에게로 뻗었다.

"어머. 이 남자 좀 봐?"

팔짱을 끼고 있는 연지의 몸을 그대로 안아 버리는 민현에게로 그녀의 놀란 두 눈이 향했다. 그러나 민현은 태연하고도 뻔뻔했다.

"뭐가? 나한테 이건 치료야, 치료."

"치료받는 사람치곤 얼굴이 너무 음흉하니깐."

연지의 가녀린 몸을 더욱 꽉 끌어안으며 그녀의 목 쪽으로 얼굴을 내린 민현이 작은 목소리로 말했다.

"네 몸이 내 몸처럼 느껴질 때쯤이면 나도 여체엔 익숙해졌을 테니까, 적어도 소름 돋고 식은땀 흐르는 정도가 조금은 약해지지 않을까?"

역시 연지는 너무 마음이 약하고 착했다. 결국 마음이 약해

234

진 연지가 자신의 두 팔을 풀고 그의 어깨를 끌어안았다. 그리고 그 순간 목에 느껴지는 감각에 빠르게 차가운 목소리를 냈다.

"목에다 뽀뽀하지 말고요."

"뽀뽀한 거 아니야. 그냥 내 입술이 네 목에 잠시 머물렀을 뿐."

"그게 뽀뽀죠!"

"쉿! 저기 불 켜졌다."

그때 아파트 건물 안의 복도 등이 켜지고 안에서 사람이 한 명 나왔다. 연지도 그것을 발견하고는 경계하면서 말했다.

"고개 들지 마요. 웬 아줌마 한 명이 나왔어요."

"아, 뭐야? 또 뽀뽀하라고 허락하는 거야?"

고개를 들지 말라는 그녀의 말에 민현은 어쩔 수 없다는 듯이 그녀의 목 쪽으로 더욱 입술을 내렸고 연지는 그런 그를 타박했다.

"제 목 위에서 말하지 말아요. 간지럽잖아요."

"음? 뭐가? 뭐가 어떻다고?"

"후후, 간지럽…… 어, 엄마?"

뭐?

순간 민현의 몸이 딱딱하게 굳었다. 차마 고개도 들 수 없을 정도로 그녀가 던진 '엄마'란 단어는 거대한 파워로 그를 짓누르고 있었다.

바, 방금 아파트에서 나온 아줌마가 연지의 어, 어머님이었단 말인가?

"야, 신연지!"

아파트 주차장 한가운데에서 간지럼을 타고 있는 아가씨가 자신의 딸임을 확인한 희숙이 눈을 부라렸다.

"동네 창피하게 이게 뭐하는 짓이야?"

한걸음에 달려온 희숙이 그들의 곁에 선 다음 자신의 딸의 등을 철썩 소리 나게 때렸다. 연지는 민망함에 화끈 달아오른 얼굴을 돌리며 희숙에게 물었다.

"엄마, 왜, 왜 나왔어?"

"요 앞에 잠깐 나간다던 애가 12시가 다 되도록 안 들어와서 나와 봤다."

그사이 심호흡을 하며 자신의 뛰어 대는 심장을 진정시킨 민현이 희숙을 향해 허리를 깊게 숙였다.

"어머님, 안녕하십니까."

"아니, 우 서방!"

"우 서방?"

설마 나, 나? 난가? 나를 지칭하는 말인가?

당연히 맞겠지 싶어서 민현은 얼른 빠르게 말했다.

"아, 예. 한번 찾아뵈려고 했었는데, 인사가 늦어서 죄송합니다, 어머님."

예의 바르게 생글생글 웃는 얼굴로 예쁘게 말하는 민현의 손을 희숙이 덥석 잡았다. 그리고 그를 앞으로 잡아끌었다.

"그러지 말고 집에 들어가서 차 한 잔 해."

지나치게 상냥한 희숙의 옆에서 연지가 펄쩍 뛰었다.

"무슨 소리야? 엄마 말대로 12시가 다 됐는데."

그런데 그녀의 말이 들리지 않는다는 듯 희숙은 민현과 나란히 걸어갔다. 뒤에서 보면 다정한 모자와도 같은 모습에 실소를 터뜨린 연지가 얼른 민현의 팔을 잡아챘다.

"어딜 들어가요?"

"그럼 어머님 말씀을 거역해? 난 그럴 수 없어."

"우리 아빠 지금 주무실 거예요. 그래도 들어갈 거예요?"

단호한 연지가 민현의 팔을 잡으며 뜯어말리자 희숙도 결국 포기하고 점잖게 말했다.

"그래. 그럼 다음에 내가 정식으로 초대하지."

"네, 감사합니다."

허리를 숙이며 예를 표하는 민현을 따스한 눈길로 쳐다보던 희숙이 너그러운 표정을 지었다.

"먼저 들어갈게. 하던 거 마저 해."

"네, 감사합니다."

"뭘 마저 해? 그리고 당신은 뭐가 감사해요?"

눈을 찡긋하며 자신의 딸과 민현에게 윙크를 날린 희숙이 다시 집으로 들어가자 연지와 민현의 입에선 동시에 깊은 안도의 한숨이 터져 나왔다.

"등짝은 괜찮니?"

방금 희숙에게 맞은 그녀의 등을 걱정하는 민현 때문에 연지는 피식 하는 웃음이 터졌다. 그런 그녀를 민현이 다시 두 손을 뻗어 끌어안았다.

"왜 이래요, 정말?"

연지가 가볍게 반항하자 그녀의 몸을 더욱 꽉 끌어안으며 민현이 속삭였다.

"하던 거 마저 하라 하셨잖아? 그럼 어머님 말씀을 거역해?"

"이런 건 거역 좀 해요."

"난 그럴 수 없어."

다부지게 거절을 하는 민현을 밀어낼 힘도 마음도 없어진 연지는 결국 그의 등에 팔을 둘렀다.

지금 민현을 안고 있는 이 순간, 연지는 심장이 뛰고 설레었다. 그리고 한편으로는 그가 더 이상 아프지 않았으면 좋겠다고 생각했다. 자신이 이렇게 안아 주는 걸로 그의 기피증 증상이 나을 수만 있다면 얼마든지 안아 줄 수 있겠다고 생각하며 그의 등을 손으로 슥슥 쓸어내렸다.

"돌아가요, 이제."

밤이 깊어진 시간을 염려하며 연지가 민현에게 말했지만 그는 요지부동이었다.

"싫은데."

"차로 데려다 줄까요?"

"연예인 취급하지 마."

"연예인 맞잖아요. 전 매니저고."

그녀의 철저한 비즈니스 마인드에 민현의 눈썹이 꿈틀했다.

곧 그가 그녀에게서 몸을 떼면서 말했다.

"됐어. 나 혼자 갈 거야."

"삐졌어요?"

"아닌데?"

"삐졌는데요?"

"안 삐졌는데?"

"뭐 맨날 삐져."

15

사실 연지는 오늘 기분이 좀 좋았다. 자신의 배우 우민현이 제일 꺼려하는 CF 촬영 날인데도 그녀는 설레고 두근거리는 마음을 감출 길이 없었다.

"흐으음 흐으으으음."

저절로 나오는 콧노래를 부르며 다리미질을 하는 연지의 뒤에서 민현이 고개를 갸웃거렸다.

그녀가 다리미질을 하면서 뱃노래 아니 콧노래를 부르다니, 이건 있을 수도 없는 일이었다. 항상 민현의 집안일을 하는 걸 제일 싫어하던 그녀였는데……!

"무, 무섭게 왜 이래?"

민현의 겁에 질린 목소리를 들은 연지가 고개를 돌려 그를 쳐다보았다. 기분 좋던 방금 전과 달리 그녀는 새치름하게 말했다.

"뭐가요? 그보다 30분 뒤에 출발해야 되는 거 알죠? 빨리 준비해요."

아직도 트레이닝복 차림인 자신을 지적하는 연지에게 민현은 인상을 찡그렸다. 그는 CF 촬영 날이 너무 싫었다.

"또 CF 촬영이지? 지겹다."

"그래도 오늘은 먹는 제품은 아니고 휴대폰이니 그나마 다행이죠."

"똑같은 장면을 똑같은 포즈로 몇 번이나 찍는 줄 알아? 얼굴 근육에 경련이 생길 정도라구."

"알아요, 알아. 그래도 오늘은 파트너가 있잖아요."

기분이 바닥을 기고 있는 민현과 달리 '파트너'라고 말하는 연지의 눈은 초롱초롱하게 빛났다. 그걸 예의 주시하며 민현이 물었다.

"그 파트너가 누군데?"

"신인모델이에요. 광고에 종종 나오는."

"여자야?"

"다행히 남자예요."

"그래? 다행…… 근데 넌 왜 그렇게 이빨을 드러낸 환한 미소를 짓고 있지?"

연지의 기분이 유난히 좋다는 점과 그녀의 얼굴이 함박웃음을 짓고 있다는 점이 민현의 마음에 턱하니 걸렸다. 왠지 께름칙한 기분이 들어서 민현은 미간을 살짝 구겼다. 기분이 참 찜

짐했다. 그런데 그런 그의 기분은 아랑곳 않고 연지는 계속 입
을 가리면서 소리 내서 웃었다.

"후후."

"어쭈?"

순간 민현의 눈썹이 크게 꿈틀 움직였다. 아무래도 이상해
서 그는 연지의 근처까지 성큼성큼 걸어갔다. 그녀가 다가오
는 그를 올려다보면서 말했다.

"그 모델이 잘생겼거든요."

자꾸만 웃음을 흘리고 기분이 좋아 보여서 이상했는데, 겨
우 그딴 이유였단 말인가? 민현은 바로 코웃음을 쳤다.

"얼굴이라면 나도 어디 가서 역시 배우란 소리 좀 듣는데?"

그러나 연지는 그의 말이 들리지 않는 듯 보였다. 그녀는
상기된 얼굴로 목소리를 높여 계속 말했다.

"게다가 성격도 과묵해서 카리스마 모델이라고 불린대요.
남자는 역시 과묵해야죠."

'이제 와서 과묵한 척할 수도 없고……'

지금에 와서 그녀에게 새삼스럽게 과묵할 수가 없어서 울컥
화가 치민 민현이 신경질적으로 물었다.

"그 모델 좋아하냐?"

"네. 좋아해요."

고개까지 끄덕이며 심한 긍정을 보여 주는 연지에게 민현의
서늘한 눈빛이 향했다. 곧 그가 볼멘소리를 냈다.

"나한테 그런 소릴 해 봐라, 쫌. 제발."

"준비 안 할 거예요? 이제 30분도 안 남았어요."

그녀의 얼굴이 다시 매니저의 그것으로 돌아왔다. 냉정하고 분명하게 말하는 연지를 본 민현은 헛웃음을 터뜨렸다. 방금 그렇게 잘생긴 모델 본다고 좋아하던 여자 맞나 싶었다. 잠시 그녀의 얼굴을 보면서 생각에 잠겼던 민현이 고개를 끄덕였다.

"해야지. 샤워부터 할게."

중얼거리면서 티셔츠를 훌렁 벗은 민현이 그것을 연지에게 건넸다. 한두 번 본 반누드도 아니건만 연지는 괜히 머쓱해져서 시선을 피했다. 그런 그녀의 손에 티셔츠를 쥐여 준 민현은 탄탄한 잔근육으로 뒤덮인 자신의 상체를 당당하게 보이며 욕실로 갔다. 욕실 문 앞에서 멈춰 선 그가 어깨를 틀어 그녀를 향해 말했다.

"문은 안 잠글게. 훔쳐보고 싶으면 봐도 돼."

순간 연지의 눈이 경악으로 물들어 갔다. 그리고 절로 입이 벌어졌다.

'저 인간이……!'

"사람을 뭘로 보고……!"

그러나 민현은 그녀의 말은 듣지도 않고 욕실로 들어가 버렸다. 시간이 좀 지나도 정말 문 닫는 소리가 안 들리자 연지는 신경이 쓰여서 그쪽으로 천천히 걸어갔다. 그리고 슬쩍 목을 빼고 욕실 문을 확인했다.

"!"

문을 안 잠근 정도가 아니라 살짝 열어 두기까지 한 민현의 노골적인 행동에 연지는 얼굴이 붉어지는 느낌이 들었다.

"이 변태······!"

그리고 민현을 욕하며 욕실 문을 닫기 위해 그 손잡이를 잡았다. 그 순간,

덥석—

문이 열린 틈으로 불쑥 손이 하나 튀어나와 그녀의 손목을 잡았다.

"꺄악!"

깜짝 놀라서 움찔한 연지가 시선을 올리자 그 손의 주인공인 민현의 반듯한 얼굴이 보였다. 그 다갈색 눈동자와 연지의 까만 눈동자가 마주하는 순간 그녀는 마른침을 꿀꺽 삼켰다. 그걸 빤히 지켜보던 민현이 씨익 웃음을 지었다.

"침은 왜 삼켜? 무슨 생각하는데? 그거 나랑 비슷한 생각인가?"

순간 볼이 붉어진 그녀가 기가 막히다는 듯 발끈했다.

"전 그런 변태 같은 생각 안 하거든요?"

"내가 아는 일반인이 그랬어. 인간은 90프로 이상이 변태라고."

"그럼 전 나머지 10프로인 모양이네요."

자신의 손목을 잡고 있는 민현의 손을 떼어 낸 연지가 뒤로 물러서자 머쓱해진 그가 턱을 긁으면서 말했다.

"내가 그 90프로에 속하는 인간이라 그러는데, 들어와서 등

좀 밀어 줄······."

쾅—

그의 말을 채 다 듣지도 않고 연지는 욕실 문을 신경질적으로 닫아 버렸다.

"정말 못 말려."

달아오르는 얼굴에 열심히 부채질을 하며 연지는 욕실을 노려보았고 욕실 너머에서는 민현이 쿡쿡거리며 웃고 있었다.

★☆★

촬영장에 도착한 연지의 눈은 그 과묵하고 잘생긴 신인모델을 찾기 바빴다. 그녀의 곁에서 쯧, 하고 작게 혀를 차는 민현에게 촬영감독이 다가왔다.

"오늘 잘 부탁해요, 민현 씨. 같이하는 혁이는 아직 초짜라서 모르는 게 많아요. 민현 씨가 잘 이끌어 줘요."

"혁이?"

처음 듣는 낯선 이름에 민현의 눈썹이 위로 치켜 올라갔다. 그의 표정을 확인한 감독이 뒤늦게 설명에 들어갔다.

"아, 오늘 같이 촬영할 신인모델인데, 이름이······ 아, 마침 저기 오네요."

감독이 민현의 어깨너머를 보더니 손짓을 했다. 그의 행동에 민현은 미간을 살짝 구기며 뒤로 어깨를 틀었다.

감히 까마득한 후배 주제에 자신보다 늦게 등장한단 말인가? 게다가 이름이 '혁'이 뭐야? 겉멋만 잔뜩 든 것 같은……

"꺅."

옆에서 연지가 자신의 입을 막으며 소란을 피우자 민현의 시선이 그녀에게서 그녀가 보는 방향으로 향했다.

촬영장으로 들어서는 남자는 훤칠한 키에 호리호리한 마른 몸, 그리고 지나치게 작은 얼굴을 가지고 있어 딱 보기에도 8등신은 넘어 보였다.

'나보다 3cm, 아니 2cm쯤 크겠군.'

눈대중으로 다가오는 남자의 키를 가늠해 본 민현이 불만 어린 표정을 지었다. 하긴, 뭐 모델이라니까 크긴 크겠지.

"그 권혁이에요, 권혁."

옆에서 다가오는 남자를 보고 흥분한 연지가 민현의 팔뚝을 잡으면서 속삭이듯 말했다. 그러자 그가 화를 억누르면서 물었다.

"아, 글쎄, 권혁이 누군데?"

"접니다."

노골적으로 모델 포스를 풍기던 남자가 그들의 앞으로 다가왔고 그는 들려온 민현의 목소리에 바로 대답을 했다. 민현이 그에게로 시선을 돌리자 조각같이 반듯한 얼굴의 그가 고개를 꾸벅 숙였다.

"처음 뵙겠습니다."

가까이서 본 권혁의 얼굴은 아직 소년 티를 채 벗지 못해 어려 보였다. 이제 갓 스물 넘겼으려나?

"반가워."

민현이 먼저 그에게 선뜻 손을 내밀었다. 다음 순간 민현의 손을 공손하게 잡은 혁이 빙긋 웃었고 그의 눈웃음을 보는 연지의 얼굴에도 엷은 미소가 피어올랐다.

"반가워요. 전 우민현 씨 매니저 신연지예요."

민현의 손 바로 옆에 자신의 손을 내밀며 악수를 청하는 연지에게 두 남자의 눈길이 향했다.

"네가 왜 악수를……!"

"반갑습니다."

민현의 말은 혁이 그녀의 손을 잡는 것을 보는 순간 멈췄다. 그의 눈이 연지의 환한 얼굴과 혁의 반듯한 이목구비를 번갈아 쳐다보았다.

"오늘 하루 힘들겠지만 수고해요, 혁 씨."

수줍게 말하는 연지에게 별 대꾸도 않고 돌아서는 혁을 민현이 노려보았다. 곧 그에게서 날 선 시선을 거둔 민현이 연지를 노려보자 그녀가 어리둥절해했다.

"왜 노려봐요?"

"그렇게 좋냐?"

"좋죠. 영계인 데다 잘생긴 모델인데."

무슨 그런 당연한 소릴 하냐는 듯 연지는 피식 웃음을 터뜨렸다. 황당해하는 민현을 개의치 않고 그녀는 먼저 민현의 이름이 적힌 대기실로 들어갔다. 꿍얼거리면서도 민현은 그녀의 뒤를 얌전히 따라 들어갔다.

얼마 지나지 않아 그들이 있는 대기실로 한 스태프가 들어가서 곧 촬영이 시작됨을 알렸고 민현은 잠시 붙였던 엉덩이를 떼고 다시 밖으로 나왔다.

"스탠바이 해 주세요."

"조명팀, 준비됐어요?"

민현을 따라 나온 연지가 어수선한 스튜디오 안에서 목을 빼고 누군가를 찾기 시작했다. CF 촬영감독에게 콘티 설명을 들으며 서 있던 민현이 그녀의 어깨를 톡 하고 건드렸다.

"나 여기 있는데?"

나 찾는 거라면 바로 네 눈앞에 있다고 손가락으로 자신을 가리키는 민현을 힐끗 본 연지가 코웃음을 쳤다. 그런 다음 다시 목을 빼고 두 눈을 굴리며 누군가를 찾았다. 그리고 깨달았다. 그가 아직 오지 않았다는 걸.

"근데 혁이 녀석은 왜 아직 안 나타나?"

촬영감독이 민현의 눈치를 보면서 조금 신경질적으로 목소리를 냈다. 그 순간 민현의 정갈하게 정리된 눈썹 끝이 치켜 올라갔다.

"그 녀석 아직이에요?"

"아니, 그, 잠깐, 대기실에 갔다 온다고 하기에 일단 들여보냈는데, 아직 안 돌아왔네."

살벌한 민현의 눈빛을 마주한 촬영감독의 얼굴이 난감한 듯 구겨졌다. 보란 듯이 민현은 노골적으로 한숨을 내쉬었다.

'새까만 후배 주제에 그냥 촬영장에서 대기나 하고 있을 것이지, 대기실엘 들어가? 게다가 나보다 늦게 나와서 감히 날 기다리게 해? 지가 주인공이야, 뭐야?'

지금 이 상황이 굉장히 마음에 안 든다는 듯 민현의 얼굴이 딱딱하게 굳어졌다. 그의 굳어진 얼굴을 확인한 촬영감독이 보조감독을 급하게 부르기 시작했다. 그러나 그 보조감독도 촬영장 이곳저곳을 다니며 체크하느라 정신이 하나도 없어 보였다.

"조금만 기다려요, 민현 씨. 내가 애들 시켜서 데려오게 할 테니까."

기분 상한 티를 팍팍 내며 입을 꾹 다물고 있는 민현에게 촬영감독이 안절부절못하며 말했다. 그것을 물끄러미 지켜보던 연지가 촬영감독을 향해 손을 들어 보였다.

"제가 한번 가 볼까요?"

"응? 신 매니저가?"

"다들 바쁘신데 제가 혁 씨 데려올게요."

그 말을 들은 촬영감독보다 옆에 서 있던 민현이 더 놀란 얼굴을 했다. 그의 눈썹이 사납게 꿈틀거렸다. 그가 자신의 매니저를 향해 나직하게 물었다.

"네가 거길 왜 가?"

"다들 바쁘시잖아요. 한가한 제가 다녀올게요."

"야, 너……."

눈을 부라리는 민현의 다음 말은 듣지도 않고 연지는 그대로 몸을 돌렸다. 그리고 한달음에 대기실 방향으로 달려갔다.

'출연자 대기실'이라고 써진 방 앞에 선 연지는 자신의 머리카락을 쓸어 넘기고 옷매무새를 가다듬었다. 그런 다음 그녀는 손을 올려 눈앞에 보이는 문에 노크를 했다. 그러자 처음부터 안 닫혀 있던 듯 대기실 문이 스르륵 열려 버렸다.

문이 반쯤 열린 순간 그 안에 있던 혁이 몸을 돌려 문 쪽을 보았다. 그와 눈이 마주치자 연지는 배시시 웃음을 지었다.

"음?"

그녀의 등장에 혁은 굉장히 의아해하는 표정을 지었다. 그의 짙은 눈썹이 치켜 올라가며 너 왜 왔냐고 묻는 듯했다.

"저, 저기……."

눈빛이 살아 있네.

그의 형형히 빛나는 눈빛에 연지가 말을 더듬거리는 사이 혁이 그녀에게로 성큼성큼 다가왔다. 다가오는 그 때문에 긴장한 연지에게로 혁이 손을 뻗었다.

"아무리 절 좋아하셔도 대기실까지 함부로 들어오시면 안 됩니다."

진지한 혁의 표정을 본 연지는 어이가 없었다. 게다가 그는 손으로 그녀의 어깨를 잡고 문 밖으로 밀어내려고 했다.

"아니, 저기, 그게 아니라……."

"나가 주십시오."

자신을 사생팬 취급하는 혁의 행동에 연지는 순간 당황했다. 그렇지만 촬영시간이 되었음을 알리기 위해 다시 한 번 입을 열었다.

"저기, 지금, 시간이……."

"저 시간 없습니다. 나가세요. 안 나가시면 명예훼손으로 신고하겠습니다."

"네? 훼손한 게 없는데, 무슨……!"

그 순간 혁이 반항하는 연지의 팔뚝을 손으로 잡아챘다. 그리고 진지한 표정으로 되물었다.

"그럼 가택침입?"

"네. 그쪽이 맞긴 맞는…… 게 아니라, 촬영이요!"

"촬영?"

그녀의 팔뚝을 잡고 밀어내려던 혁이 멈칫했다. 그의 눈이 천천히 벽시계로 향했다. 자신이 알고 있던 촬영시간은 이미 지나 있었다.

"그래요. 촬영시간 다 됐다고요. 아니, 늦었어요."

그 순간 연지는 깨달았다. 이 녀석이 과묵한 이유가 이거였구나. 심하게 4차원인 데다가 살짝 무식한데?

이내 연지가 답답하다는 듯이 한숨을 내쉬며 대기실 안을 둘러보았다. 매니저는 보이지 않았기에 얼른 혁에게 물었다.

"근데 스케줄 체크할 매니저도 없는 거예요? 신인이라서 그런가?"

"아니, 화장실 갔어요. 변비라서…… 말릴 수가 없었어요."

저렇게 말하니 더는 화도 못 내겠고 연지는 그냥 헛웃음만 터뜨렸다. 그때였다.

"너희 지금 뭐 하냐?"

연지의 뒤쪽에서 들리는 얼음같이 차가운 목소리에 그녀는 고개를 돌렸고 혁은 움찔하며 시선을 들었다.

"민현 씨?"

연지가 빨리 안 돌아오는 것이 신경 쓰였던 민현이 그녀를 데리러 온 것이다. 그의 살벌한 두 눈이 혁이 붙잡고 있는 연지의 팔뚝으로 향했다. 그걸 발견한 순간 민현의 눈썹이 사납게 움직였다.

"어딜 잡고 있는 거야?"

한달음에 그들에게 다가간 민현이 연지의 팔을 잡고 있는 혁을 거칠게 밀쳐냈다. 그리고 살벌한 눈빛을 그에게 보냈다.

"뭐 하는 짓이야, 이 자식아?"

"죄송합니다."

당황한 혁이 시선을 내리며 고개를 숙였다. 불편한 분위기의 두 남자들 사이로 얼른 끼어들면서 연지가 민현을 달랬다.

"그러지 말아요. 혁 씨가 착각해서 그래요. 내가 스토커인 줄 알고."

"뭐?"

그러나 의도와는 달리 그녀의 말은 상황을 더욱 악화시켰다. 민현의 더 사나워진 눈초리가 혁을 노려보았다.

"너 이렇게 예쁜 스토커 봤냐?"

"네, 봤습니다. 많이 봤어요."

"이게 어디서 선배한테 말대꾸야?"

"말대꾸가 아니라 진짜 봤습니다."

혁의 눈빛은 진실하여 보였고 그의 표정은 진지하기 그지없었기에 민현과 연지는 더 이상 어떤 말도 하지 못했다.

"제가 이렇게 생겨 가지고 워낙 인기가 많습니다. 눈만 마주쳤다 하면 따라오고 멀쩡하게 생긴 여자들이 스토킹을 하고, 암튼 피곤해 죽겠습니다."

"뭐래는 거야, 이 자식……?"

진지하게 지 잘생긴 걸 자랑하는 혁에게 두 사람은 크게 놀랐다. 생긴 것과 다르게 너무도 엉뚱한 혁을 향한 민현의 눈빛은 당혹스러움으로 가득했다. 황당해하는 민현의 어깨에 손을 올려 말리며 연지가 속삭였다.

"그만해요. 나쁜 앤 아닌 것 같아요."

애가 4차원이라서 그렇지.

"어서 촬영장으로 가요."

아직도 할 말이 많은 것같이 입을 달싹거리는 혁에게 연지가 먼저 가라고 손짓을 하자 그는 그들에게 고개를 꾸벅 숙여 목례를 하고는 가 버렸다. 그의 뒷모습을 보면서 민현이 투덜거렸다.

"그냥 보내면 어떻게 해? 제대로 혼내지도 못했는데."

"그만하면 됐어요."

혁이 사라진 방향을 힐끔 본 연지가 피식 웃음을 터뜨렸다. 좋아했던 카리스마 신인모델의 실체를 본 느낌은 꽤 쇼킹했다.

"애가 왜 과묵한 캐릭터로 가는지 알겠네요."

"응. 완전 또라이네, 저거."

옆에서 그녀의 말에 동조하던 민현이 고개를 슥 돌려 연지를 보았다. 손을 뻗어 그녀의 팔목을 붙잡은 그가 물었다.

"근데 너 괜찮아? 어디 다친 덴 없어?"

"네, 괜찮아요."

"놀랐잖아."

방금 전 잘 알지도 못하는 신인 놈이 연지의 팔목을 잡고 있어서 깜짝 놀랐던 민현은 이제 안심하고 후우— 크게 한숨을 내쉬었다. 그런 그의 얼굴을 빤히 보던 연지가 손으로 민현의 팔뚝을 잡았다.

"우리도 가요, 빨리."

그녀가 자신의 팔을 잡아끌자 민현은 얌전히 그녀를 따라 걸었다. 연지와 나란히 걷던 민현이 팔꿈치로 그녀의 어깨를 쿡 찔렀다.

"아직도 쟤가 그렇게 멋있냐?"

눈앞에 보이는 촬영 스튜디오 안에서 혁은 얌전히 촬영감독의 말을 들으면서 동선을 맞춰보고 있었다. 방금 전 일만 아니었다면 감탄을 내질렀을 자태에도 연지는 쓴웃음만 지을 뿐이었다.

"……노코멘트 할게요."

그녀의 대답이 마음에 들었는지 민현은 씨익 웃었다. 그리고 손을 뻗어 그녀의 어깨를 툭툭 부드럽게 건드렸다.

"대기실 가 있어."

"정말요?"

"어. 여자랑 붙는 신도 없는데, 뭐."

카메라 앞으로 걸어가면서 민현이 던진 말에 연지는 다부지게 고개를 저었다.

"아니에요. 근처에 있을래요."

"그래 주면 고맙고."

카메라 뒤에 서 있겠다고 말하는 연지에게 민현은 미소를 지어 보였다. 오늘따라 왜 이리 예쁜 소리만 할까 싶어서 민현은 잠시 뜸을 들이다 말했다.

"촬영 끝나면 할 말이 있어."

"할 말이요?"

별 대꾸 없이 민현은 웃는 얼굴로 그녀에게서 멀어졌다.

할 말이 있다고 했으면서 민현은 집으로 돌아오는 내내 입술만 달싹였을 뿐 어떤 말도 하지 않았다. 어울리지 않게 그가 긴장한 듯 보여서 연지는 그의 집으로 들어서자마자 최대한 자연스럽게 물었다.

"아까 할 말 있다고 하지 않으셨습니까?"

진짜 자연스러웠다. 평소 안 쓰던 '다나까' 말투가 나온 것 봐라, 어찌나 자연스러운지.

소파에 먼저 앉은 민현이 자신의 옆자리를 손으로 툭툭 쳤다. 앉으라는 의미인 것 같아서 연지는 얌전히 그의 옆에 앉았다. 그녀가 앉자마자 민현은 그녀의 손을 잡았다.

"생각해 봤는데 말이야, 내가 왜 너한테만 그 기피증 증상이 없는지 알 것 같아."

"정말요? 뭔데요?"

"나는 그날, 그러니까 널 처음 만났던 날, 기피증 증상을 처음 느끼고 힘들어했었어. 근데 그때 네가 날 안아 줬지. 소름 끼치고 너무 싫어서 널 막 밀어냈는데도 넌 꿋꿋이 날 안았지. 다 괜찮다면서. 다 괜찮아질 거라면서."

민현의 눈빛과 표정은 연지가 이전엔 한 번도 본 적 없는 진지한 모습이었다. 전에 없을 정도로 진중하게 그가 이어 말했다.

"그리고 의사 선생님이 말씀하셨는데, 알에서 깨어난 병아리가 닭을 처음 보고 엄마라고 착각하는 것처럼……."

"병아리 엄마는 닭 맞는데요?"

"아니, 오리, 오리!"

아, 꼴사납게. 이 분위기 좋은 순간에 왜 하필이면 닭이랑 오리를 헷갈리냐고, 왜!

흠흠, 빠르게 목소리를 가다듬은 민현이 연지를 향해 다시 진지하게 말했다.

"암튼, 그런 것처럼 너만 괜찮은 사람이라고 느낀 것 같다고 하셨어."

"흐음."

그럴듯한 가설이라고 생각하며 연지는 고개를 끄덕였다. 그녀의 위아래로 움직이는 작은 턱을 가만히 보던 민현이 다시 입을 열었다.

"그리고 또 하나."

"?"

또 있냐는 듯 연지가 궁금해하는 표정을 지었다. 얼굴 가득 부드러운 미소를 띤 민현이 이어 말했다.

"네가 내 운명이라서 괜찮은 것 같아. 신이 나한테 너만 보고 듣고 만지고 살라고 인연을 딱 정해 주신 거지."

곧 연지의 얼굴에도 피식 웃음이 터졌다. 한 번도 민현을 자신의 운명이라고 생각해 본 적은 없지만 자신한테만 여자기피증 증상이 없는 건 늘 신기하기는 했다. 만약 그것이 운명의 증거라면 꽤 재미있는 일이라는 생각이 들었다.

"그리고 나랑 결혼하면 바람피울 걱정은 없다?"

생각해 보니 그것도 그랬다. 다른 여자들의 몸엔 손도 못 대니 여자들에게 얼굴값 할까 바람피울까 걱정할 일은 없을 것이다.

"그거 하난 좋네요."

"그거 하나? 다른 거 좋은 거 또 있을걸?"

"뭐 어떤 거요?"

설마 또 있으려나 싶었는데 갑자기 민현이 눈을 가늘게 뜨며 음흉한 표정을 지었다.

"내가 키스를 잘하잖아."

말이 끝나기가 무섭게 그는 연지를 향해 고개를 숙였다. 민현의 입술이 그녀의 입술 위에 얹어지고 가볍게 입을 맞추었다. 그리고 그의 혀가 부드럽게 그녀의 입술을 핥았다. 곧 그 입술 사이를 비집고 들어간 그것이 그녀의 혀를 찾아 자신의 존재를 알렸다. 연지는 그것이 주는 야릇함이 부끄러웠지만 절대 떨어지고 싶지는 않았다. 그들 사이로 행복한 핑크빛 기운이 감돌았다.

16

— 지금 당장 회사로 들어와. 민현이 말고 너만.

전화는 그렇게 끊어졌다. 휴대폰을 손에 든 채 연지는 지금 뭐가 지나갔나 잠시 생각해 보았다. 30초 전에 전화가 울렸고 발신자는 사장님이었다.

전화를 받자마자 사장, 대호의 목소리가 저런 말을 쏟아 내고 끊어졌다. 어이가 없다기보다 순간적으로 일이 터졌구나 직감했다. 무슨 일인지는 모르겠지만 분명 좋은 일은 아닌 게 분명했다.

마침 스케줄을 마치고 민현을 내려 준 참이라 연지는 그대로 혼자 차를 몰고 사무실로 들어갈 예정이었다.

똑똑똑—

그러나 차에서 안 내리는 그녀가 이상했던지 민현이 밖에서 운전석 차 문을 두드렸다. 차 창문을 내리는 연지의 눈에 선글라스를 낀 채 눈썹 끝을 치켜세우고 있는 그가 보였다.

"왜 안 내려?"

"저 가 볼 데가 있어요."

"어디?"

대답을 안 하면 집요하게 물어 올 것이 뻔했다. 어딘지 답을 주지 않으면 열린 차창 사이로라도 올라탈 기세인 민현에게 연지가 결국 사실을 말했다.

"사장님이 부르셔서요. 사무실 가 봐야 돼요."

"그럼 같이 가."

민현이 바로 운전석 문을 열려고 하자 얼른 차 문을 잠그며 연지가 그를 경계했다. 대호의 혼자 오라고 했던 말이 생각났던 것이다.

"그냥 나 혼자 갔다 올게요."

"어쭈? 문을 잠가?"

철컥철컥 소리 나게 손잡이를 잡아당기는 민현의 다소 위협적인 행동에 연지는 어쩔 수 없이 문을 열었다. 문이 열리자 민현은 조수석으로 걸어가 그곳에 올라탔다. 곧 그가 앞을 주시하며 뻔뻔스럽게 말했다.

"출발."

고개를 돌려 태연한 민현의 얼굴을 보면서 연지는 헛웃음을 터뜨렸다. 요즘 이 남자가 이상하다.

"요즘 나한테 왜 이렇게 껌딱지처럼 붙어 다녀요?"

"그게 매니저가 할 말이야?"

자기 연예인이 착실하게 자기 옆에만 붙어 있으면 매니저로
서는 편하고 좋은 일이다. 그걸 감사히 여길 줄 모르는 매니저
에게 연예인이 화를 냈다.

"그럼 제대로 밖으로 나돌아 다녀 줄까?"

"아니, 내 개인 시간도 없으니까 그렇죠. 어디 가든 쫓아오
려고 하고."

"정말 몰라서 물어? 바보야?"

"예. 바보예요. 왜 그래요, 대체?"

"좋아해서 그러잖아, 좋아해서!"

둔하기만 한 그녀에게 민현이 버럭 화를 내자 그녀는 순간
멍해졌다.

……뭔 고백을 이렇게 터프하게 해?

잠시 후 연지는 말없이 차를 출발시켰다. 매니저는 정면만
연예인은 창밖만 보고 있는 차 안을 어색한 공기가 휘감았다.

"여기서 기다릴래요?"

사무실 건물 주차장에 차를 세운 연지가 묻는 말에 민현은
안전벨트를 풀며 그녀를 보았다.

"껌딱지 섭섭하게 무슨 소리야?"

결국 따라가겠다고 우기는 그를 데리고 연지는 사무실까지
올라왔다. 그리고 사무실에 도착해서는 제일 먼저 입구 근처
에 있는 회의실 문을 열어 보았다. 안이 비어 있음을 확인한
그녀가 민현을 향해 말했다.

"이 안에서 잠깐 기다려요."

"왜?"

"나 혼자 오라고 했단 말이에요."

사장실 눈치를 보며 말하는 그녀의 행동이 민현은 마음에 들지 않았지만 결국 고개를 끄덕였다.

"알았어. 빨리 와."

그녀가 가 버린 뒤 민현은 심드렁한 표정으로 회의실 의자에 털썩 앉았다. 손목을 들어 손목시계의 시간을 확인한 민현이 그 손으로 책상 위를 통통 쳤다.

'왜 안 오지?'

아직 연지가 나간 지 5분도 채 되지 않았건만 민현은 자리에서 벌떡 일어섰다. 회의실 안의 한쪽 벽에서 반대쪽 벽까지 걸어 보던 그가 잠시 후 주머니에서 휴대폰을 꺼냈다. 그리고 전화를 해 볼까 고민하고 있는데 그런 그의 귀로 회의실 문 열리는 소리가 들렸다.

"왜 이렇게 늦게 와?"

연지가 나간 지 이제 겨우 5분이 지났는데 늦었다며 버럭 화를 내는 민현의 두 눈에 보인 건 낯선 여자였다. 아니, 민현이 조금만 관심을 두었다면 알 수도 있는 인물이었지만 그는 그녀를 전혀 몰랐다. 같은 소속사 신인배우인데도 말이다.

"어머, 선배님. 안녕하세요."

그녀가 먼저 반갑게 인사를 건넸다. 민현의 멀뚱한 시선이 그녀를 보았다. 제법 예쁘장한 이목구비였으나 저런 정도의 얼굴은 연예계에서 오래 살아온 그에겐 그냥 흔한 얼굴이었다.

"누구……?"

'선배님'이라고 하는 걸 보니 배우는 배우인 모양이다. 그런데 그렇게 따지면 민현에게 후배는 너무 많다. 지금 이 순간에도 배우 되겠다고 데뷔할 애들, 데뷔하는 애들, 데뷔한 애들이 수백 명이고 자신은 연예계에서 데뷔 7주년을 넘기고 있단 말이다. 그렇기 때문에 그는 그녀가 누군지 몰랐다. 민현의 질문에 당황한 그녀의 볼이 발그레 붉어졌다.

"전에도 몇 번 인사드렸었는데, 임소진이라고 합니다. 신인 배우예요."

그래도 꿋꿋하게 인사를 마친 소진의 얼굴을 민현이 무심한 눈빛으로 바라보았다.

"어, 그래."

어차피 또 잊어버리겠지만.

다음 순간 소진이 그에게 한 발자국 더 다가왔다.

"저 선배님 다음 드라마에 같이 출연해요."

"어, 그래."

그러거나 말거나.

말하면서 소진은 그에게 더 다가섰다. 그녀의 향수 냄새가 느껴질 정도로 가까워진 두 사람 사이의 거리에 민현이 미간을 슬쩍 구겼다. 그리고 뒤로 한 발자국 물러섰다. 그러나 민현이 거리를 두는 만큼 소진도 그만큼 다가왔다.

"근데요, 선배님. 저 궁금한 게 있는데요."

그녀가 다가올수록 민현은 점점 더 뒤로 물러섰다. 그의 얼굴이 굳어 가는데도 소진은 자꾸만 그 거리를 좁혀 왔다.

"정말 여자 친구 없으신 거예요? 어떻게 최근 몇 년 동안 스캔들 하나 없어요?"

결국 민현의 발뒤꿈치가 벽에 닿았다. 더 이상 물러설 곳이 없어진 그의 앞을 소진이 막아섰다. 그녀가 그의 얼굴 앞으로 자신의 얼굴을 가까이 가져갔다. 소진의 향수 냄새와 다가오는 얼굴에 민현은 불쾌한 기분이 들었다.

"여자 친구는 있어. 다만 귀찮아지니까 공개를 안 하는 것뿐. 그보다 좀 꺼…… 비켜 줄래?"

꺼져 달라고 하려다가 말을 최대한 순화해 보았다. 하지만 민현의 차가운 태도에도 소진은 꿋꿋했다.

"여자 친구 있으시구나. 그러실 줄 알았어요. 없으면 그게 이상한 거죠."

요염하게 웃은 그녀가 손을 뻗어 민현의 어깨를 만졌다. 별로 좋지 않던 민현의 기분이 더 나빠졌다. 그녀의 손이 다분히 유혹적이게 그의 어깨와 팔을 훑어 내렸다.

그만해라. 이 오빠 소름 돋는다. 식은땀도 나고.

"이렇게 하면 여자 친구가 되게 싫어하겠죠?"

나도 싫어해.

"그만해라, 좋은 말로 할 때."

경고하면서 민현은 손을 들어 올렸다. 그리고 그 손으로 소진의 팔목을 강하게 잡으며 그녀의 행동을 저지했다. 그 순간 그의 얼굴에서 핏기가 사라졌다. 그걸 본 소진이 붉은 입술 끝을 올려 미소를 지었다.

"어머. 긴장하셨어요, 지금?"

긴장? 민현은 피식 웃음을 터뜨렸다. 딱 보기에도 자신보다 한참 어려 보이고 게다가 후배라기에 좋게 보내려고 했더니만 안 되겠다. 결국 팔짱을 딱 끼고 삐딱하게 선 채 민현이 서늘하게 말했다.

"내가 너보다 몇 배는 예쁜 언니들만 수두룩하게 보고 살아온 지 7년이 넘었다. 그런 내가 겨우 너 따위에 긴장을 하겠냐?"

네가 신연지도 아닌데?

상처를 받았는지 소진은 고개를 푹 숙였다. 그녀에게서 민현은 무심히 고개를 돌렸다. 그때였다.

"사실은 제가 긴장했어요."

갑자기 이렇게 말한 소진이 두 팔을 뻗어 민현의 허리를 끌어안아 버렸다. 민현의 가슴에 얼굴을 댄 채 그녀가 말했다.

"선배님을 볼 때마다 전 심장이 너무 뛰어서 늘 긴장하고 있어요."

소진의 풍만한 가슴이 몸에 닿는 느낌이 든 순간 민현의 온몸으로 소름이 좍악 돋았다. 얼굴이 하얗게 질려 가면서 몸은 경직되어 갔다.

"야, 너, 진짜!"

화가 난 민현의 두 팔이 그녀의 어깨를 잡아 거칠게 떼어
냈다. 그에게 밀린 소진은 당황한 기색도 없이 태연한 얼굴로
자신의 머리카락을 쓸어 넘겼다.

그 순간 그녀의 두 눈이 하얗게 질린 민현의 얼굴에 꽂혔
다. 소진의 눈길이 민현의 얼굴에서 내려와 굳은 듯 선 몸을
주욱 훑어 내렸다. 그리고 뭔가 이상하다는 듯이 고개를 갸웃
했다. 그녀가 검지를 뻗어 민현의 목 쪽을 가리켰다.

"그거, 닭살 돋은 거 아니에요?"

여자가 안아서 긴장을 했다 하더라도 보통 이런 반응은 아
니지 않나? 게다가 저런 반응은 긴장이라기보다 무서운 것을
봤을 때 보이는 반응에 더 가까웠다.

공포. 그렇다. 민현은 지금 좀 겁에 질린 듯 보였다. 그걸
이상히 여긴 소진이 천천히 입을 열었다.

"제가 안아서 많이 놀란 거예요? 아니면 그렇게 싫었던
거……."

"내 눈앞에서 당장 꺼져."

질문을 하는 그녀를 향해 민현이 서슬 퍼렇게 말을 내뱉었
다. 자신을 노려보는 그의 차가운 눈동자에 멈칫한 소진이 얼
른 사과의 말을 했다.

"죄송해요."

아랫입술을 깨물면서 민현의 눈치를 보다가 소진은 회의실
을 빠져나갔다. 그녀가 나가자마자 민현은 의자에 털썩 주저

앉았다.

'들켰나? 들켰으려나?'

하지만 그보다 더 그를 신경 쓰이게 하는 점이 있었다.

연지가 아닌 다른 여자가 자신을 안았다. 전과 변함없이 소름이 돋고 하얗게 질리는 느낌은 있었지만 전처럼 숨이 꽉 막히는 느낌은 덜했다. 미세하지만 그 정도가 다소 약해진 것이다.

'나 정말 나아지고 있는 건가?'

지찬의 말대로 연지를 자주 만지려고 하고는 있었지만—물론 자신이 좋아서라는 이유가 제일 크다— 솔직히 그게 정말 효과가 있을 거라 생각지는 않았다. 그런데 그 효과인지는 잘 모르겠으나 분명 증상은 미세하지만 완화된 느낌이라 민현은 신기했다. 정말 지찬은 천재일지도 모른다고 그는 생각했다.

"사장님."

사장실 문을 연 연지가 사장 대호를 부르며 안으로 들어섰다. 들어오는 그녀를 본 대호의 두 눈이 날카로워졌다. 그의 서슬 퍼런 눈빛에 연지는 영문을 몰라 눈을 크게 떴다. 다음 순간 그가 자리에서 일어서더니 자신이 보고 있던 컴퓨터 화면을 그녀 쪽으로 돌려 보여 주었다.

"너 이거 뭐냐?"

"네?"

"와서 봐. 그리고 설명해."

어리둥절해하던 연지가 이내 빠른 걸음으로 앞으로 걸어왔다. 그리고 그의 컴퓨터 모니터를 빤히 쳐다보았다. 그 컴퓨터 화면에는 '비크 엔터테인먼트'의 홈페이지가 떠 있었다. 홈페이지의 회원들이 질문을 하는 페이지를 가리키면서 대호가 성난 얼굴을 했다.

"이게 대체 무슨 소리냐고!"

그의 고함에 겁을 먹은 연지의 눈이 그 페이지의 글을 빠르게 읽기 시작했다.

「얼마 전에 민현 오빠가 캠코더 들고 다니는 거 봤어요. 리얼 다큐 찍는 것 같던데, 그건 언제 방송하는 거예요?」

「지난달 30일쯤 민현 오빠가 제가 알바하는 영화관에 나타났어요. 옆에 있던 매니저가 카메라를 들고 있던데 무슨 방송이에요? 언제 하는 거죠? 너무 보고 싶은데.」

아……. 이런 날이 올 줄은 알았다. 하지만 대책은 없었다. 그건 분명 매니저인 자신의 불찰이었다.

홈페이지에 뜬 글들을 다 읽은 연지가 난감한 표정을 지었다. 대호는 이미 상황 파악을 끝냈다는 듯 불같이 화를 내기 시작했다.

"네가 제정신이야? 있지도 않은 방송을 너희 둘이 찍냐? 이상한 말 나오면 어쩌려고? 네가 미쳤지, 아주?"

혼날 걸 각오했던 터라 연지는 그저 묵묵히 입을 꾹 다물고 고개를 푹 숙였다.

"대체 그딴 걸 찍고 다닌 이유가 뭐야? 민현이가 기분 전환으로 찍자고 했어? 그렇다고 해도 네가 말렸어야지. 네가 개랑 쿵짝을 맞추고 있으면 어떻게 해?"

그녀의 앞에서 대호는 고래고래 소리를 지르면서 다소 위협적인 목소리를 냈다.

"너희가 미치지 않고서야 왜 단둘이 그러고 다녀…… 잠깐, 단둘이?"

말을 하던 도중에 이상한 점을 눈치챈 대호의 눈썹이 확 구겨졌다. 그러더니 이내 혼란스러운 듯 눈동자를 굴렸다.

"뭐야? 너네 설마…… 사귀냐?"

질문은 던졌지만 도저히 믿을 수 없다는 얼굴이었다. 그가 눈살을 찌푸린 채 대답을 강요했지만 연지는 사실대로 답할 수가 없었다.

"아뇨, 그건……."

"아니다?"

입술이 바짝 말라서 연지는 혀를 내밀어 입술을 축였다. 대호의 날 선 눈빛이 그녀를 빤히 보았기에 그녀는 무겁게 고개를 끄덕였다. 그럼에도 의심의 눈초리를 거두지 않던 대호가 자신의 자리로 돌아가면서 말했다.

"사귀는 거 아니면 그 캠코더 가져와 봐. 내가 보고 판단

할게."

그렇지만 이 또한 대호의 말대로 할 수는 없었다. 수많은 닭살 멘트와 연지의 얼굴들로 가득한 그 캠코더를 대호에게 보여 줄 순 없으니 말이다.

"죄송한데, 그건 좀 힘들 것 같아요."

"왜?"

자신의 의자에 털썩 앉으며 대호가 눈썹을 치켜 올렸다. 그의 예리하게 빛나는 눈빛을 살짝 피하면서 연지는 변명을 생각해 냈다.

"메모리 카드가 망가졌거든요."

"복원하면 돼. 가져와."

"아니, 망가진 게 아니라 잃어버렸어요."

"야, 신연지."

연지의 석연찮은 태도에 대호는 순간 확신을 하고 그녀의 이름을 불렀다. 불편한 얼굴로 고개를 드는 연지에게 그가 낮은 목소리로 물었다.

"너희 둘이 사귀는 거 맞구나?"

이상하긴 했었다. 예전부터 민현이는 지나치리만큼 신연지에게 의지했었고 그녀와 너무 가까이 지냈으며, 과하게 붙어 다녔다.

"죄송합니다."

고개를 숙이며 사과하는 연지에게 대호는 뒤통수를 얻어맞은 듯한 기분이 들었다. 믿었던 도끼에 뒤통수를 빡 가격당한 기분이었다.

"죄송하단 소리도 하지 마. 짜증나니까."

이미 탑을 찍고 앞으로도 한참을 승승장구할 수 있는 배우 우민현이었다. 한국뿐만 아니라 일본과 중국에서도 엄청난 인기를 구가하고 있고 이제는 동남아 지역까지 그의 인기가 높아지고 있는 상황이었다. 그리고 그 인기는 당분간 지속될 것으로 보고 있었다.

그런 우민현에게 여자 친구? 그것도 지 매니저? 분명 전무후무한 스캔들이 될 것이다.

벌써부터 머리가 아파 오는 것 같아서 대호는 크게 한숨을 내쉬었다. 그리고는 연지를 사납게 노려보았다.

"그런 거라면 당장 헤어져. 민현이 배우 인생 망치고 싶어?"

우민현은 이제 겨우 스물여덟이다. 서른도 안 된 녀석의 앞길을 겨우 여자 스캔들 따위로 막을 수는 없었다.

냉정한 그의 말에 연지는 아랫입술을 깨물었다. 그것을 보면서 대호가 다시 입을 열었다.

"긴말 안 해. 헤어져."

그녀를 향해 그는 한 글자 한 글자 똑똑 끊어서 말했다. 이에 연지가 무언가 말하려고 입을 열었고 그 순간 사장실 문이 노크도 없이 벌컥 열렸다.

"사장님!"

문을 연 이는 임소진이었다. 그녀는 안으로 들어서면서 빠르게 말을 뱉어 냈다.

"내가 지금 뭐 이상한 걸 봤는데…… 어머, 손님이 계셨네."

또각또각 구두 소리를 내며 들어온 소진이 그제야 대호의 책상 앞에 서 있는 연지를 발견했다. 그녀의 짙게 화장한 눈이 연지를 빤히 쳐다보았다. 손님이 있음을 인지했어도 다시 나갈 생각은 없다는 듯 소진은 팔짱을 척 끼며 그 자리에 멈춰 섰다. 이를 본 대호가 소진이 아닌 연지에게 말했다.

"일단 나가 봐. 다음에 얘기하자."

"……네."

얌전히 목례를 한 연지가 사장실을 나가고 나자 소진이 대호의 앞으로 쪼르르 달려갔다. 그사이 자리에서 일어선 대호가 의아한 얼굴로 물었다.

"뭘 봤다는 거야?"

"나 방금 진짜 이상한 거 봤어요."

"그러니까 뭐?"

그런데 순간 소진이 말을 할까 말까 망설이는 듯한 표정을 지었다. 그럴 거면 뭐 하러 여기까지 달려왔단 말인가. 대호가 다시 한 번 뭐냐고 묻자 결국 그녀가 입을 열었다.

"사실은, 내가 민현 오빠를 좀 유혹해 봤어요."

"뭐? 너 미쳤어?"

이럴 줄 알았다. 이래서 말을 할까 말까 망설인 거였는데. 하지만 혼이 좀 나더라도 자신이 본 민현의 이상증세에 대해

272

서는 알리는 게 맞다 싶었다. 그래서 소진을 다시 말을 시작했다.

"아니, 그러니까, 내 말 좀 들어봐요. 안 그래도 무안당했단 말이에요."

붉으락푸르락 변했던 대호의 표정이 다소 누그러졌다. 그의 얼굴을 살피면서 소진이 말을 이었다.

"내가 유혹을 하려고 껴안기까지 했는데, 민현 오빠 반응이 이상했다니까요? 막 정색을 하고 화를 내는데……."

"걔 원래 좀 싸가지가 없잖아."

"그냥 화만 낸 게 아니라니까?"

대호의 시큰둥한 반응에 소진은 정색을 했다. 진지하기 그지없는 그녀의 태도에 대호도 짐짓 표정을 굳혔다. 그가 그녀를 의아해하며 되물었다.

"그럼?"

무슨 중대한 비밀 얘기라도 시작한다는 듯 소진이 자신의 입가를 손으로 가렸다. 그녀의 작은 목소리에 대호가 귀를 기울였다.

"얼굴은 허옇게 질리고 닭살도 돋은 것 같았어요. 그리고 또 몸은 딱딱하게 굳은 듯 보였구요."

"음? 긴장했나?"

하지만 연예계에서 잔뼈가 굵은 민현이 그렇게 쉽게 긴장했을 리 없다. 대호의 두 눈이 소진의 풍만한 가슴과 잘록한 허리를 슥 훑었다. 설사 저런 매력적인 몸매라 해도 민현이 긴장했다는 건 사실 믿기 힘들었다. 의아하다는 듯 대호가 미간을 좁혔다.

"무슨 남자가 그렇게 겁에 질린 것처럼 긴장을 해요?"

게다가 소진도 그가 긴장한 것처럼은 보이지 않았다고 말했다. 그녀의 목소리에는 어떤 확신 같은 게 있었다.

"긴장한 건 아닌 것 같고, 약간 무서워하는 것 같았어요. 이건 여자의 육감이자 촉이에요."

확실히 뭔가 이상하다는 듯 대호는 고개를 갸웃했다. 그의 앞에서 소진이 자신의 허리에 손을 올리며 엉덩이를 뒤로 뺐다. 그러자 그녀의 잘록한 허리와 볼록한 엉덩이 라인이 더욱 부각되었다.

"근데 좀 어이없지 않아요? 나 완전 미스코리아 몸매라구요. 그런 내가 껴안았는데 새하얗게 질리고 닭살이 돋다니, 그게 정상적인 남자의 반응인가요?"

자연스럽게 대호의 시선은 소진의 가슴과 허리를 지나 엉덩이로 갔다. 그의 눈빛이 노골적으로 음흉하게 빛났다.

"어떻게 껴안았는데?"

"이렇게요."

기다렸다는 듯 소진은 전혀 망설이는 기색 없이 대호를 껴안았다. 그러자 소진의 평균 이상인 듯한 큰 가슴이 대호의 갈비뼈 부근에 닿았다.

"사장님은 느낌이 어때요?"

"난 너무 좋은데?"

씨익 웃은 대호가 자신의 몸을 그녀에게 더욱 밀착시켰다. 두 사람의 몸이 종이 한 장도 들어가지 않을 정도로 붙자 소진은 요염한 고양이처럼 웃었다.

"그죠? 이게 정상이잖아요?"

"당연하지!"

"역시 민현 오빠가 이상한 거였어."

하긴, 민현이 이상하긴 이상했다. 2년 넘게 그의 근처에 여자 그림자라고는 연지밖에 보질 못했고 여배우들을 멀리한다는 루머만 종종 들려오곤 했다. 오죽하면 얼마 전에 한 기자가 여자기피증이란 소문까지 돈다고 말해 줬겠는가. 자신은 그게 그저 좋은 일이라고만 생각했는데……. 생각이 많아진 대호의 표정이 심각해졌다.

"나 이제 가 볼게요."

얼마 지나지 않아 소진이 대호에게서 떨어지려고 하자 그가 두 팔로 그녀의 허리를 꽉 끌어안았다.

"어머?"

"어딜 가? 불을 지폈으면 책임도 져야지."

붉은 입술을 늘어뜨리며 소진은 요염하게 웃었다. 그녀의 입술이 천천히 대호에게로 다가갔다.

'그래. 이게 보통 남자의 반응이지.'

"왜 이제 와?"

이번에 회의실 문을 연 건 연지였다. 안심한 민현이 짧은 한숨과 함께 그녀를 맞이했다. 자신에게 다가오는 그의 얼굴을 슥 본 연지의 눈빛이 달라졌다. 미묘했지만 그의 얼굴빛이 분명 자신이 나가기 전과 달랐던 것이다. 30분도 채 되지 않는 시간 동안 대체 무슨 일이 있었던 건지 연지의 눈썹이 꿈틀 그 움직임을 달리했다.

"얼굴이 왜 그래요?"

날카로운 그녀의 질문에 민현의 심장이 쿵 하고 반응했다. 놀란 민현이 태연한 척 연기에 들어갔다. 그가 뻔뻔한 표정으로 되물었다.

"뭐가?"

"안색이 안 좋잖아요."

그러나 역시 연지의 눈을 속일 수는 없었다. 그녀가 예리하게 눈을 빛냈다.

"얼굴이 새하얀데요?"

"나 원래 하얀데? 나 원래 밀크남이라고 불리는데? 우유빛깔 우민현 몰라?"

임소진이란 여자가 자신을 껴안으며 유혹했다고 그녀에게 사실대로 말할 수는 없는 민현은 뻔뻔한 태도로 일관했다. 그에게서 의심의 눈초리를 거두지 못하는 연지에게 이번엔 민현이 물었다.

"그나저나 사장이 뭐래?"

이번엔 연지가 대답하기 곤란해졌다. 자신을 향한 그의 시선을 슬그머니 피하며 그녀가 얼버무렸다.

"뭐, 그냥, 일 열심히 좀 하라고요."

"너처럼 열심히 하는 애가 어디 있다고?"

"아무래도 사장님이 보시기엔 부족하겠죠, 뭐."

자꾸만 시선을 피하는 연지의 행동을 수상히 여긴 민현이 그녀의 얼굴 앞으로 자신의 얼굴을 들이밀었다.

"근데 너 왜 내 눈을 똑바로 못 보냐?"

그의 집요한 시선에 결국 연지도 방황하던 두 눈을 멈추고 민현을 쳐다보았다. 그리고 그의 얼굴을 빤히 보더니 말했다.

"진짜 얼굴빛이 안 좋은데, 왜 그래요? 나 없는 사이에 무슨 일 있었어요?"

"아무래도 이상해. 사장이 정말 더 일 열심히 하라고 부른 거 맞아?"

"증상 나타난 것처럼 얼굴이 새하얗고 피곤해 보이잖아요. 진짜 무슨 일 있었죠? 그쵸?"

"사장한테 뭐 이상한 소리라도 들은 거 아니야? 너도 얼굴빛이 별로 안 좋은데?"

"'너도'라는 건 자기 얼굴빛이 안 좋은 걸 인정하는 거군요?"

"네가 자꾸 얼굴빛이 안 좋다고 하니까 그렇게 말한 거지."

두 사람의 팽팽한 시선이 공중에서 맞부딪쳤고 그 공간에

날 선 긴장감이 흘렀다. 민현이 먼저 긴장감이 흐르는 공기를
깨 버렸다.

"사실, 어떤 여자가 날 껴안았어."

"뭐라구요?"

순간 눈썹을 확 구기는 연지의 얼굴에서 불쾌감이 읽혀졌
다.

"그러니까 네가 날 좀……."

안아 달라는 민현의 뒷말은 연지가 그를 두 팔로 끌어안는
바람에 너무 놀라 그의 입안에서 흩어져 버렸다. 그녀가 먼저
이런 과감한 스킨십을 시도한 건 이번이 처음이었다. 민현을
꽉 끌어안은 채 그녀가 물었다.

"어떤 계집애예요?"

"어? 어, 이, 임소진이라고 그러던데."

임소진? 아까 사장실에서 본 신인배우의 이름임을 기억해
낸 연지가 미간을 좁혔다. 그녀의 뇌리에 순간 좋지 않은 예감
이 스쳤다. 그러나 그것을 애써 떨쳐 내며 연지가 나직하게 말
했다.

"아무한테나 안기고 그러지 마요. 몸도 성치 않은 사람이."

"어. 꼭 그럴게."

그녀의 말투는 절대 곱지도 부드럽지도 않았지만 그 말에
민현은 함박웃음을 지었다. 그가 두 팔로 연지의 허리를 꽉 끌
어안으며 속삭였다.

"네가 안아 주면 다 나을 거야."

고개를 숙인 그가 그녀의 귀에 쪽 소리 나게 뽀뽀를 했다. 그 느낌과 소리에 놀란 연지가 자신의 귀를 만지면서 얼굴을 붉혔다.

"왜 귀에다 뽀뽀를 해요? 진짜 변탠가 봐."

"내가 아는 일반인이 그랬다. 변태는 부끄러운 게 아니라 불편한 거라고."

"그건 가난 아니에요? 그나저나 전부터 진짜 궁금했는데, 도대체 그 일반인이 누구예요?"

"음?"

손으로 민현의 몸을 밀쳐낸 연지가 눈을 새치름하게 떴다. 그녀는 전부터 민현의 말속에 등장하는 그 일반인의 정체가 너무 궁금했었다.

"그 전 세계인 변태설을 주장하는 일반인이요."

"아아."

잠시 말을 멈추고 대답을 주저하던 민현이 고뇌하는 표정으로 친숙한 이름 하나를 내뱉었다.

"우민현."

"우민현?"

"배우 우민현 아니고 일반인 우민현."

이내 연지의 말간 얼굴에 쓴웃음이 걸렸다. 결국 그 일반인이 자기였단 소린가.

"허— 참나."

헛웃음을 터뜨리는 그녀를 보며 민현은 머쓱한 듯 뒷머리를 긁적거렸다.

"평범한 나는 그렇다?"

그의 고백이 연지는 내심 귀엽게 느껴졌다.

★☆★

자신의 방 안에서 대호는 어제 소진이 민현에 대해 한 말들을 떠올리며 생각에 잠겨 있었다.

소진같이 어리고 미인인 여자가 껴안았는데 하얗게 질리고 몸이 굳었다? 불쾌감을 넘어서 약간 무서워하는 것 같았다고? 우민현이?

평소 같았으면 우민현 성질에 꽤 착하게 넘겼네 하고 웃어넘길 수도 있었지만, 대호는 얼마 전 아는 기자에게서 받은 전화 내용을 떠올렸다.

— 민현 씨 요새 너무 조용한 거 아닙니까? ……2년 넘게 스캔들이나 루머가 없어도 너무 없잖아요. 여자랑 접점이 아예 없어서 파파라치도 포기한 거 아세요? ……항간에는 여자기피증 아니냐는 우스갯소리까지 나오고 있어요.

그때는 코웃음 치며 농담 말라고 민현이는 여자를 멀리하려고 해도 저절로 붙는 애라고 웃으며 넘겼는데, 소진의 이야기를 들어 보면 전혀 허무맹랑한 소리도 아닌 듯했다.

잠시 조용히 생각에 잠겨 있던 그가 자신의 비서를 호출했다. 그리고 서늘하게 말했다.

"우민현 최근 2년간 병원기록 다 조사해 봐."

17

"여배우들과는 담소조차 나누지 않았다고 합니다. 그리고 촬영장에서도 여자 배우와 붙는 씬에서는 자주 얼굴이 굳어졌고 유독 애정씬 NG가 많이 났다고 합니다."

비서의 보고를 들으면서 대호는 손에 든 민현의 병원기록을 가만히 응시했다. 그의 두 눈이 예리하게 그 내용을 훑어 내렸다.

2년 전 정신과 상담 한 번, 최근에 성형외과 상담 네 번. 이 점이 제일 눈에 거슬렸다. 그리고 2년 전에 민현이 딱 한 번 남자 매니저로 바꿔 달라고 한 적이 있었던 것을 기억해 낸 대호가 미간을 슬쩍 좁혔다.

순간 모든 퍼즐이 한꺼번에 맞춰지는 기분이 들었다. 골치가 아파지는 느낌에 그는 손을 들어 이마를 짚었다. 머리를 짓누르면서 대호가 자신의 비서에게 물었다.

"지금 민현이 어디 있어?"

"촬영 끝나고 집으로 이동했다고 합니다."

그러다 대호는 순간 의문이 들었다.

"신연지는?"

"예? 신 매니저는 아마 같이 있을 텐데요?"

그런데 뭔가 이상했다. 민현이 여자기피증이라면 신연지와 붙어 다니는 것이 상당히 불편했을 텐데 그는 그런 내색을 한 번도 한 적이 없었다.

'하긴, 여자기피증 증상도 감쪽같이 속인 녀석인데, 그 정도 속이는 거야 일도 아니겠지. 그럼 신연지는 모든 걸 다 알고 있었단 말인가?'

2년 동안 그 정도로 붙어 다녔으면 모르려야 모를 수가 없었을 것이다. 갑자기 대호는 그녀에 대한 배신감이 치솟았다. 그의 성난 눈동자가 다시 자신의 비서를 보았다.

"신연지 당장 오라고 해."

★☆★

"정말 우리 집으로 갈 거예요?"

집 쪽으로 차를 몰면서도 연지는 불안한 얼굴을 했다. 차 안에 있는 거치대 속 보조거울을 보면서 옷매무새를 가다듬던 민현이 힐끔 그녀를 보았다.

"당연하지. 어머님이 초대하신 거잖아."

며칠 전 민현을 정식으로 초대하겠다고 했던 희숙이 오늘 시간 괜찮으면 집으로 오라고 연지에게 전달했던 것이다. 그 말을 들은 민현은 냉큼 가겠다고 한 것이고.

보조거울을 보고 있는 그를 돌아본 연지가 피식 웃으며 말했다.

"옷매무새를 가다듬기 전에 선글라스부터 벗어요."

"아, 어. 버릇이 돼서."

그녀의 지적에 민현은 끼고 있던 선글라스를 얌전히 벗었다. 그리고 자신의 필수아이템인 그것을 재킷 안주머니에 넣었다.

그사이 자신의 집 앞에 차를 세운 연지가 다소 걱정스럽다는 얼굴을 했다. 엄마 희숙의 성격을 잘 알기에 벌써부터 걱정이 되었던 것이다.

"다 왔네?"

밖으로 시선을 던진 민현이 그녀의 아파트임을 확인하고 차 문을 열었다. 막 차 문을 열고 나가려는 그의 팔을 잡아 말리며 연지가 경고했다.

"우리 엄마가 곤란하게 할 수도 있어요."

"괜찮아. 바라는 바야."

별일 아니라는 듯 툭 던지는 민현에게 그녀가 다시 경고했다.

"결혼 얘기를 꺼낼 수도 있어요."

"바라는 바라고."

손을 뻗어 자신의 팔을 잡고 있는 그녀의 손을 떼어 낸 민현이 어깨를 으쓱했다.

"그리고 그건 저번에 나를 '우 서방'이라고 부르실 때부터 각오한 일이야."

말을 마친 그가 그대로 차에서 내려 버렸다. 그를 따라 내린 연지는 그의 뒷모습을 보며 깊은 한숨을 내쉬었다. 며칠 전 대호가 했던 말이 떠올라 마음이 무거웠던 것이다.

"그런 거라면 당장 헤어져. 민현이 배우 인생 망치고 싶어?"

사람과의 관계가 그렇게 누군가의 명령에 의해서 간단하게 끊어 버릴 수가 있는 거였던가?

무엇보다 연지는 민현과 헤어지고 싶지가 않았다. 상상만 해도 싫다는 듯 그녀는 눈을 질끈 감은 채 고개를 저었다.

이 정도면 자신도 그를 좋아하고 있는 거라고 생각은 하지만 그게 어느 정돈지 아직은 잘 모르겠다.

잠시 생각에 잠겼던 연지가 정신을 차렸을 땐 민현은 이미 없었다. 놀란 연지가 재빨리 걸음을 옮겨 그가 갔던 길을 따라 걷기 시작했다.

"어서 와, 우 서방."

집으로 들어서자마자 맛있는 음식 냄새가 두 사람의 코를 찔러 왔다. 그 냄새를 감지한 연지의 미간이 좁혀졌다. 설마 했는데 닭 냄새가 났던 것이다.

"어머님, 맛있는 냄새가 나는데요?"

그녀의 옆에서 민현이 서글서글하게 웃는 얼굴로 말했다. 앞치마를 곱게 차려입은 희숙이 자신의 딸은 쳐다보지도 않고 민현만을 거실에 있는 소파로 안내했다.

"닭 삶았어. 장모사랑은 사위라잖아."

"사위사랑은 장모겠지."

엄마의 말실수에 부끄러워진 연지가 그녀의 옆구리를 손가락으로 쿡 찔렀다. 그러나 희숙은 호탕하게 웃어넘겼다.

"그게 그거지, 뭐."

별것도 아닌 일에 엄마 무안을 준다며 희숙은 연지를 멀리 밀어내고 민현을 자신의 옆자리에 앉혔다. 그가 희숙을 향해 고개를 숙였다.

"초대해 주셔서 감사합니다."

"무슨. 바쁠 텐데 와 줘서 내가 더 고맙지."

"그런데 어머님, 여전히 아름다우십니다."

"자넨 여전히 잘났어."

알콩달콩 주거니 받거니 사이가 좋은 두 사람을 바라보는 연지의 얼굴에 복잡 미묘한 미소가 걸렸다.

"우리 연지 잘 부탁하네, 우 서방."

희숙의 입에서 나오는 난감한 말에 연지가 얼른 둘 사이로 끼어들었다.

"자꾸 '우 서방'이라고 하지 마. 누가 엿듣고 인터넷에 이상한 글이라도 올리면 어쩌려고 그래?"

"아, 맞다. 조심해야겠다."

냉정한 딸의 경고에 희숙은 놀라서 동조했다. 그녀들의 대화에 웃음을 터뜨린 민현이 집 안을 장난스레 둘러보며 입을 열었다.

"괜찮아요, 어머님. 여기서 듣긴 누가 듣는다구요."

"저기 있잖아. 육십 먹은 네티즌."

검지를 쭉 편 희숙이 민현의 뒤쪽을 가리켰다. 그 손가락에 저절로 그의 고개가 방 쪽으로 돌아갔다.

"나 불렀어?"

낯선 목소리에 화들짝 놀란 민현의 시야로 중년 아저씨의 얼굴이 들어왔다. 느낌상 연지의 아버지일 거란 확신이 들어서 그는 자리에서 벌떡 일어섰다.

"안녕하십까. 처음 뵙겠습니다. 우민현입니다."

그 중년의 남자는 쓰고 있던 돋보기안경을 콧등으로 내리며 민현을 빤히 바라보았다. 그가 천천히 말을 시작했다.

"실물이 훨씬 미남이구만."

"감사합니다."

"한동안 스캔들 없이 잠잠하더니만 우리 연지랑 만나고 있었군?"

"네? 아, 네."

순간 민현의 얼굴에 당혹감이 서렸다. 그러나 그의 말은 거기서 멈추지 않고 계속되어 민현을 더욱 당황시켰다.

"스캔들은 한 3년 정도 전에 같이 연기한 여배우랑 났었는데, 둘 다 바로 부인하는 기사를 냈었지. 그리고 또……."

"아빠!"

연지가 아빠 진수의 입을 막으려고 목소리를 높였다. 당황한 민현의 옆에서 희숙이 혀를 끌끌 찼다.

"누가 육십 먹은 네티즌 아니랄까 봐 냉큼 검색해 봤나 봐. 우 서방이 이해해."

"아, 네."

"요즘 검색에 재미가 들렸거든, 저 양반."

충분히 이해한다는 듯 민현은 고개를 끄덕였다. 그러나 관자놀이에 흐르는 땀을 막을 수는 없었다.

이래서 과거 연애 경험이 드러나는 연예인이란 직업이 참 곤란한 거다. 그래도 공개연애는 한 번도 안 한 자신이 기특했다.

잠시 민현의 잘난 얼굴을 흐뭇한 표정으로 바라보던 희숙이 자리에서 일어서더니 주방으로 향했다.

"이제 밥들 먹읍시다."

잠시 후 희숙이 식탁으로 가족들과 민현을 불러들였다. 육십 먹은 네티즌 아니, 진수가 먼저 식탁을 향해 걸어갔고 그 뒤를 연지가 민현과 함께 따랐다.

먹음직스러운 음식들이 즐비하게 놓인 식탁 위를 보며 민현이 탄성을 내질렀다.

"이야, 정말 맛있겠네요, 어머님."

"많이 먹어, 우 서방."

연지와 그녀의 부모님, 그리고 민현 이렇게 넷이서 식사를 하고 있던 그때, 연지의 휴대폰이 울렸다. 주머니에서 그것을 꺼내 발신자를 확인한 그녀의 눈빛에 이채가 서렸다. 휴대폰 화면을 보고 있는 그녀에게로 민현의 눈길이 향했다.

"누구?"

"아, 사장님 비서요."

또냐는 듯 민현의 눈살이 찌푸려졌다. 사장 대호의 무뚝뚝한 얼굴을 떠올린 그가 조금 퉁명스런 목소리를 냈다.

"요즘 사장님이 너한테 할 말이 참 많은 것 같다?"

그의 날 선 시선을 피하며 연지는 휴대폰의 통화버튼을 눌렀다. 가만히 휴대폰을 들어 귀로 가져간 그녀는 잠시 후 짧게 대답을 한 다음 전화를 끊었다.

"왜? 뭐래?"

그녀가 귀에서 휴대폰을 떼자마자 민현이 물었다. 고개를 돌려 그의 시선을 마주한 연지가 천천히 입술을 뗐다.

"촬영 스케줄이 막 꼬였다네요. 제가 한 번 가 봐야 할 것 같아요."

"지금?"

"네."

식탁 의자에서 연지가 몸을 일으키자 자연스럽게 세 사람의 시선이 따라 올라왔다. 그들의 시선을 둘러보던 그녀가 자신의 두 눈을 한 사람에게 고정시켰다.

"뭐 해요?"

왜 가만히 앉아만 있냐고 민현에게 묻자 그가 놀란 눈을 했다. 그는 정말 깜짝 놀란 듯 보였다.

"나? 왜?"

"같이 나가야죠. 밥도 다 먹은 것 같은데."

민현의 빈 밥그릇을 힐끔 본 연지가 하는 말에 그는 어깨를 으쓱하며 당연하다는 듯이 말했다.

"나 후식 먹어야지. 넌 다녀와."

그의 뻔뻔한 태도에 연지는 순간 발끈했다.

"무슨 후식까지……!"

"무슨 후식이라니? 너 내 후식 무시하니?"

옆에서 희숙까지 민현에게 후식을 먹고 가라며 말리고 나섰다. 그리고 자신의 딸에게는 인사를 건넸다.

"넌 얼른 다녀와."

"진짜 안 가요?"

꼼짝도 안 하는 민현 때문에 연지는 잠시 당황한 듯 머뭇거리다가 다시 그의 어깨를 살짝 건드렸다.

"대충 먹었으면 그냥 나랑 같이 나가요."

"아니야. 여기서 기다릴게."

"대체 내가 언제 올 줄 알고 여기 있겠다는 거예요?"

황당해하는 그녀에게 민현 역시 당황한 눈치였다. 그가 그녀의 부모님 얼굴을 돌아본 후 나직한 목소리로 연지에게 물었다.

"왜? 너 평생 집에 안 들어올 거야?"

"아니, 그런 말이 아니라……."

"다녀와."

다녀오란 소리만 벌써 몇 번째인지.

결국 요지부동인 민현을 자신의 집에 내버려 두고 연지는 혼자 집을 나서기로 했다. 그래도 그녀는 나가는 순간까지 그에게 당부했다.

"후식까지 다 먹으면 그냥 집으로 가요. 괜히 나 기다리지 말고."

★☆★

"끝냈어?"

긴장감이 흐르는 사무 공간 안에서 연지는 대호의 질문을 들었지만 차마 대답의 말은 내놓지 못하고 있었다.

"민현이랑은 정리했냐고."

"……아뇨."

대호가 한 번 더 나직하게 묻자 마른 입술을 혀로 축인 그녀가 짧게 대답했다. 그녀의 대답이 마음에 들지 않았는지 그가 신경질적으로 자리에서 일어섰다.

"뭐? 너 그럼 민현일 계속 만나겠다는 거야?"

그의 책상 앞에 선 연지는 자꾸만 움츠러들려는 어깨를 펴고 낮은 목소리로 다부지게 말했다.

"생각해 봤는데요, 헤어질 순 없습니다. 제가 민현 씨랑 사귀는 게 무슨 죄도 아니고, 누군가에게 피해를 준 것도 아니고. 전 평생 비밀로 해도 상관없습니다."

"너랑 민현이랑 사귀는 건 죄야, 결국 민현이 본인에게 피해를 줄 거고."

하지만 대호는 그녀의 말은 귓등으로도 들을 생각이 없다는 듯 단호한 태도였다.

"헤어져. 더는 말 안 해."

"한 번만 저 좀 봐주세요."

"나참. 급 떨어지게 고른 여자가 결국 너야?"

연지의 목소리는 들은 체도 안 하고 그는 어이없다는 듯이 말했다. 두 눈을 날카롭게 뜨고 그녀를 바라보던 그가 곧 쓴웃음을 지었다.

"근데 너희 스킨십은 어떻게 하냐? 우민현이 여자기피증인데."

"!"

순간 연지의 낯빛이 창백해졌다. 그녀의 얼굴을 보고 더욱 확신을 한 대호가 차갑게 소리쳤다.

"보고는 왜 바로 안 했어? 네가 그러고도 매니저야?"

"그걸 어떻게……?"

흔들리는 연지의 동공을 보면서 대호는 서늘하게 웃었다. 역시 자신의 예상은 정확했다.

"내가 평생 모를 줄 알았냐? 넌 대체 무슨 생각으로 민현이

기피증을 내게 보고하지 않은 거야?"

그건 단순한 이유였다. 민현이 원하지 않았기 때문이다. 처음 민현의 증상을 알았을 때 그는 너무 고통스러워 보였다. 그리고 무엇보다 민현이 남들에게 알려지는 걸 꺼려했었기에 연지는 그의 비밀을 끝까지 지켜 주기로 마음먹은 것이다.

"너 설마 그 비밀을 쥐고 협박해서 민현이랑 사귀는 거 아니야?"

그러나 자신의 의도와는 상관없이 대호의 눈에는 저렇게 비쳐질 수도 있겠단 생각이 들었다.

"저한텐 뭐라고 말씀하셔도 괜찮으니까, 제발 민현 씨 비밀만은 지켜 주세요. 미디어 쪽에 안 퍼지게……."

"열녀 났네. 그러니까 민현이랑 당장 헤어져."

서슬 퍼런 대호의 눈빛이 연지를 노려보았다. 무슨 수를 써서라도 두 사람을 헤어지게 만들겠다고 결심한 그가 천천히 입을 열었다.

"너 안 헤어지면……."

잠시 말을 멈추고 뜸을 들이는 그를 연지가 불안한 눈빛으로 쳐다보았다.

"나 내일 당장 인터뷰할 거다. 민현이 여자기피증인 거. 분명 엄청난 이슈가 되겠지."

그의 말에 순간 울컥한 연지가 아랫입술을 윗니로 짓이겼다. 그에게 이대로 당하고 싶진 않아서 연지는 일부러 세게 말했다.

"여자기피증이 큰 치부는 아니잖아요?"

맞는 말이라는 듯 대호는 선선히 고개를 끄덕였다.

"그렇지. 큰 흉은 아니지만 매스컴에 엄청 시달릴 거야. 아마 너덜너덜해질 때까지 씹히겠지."

그건 연지도 잘 알고 있다. 민현의 고통이나 상처는 그들에겐 가십밖에 되지 않을 것이 분명하다. 그래서 소문이 퍼지는 것만은 어떻게든 막고 싶었다.

"네가 정 민현이랑 못 헤어지겠다면, 난 둘 다 버릴 거다."

이 상황을 부정하고 싶다는 듯 연지는 두 눈을 질끈 감았다. 그녀의 귀로 잔인한 대호의 목소리가 계속 들렸다.

"정말 언론에다 다 말할 거야. 어차피 너랑 스캔들 나서 무너지나 여자기피증으로 무너지나 나한텐 똑같아. 게다가 그 녀석 요즘 하는 행동 보면 재계약도 쉽진 않아 보이고. 난 별로 잃을 게 없어."

곧 그녀의 볼을 타고 눈물이 흘러내렸다. 민현과의 관계는 여기까지가 정답인 건가 하는 생각이 들었던 것이다. 모든 걸 체념한 듯 연지가 천천히 입술을 열었다.

★☆★

"우 서방 방금 전까지 기다리다 갔어."

현관문을 열고 들어서는 연지를 향해 희숙이 던진 말이었다. 연지는 한숨이 터져 나오려는 것을 가까스로 참고 미간을 좁힌 채 자신의 엄마에게 말했다.

"그 우 서방 소리 좀 그만해."

"왜 뭐 어때서? 본인도 가만히 있는데, 왜 네가 난리야? 그리고 어차피 결혼하면 그렇게 부를 거니까 미리 좀……."

"내가 그 사람이랑 어떻게 결혼을 해?"

정색을 하며 연지가 희숙의 말을 잘랐고 희숙은 그런 그녀를 어이없어했다.

"왜 못해? 겨우 그깟 인기 좀 있는 연예인이라고 네가 걔랑 결혼을 왜 못……."

"도무건설 사장님이야, 민현 씨 아버님이."

"도무건설인지 고무건설인지…… 응? 도무건설?"

도무건설이라면 텔레비전에도 종종 나오는 파워 있는 건설회사 중 하나가 아니던가. 회사 이름에 별 관심이 없는 희숙이알 정도면 결코 작은 기업은 아닐 것이다. 시무룩한 표정을 지은 연지가 중얼거렸다.

"나 신데렐라 되기 싫어."

"근데 너 울었냐?"

"말 돌리지 말고."

그러나 희숙은 예리하게 눈을 빛내며 연지의 충혈된 눈을 빤히 보았다. 엄마란 사람이 딸이 울었는지 안 울었는지도 구분 못 할 리가 없다.

"진짜 울었네?"

"아니야. 피곤해서 그래."

엄마의 시선을 피하면서 연지는 슬쩍 손을 들어 자신의 눈을 꾹 눌렀다. 고개를 숙이며 그녀가 나직하게 말했다.

"암튼, 이제 우 서방이라고 하지 마."

그러나 희숙에게선 대답이 없었다. 그래서 연지는 조금 퉁명스러운 어투로 다시 말했다.

"내가 진짜 신데렐라 됐으면 좋겠어, 엄만?"

"……자라. 졸리다."

됐으면 좋겠구나?

순간 연지의 얼굴에 씁쓸한 미소가 걸렸다. 사실 지금 그녀는 신데렐라 따위 아무래도 좋았다.

★ ☆ ★

"왜 이래?"

"왜 이래?"

마치 민현이 그렇게 말할 줄 알았다는 듯 연지가 그와 동시에 말을 내뱉었다.

"이젠 얼굴만 봐도 당신 첫 마디가 뭐겠구나 알겠어요."

후후 웃으며 연지는 자신이 정리하고 깨끗이 청소해 둔 그의 집 안을 둘러보았다. 복잡한 마음을 정리하기 위해 이곳도 정리에 나선 것이었지만, 어째 정리는 이곳만 끝난 것 같았다.

"뭐야? 나 집이 너무 빛나서 깜짝 놀랐다?"

이렇게까지 깔끔하게 정리된 걸 본 건 최근 들어 처음 있는 일이었다. 얼굴에 의아함이 깃든 민현이 자신의 앞에 팔짱을 끼고 선 연지의 얼굴을 물끄러미 바라보았다.

"왜 이렇게 반짝거리게 치워 놨어? 어디 아파?"

"그냥요. 그러고 싶었어요."

그녀의 표정에서 뭐라도 읽어 내려는 듯 민현은 눈을 빛냈지만 그녀의 얼굴은 평소와 다를 것이 없었다. 뭔가 께름칙한 느낌이 들어서 민현은 괜히 툴툴거렸다.

"이럴 시간에 내 면역력을 키워 주는 게 난 더 좋은데."

툭 던진 말이었는데 기겁을 할 줄 알았던 연지가, 변태냐고 말할 줄 알았던 그녀가 갑자기 두 팔을 쫙 벌렸다. 순간 휘둥그레지는 민현의 눈을 보면서 그녀가 작게 웃었다.

"이리 와요."

"응? 왜? 뭐?"

두 팔을 쭉 뻗고 자신을 기다리고 있는 연지의 행동에 민현은 적잖게 당황했다. 그러나 그와 달리 그녀의 얼굴은 태연하기만 했다. 동요하고 있는 그에게 그녀가 말했다.

"키워 달라면서요? 당신 면. 역. 력."

"진심이야?"

천천히 그녀가 고개를 끄덕였다. 드디어 그녀도 자신을 원하게 된 거란 생각이 들자 민현의 심장은 빠르게 뛰었고 그의 입가엔 행복한 미소가 걸렸다. 한달음에 그녀의 앞으로 다가선 민현이 그녀를 품에 안았다.

다음 순간 민현이 고개를 숙여 그녀의 입술에 자신의 입술을 가져갔다. 고개를 틀어 좀 더 깊게 키스한 그가 능숙하게 그녀의 입안으로 혀를 집어넣고 그 안에 있는 또 다른 혀를 감쌌다. 악수하듯 서로의 혀가 엉키고 야릇한 소리를 만들어 냈다.

그의 농밀한 키스에 아찔해진 연지가 그의 허리춤을 손으로 움켜잡았다. 그것을 느꼈는지 민현은 그녀의 입술 위에서 씨익 웃었다. 그가 손을 내려 그녀의 두 팔목을 붙잡고 자신의 목 뒤로 둘렀다. 그리고 다시 깊게 키스하며 그녀의 무릎 아래로 손을 집어넣고 그녀를 들어 올렸다.

"어맛!"

순간 연지의 입에서 여성스런 비명이 튀어나왔다. 그러자 민현은 또다시 매력적이게 웃었다.

"먼저 유혹해 놓고 설마 여기서 멈추겠다는 건 아니겠지?"

연지를 든 민현은 그대로 자신의 침실로 향했다. 누군가의 심장 소린지도 모를 쿵쿵 소리가 두 사람 사이에서 조용히 울려 퍼졌다.

자신의 침대 위에 연지를 눕힌 민현이 그녀의 입술에 깊게 키스했다. 그의 손이 연지의 어깨와 팔을 스쳐 허리를 쓸어내렸다. 그러고는 그녀가 입고 있는 셔츠의 단추를 밑에서부터 풀기 시작했다.

그는 늘 생각했었다. 왜 이 여자만 괜찮은 걸까.

무턱대고 접근하는 여자들에게 질려서 그녀들의 몸 자체가 싫어진 거라면 당연히 연지의 몸도 싫어야 했다.

하지만 신연지만은 특별했다. 지금 그는 그녀의 몸을 만지는 이 순간이 정말 행복하고 좋았으니 말이다.

평생 한 여자만을 사랑하라고 하늘이 정해 준 운명이라면 이보다 더 알기 쉬운 운명이 또 있을까.

순간 민현의 얼굴에 꽃 같은 미소가 걸렸다. 그를 향해 손을 뻗은 연지가 그의 입술 위에 손가락을 올렸다.

"왜 웃어요?"

"좋아서."

솔직한 그의 대답에 연지의 얼굴에도 미소가 지어졌다. 눈이 마주치자 두 사람은 약속이라도 한 듯 다시 입술을 겹쳤다. 입술을 사이에 두고 그들의 혀가 부드럽게 엉켜들었다.

그 순간 민현의 손이 그녀의 속옷 안으로 들어가 그녀의 예민한 부분을 건드리기 시작했고 연지의 손은 그의 목 뒤에 둘러졌다. 두 팔로 그를 꽉 끌어안는 그녀의 귀에 대고 민현이 속삭였다.

"사랑해."

그의 고백은 '말했다' 라기보다 '말해 버렸다' 라는 표현이 더 정확할 정도로 계산 없이 입 밖으로 튀어나왔다.

그녀가 자신을 사랑하는지 어떤지 그녀가 이 말을 들으면 당황할지 어떨지 생각지 않고 민현은 순수한 마음을 고백했다. 이는 연지의 가슴에 와 닿았고 그녀는 설레는 심장을 느꼈다.

수줍어하는 그녀의 입술을 에로틱하게 혀로 핥은 그가 엄지를 들어 타액이 묻은 자신의 입술을 닦았다. 그 모습을 연지는 넋을 놓고 쳐다보았다. 미남계가 통했다는 듯 민현은 만족스러운 미소를 지으며 허리를 숙였다.

두 사람의 몸이 밀착되고 서로에게 취한 그날 밤은 유난히도 길었다. 서로를 향한 손길은 끈적거렸고 야릇하기 그지없었다. 오직 두 사람만 존재할 것 같은 그 밤은 그렇게 지나가고 있었다.

★☆★

늘어지게 늦잠을 자고 일어난 민현은 얼굴 가득 미소를 띤 채 자신의 휴대폰을 찾았다. 그리고 그녀에게서 왔을 연락을 확인했다.

그러나 그가 확인한 휴대폰은 어떤 메시지나 부재중 전화 한 통 없이 잠잠했다. 시간은 정오를 향해 달려가고 있었지만 그의 연인에게선 어떤 연락도 없었던 것이다.

'바쁜가 보다. 그럴 수도 있지, 뭐.'

하지만 그녀에게선 하루 종일 연락이 오지 않았다. 결국 참다못한 민현이 오후 늦게 그녀에게 전화를 걸었다. 긴 신호음 끝에야 전화기를 타고 연지의 목소리를 들을 수 있었다. 그녀의 목소리를 듣는 순간 그는 울컥 화가 치밀었다.

"뭐해? 왜 안 와?"

— 민현 씨 스케줄 없잖아요.

돌아오는 그녀의 대답은 당당하고도 단호했다. 그래서 민현은 목소리를 더욱 높였다.

　"그래도 넌 와야지."

　— 왜요? 연예인이 쉰다고 매니저도 쉬나요? 전 사무실에서 일해야죠.

　"뭐?"

　순간 민현의 미간이 구겨졌다. 어쩐지 그녀의 목소리가 낯설게 느껴질 만큼 차갑게 들렸던 것이다.

　— 한동안 스케줄도 없는데 푹 쉬어요.

　그녀의 무미건조한 어투에 민현은 기분이 좀 이상했다. 아무래도 뭔가 이상한 느낌이 들었던 것이다. 예감이 좋지 않았다.

18

참을 만큼 참았다. 그러나 이 일주일 만에 민현의 인내심은 바닥을 드러냈다. 결국 오늘은 회사까지 찾아갔다. 갑작스런 민현의 방문에 '비크' 사무실 직원들은 좀 놀란 눈치였다.

그들의 시선은 아랑곳 않고 민현은 사무실을 둘러보았다. 그러다 그의 눈썹이 꿈틀 모양을 달리했다. 낮게 한숨을 내쉰 그가 이 실장의 자리까지 성큼성큼 걸어갔다.

"연지 아니, 신 매니저 지금 어디 있어요?"

다짜고짜 이렇게 묻는 민현의 얼굴을 이 실장은 이상하다는 듯이 쳐다보았다. 그가 자리에서 일어서면서 대답했다.

"연지 씨? 이미 퇴근했는데?"

퇴근했다고?

헛걸음을 하게 된 민현의 눈썹이 사정없이 구겨졌다. 자신은 지금 이 상황을 이해하기가 힘들었다. 그녀가 대체 왜…….

"근데 넌 무슨 일이야?"

이 실장의 질문에 그는 아무 말도 없이 돌아섰다. 가슴이 답답하고 신경질이 났지만 여기서 포기할 생각은 없었다.

울컥울컥 치미는 화를 겨우 누르고 민현은 연지의 집으로 향했다. 연락이 안 되는 여자 친구의 집까지 찾아가는 남자들은 자존심을 엄마 배 속에 두고 온 거라고 생각한 적이 있었다. 그런데 지금 자신이 딱 자존심 찾으러 엄마 배 속으로 도로 들어가고 싶은 심정이었다. 그럼에도 민현은 오늘 꼭 연지를 만나 담판을 짓고 싶었다.

[집 앞이다. 안 나오면 내가 들어가.]

그녀의 집 앞에서 이렇게 문자를 보낸 후 민현은 사람들의 시선을 피해 선글라스를 주섬주섬 찾아 꼈다. 그러고는 팔짱을 끼고 뚜벅뚜벅 걸었다. 초조한 그의 걸음이 빙글 돌아 다시 원래의 자리로 돌아갔다. 그러기를 몇 차례, 드디어 그녀에게서 문자 메시지가 도착했다.

[저 집 아닌데요.]

순간 얼굴이 경직되었지만 민현은 애써 굳은 얼굴을 펴고 답장을 보냈다. 그러나 화를 참은 손끝은 부들부들 미세하게 떨렸다.

[그럼 들어가서 기다릴까?]

그랬더니 그녀에게선 또 한참 동안 답변이 없었다. 그래서 그
는 다시 휴대폰을 손에 쥔 채 걷기 시작했다. 도저히 가만히 서
있을 수가 없었던 것이다. 잠시 후 문자가 도착했음을 알리는
소리에 민현의 시선이 빠르게 자신의 휴대폰 화면을 향했다.

[지금 나갈게요.]

"야, 이⋯⋯!"

들을 당사자도 없건만 민현은 울컥 치민 화를 못 참고 소리
를 질렀다. 집에 있었으면서 없다고 거짓말까지 해? 순간 머
리가 아파 와서 그는 자신의 이마를 손으로 꾹꾹 눌렀다.

최근 일주일간 그의 연인이 이상했다. 아니, 달라졌다. 그것
이 그를 미치게 했다.

"일주일 동안 연락 없는 건 너무한 거 아니야?"

수수한 옷차림의 연지가 카디건을 여미며 다가오는 것을 본
민현은 그녀의 앞으로 다가가 다짜고짜 물었다. 그러나 연지
는 대수로운 일이 아니라는 듯 어깨를 으쓱할 뿐이었다.

"일주일 동안 일이 없었잖아요. 다음 드라마 들어가기 전까

진 그냥 여유롭게……."

"내가 지금 연예인으로서 매니저한테 하는 얘기처럼 들려?"

그녀의 말을 자르며 민현이 서늘하게 말했다. 그를 마주한 연지는 무슨 말인지 이해가 안 된다는 듯 눈썹을 치켜 올렸다. 그녀의 태연자약한 태도에 그의 목소리가 절로 높아졌다.

"남자 친구로서 여자 친구한테 하는 말이잖아!"

신경질을 내면서 민현은 쓰고 있던 선글라스를 벗었다. 그가 답답하다는 표정으로 말을 이었다.

"보통 커플들은 일주일 동안 연락이 없으면 헤어진 걸로 간주할 정도로……."

"아, 귀찮게."

연지가 중얼거리는 말을 들은 민현은 순간 자신의 귀를 의심했다. 그의 입에서 헛웃음이 터져 나왔다.

"뭐? 귀찮아?"

지금 민현이 바라보는 그녀의 얼굴은 짜증으로 가득했다. 낯선 그녀의 표정에 그는 어안이 벙벙했다. 충격을 받은 듯 보이는 그를 빤히 보면서 연지가 선선히 고개를 끄덕였다.

"네. 귀찮아요."

믿을 수 없다는 듯 민현의 입이 천천히 벌어졌다. 자신이 들은 게 정확한 거였다. 그녀는 정말 귀찮다고 말한 거였다.

그는 갑자기 일주일 사이에 태도를 저렇게 180도 바꾼 연지의 의중을 도저히 짐작할 수가 없었다. 혼란 속에 빠져 있는 민현의 귀로 얼음처럼 차가운 연지의 목소리가 들려왔다.

"이렇게 귀찮게 굴 거면 우리 그냥 헤어져요."

"뭐라고?"

그는 또다시 자신의 귀를 의심했다. 그녀의 입에서 그따위 말이 저렇게 쉽게 나올 줄은 정말 몰랐다. 민현은 지금 자신의 눈앞에 있는 여자가 연지가 아닌 것만 같았다.

"진짜 대스타도 별거 아니네요. 그냥 보통 남자였어."

차가운 그녀의 말에 민현의 얼굴에 쓸쓸한 미소가 걸렸다.

"난 스타이기 전에 보통 남자야."

점점 민현은 가슴속이 갑갑해져 오는 것을 느꼈다. 누군가 그의 심장을 두 손으로 잡고 꽉 움켜쥐는 것만 같은 답답함에 민현은 크게 한숨을 토해 냈다. 칼날과도 같은 서늘한 연지의 말이 계속 그의 마음을 찔렀다.

"솔직히 유명 배우랑 사귀고 잠도 자면 전 제가 좀 특별해질 줄 알았거든요? 근데 역시 현실은 똑같네요."

신랄한 그녀의 표현에 민현은 어이없는 웃음이 터졌다. 연지의 얼굴을 했지만 그녀와는 너무도 다른 눈앞의 여자에게 그가 물었다.

"네 현실이 뭐가 어때서?"

"집도 없고 차도 없고 돈도 없고 빽도 없고, 여전히 당신 뒷바라지나 하잖아요?"

평소의 연지라면, 적어도 2년 넘게 그가 알아 온 연지라면 절대 저렇게 말하지 않을 것이다. 그래서 그녀가 낯선 여자처럼 구는 이 상황을 민현은 더더욱 받아들이기가 힘들었다.

"너 원래 이런 애 아니잖아. 나쁜 여자처럼 왜 이래?"

"저 나쁜 여자 맞는데요?"

여전히 연지는 당당하고 뻔뻔스러웠으며 민현은 여전히 답답하고 속이 탔다.

"너처럼 착한 나쁜 여자가 어디 있어?"

"저 안 착해요. 그동안 당신 집 치우고 뒤치다꺼리하는 거 얼마나 넌덜머리가 났는 줄 알아요? 지겨웠어요, 진짜."

생각하기도 싫다는 듯 연지는 고개를 좌우로 흔들었다. 짜증이 묻어나는 그녀의 표정에 민현은 적잖은 상처를 받았다. 그의 상처받은 눈빛을 연지는 가만히 마주했다. 그 순간 주먹을 쥔 그녀의 손이 미세하게 떨렸다.

잠시 후 민현 쪽에서 나직하게 목소리를 보냈다.

"야, 신연지."

"왜요?"

후우, 그의 입에서 무거운 한숨이 새어 나왔다. 헤어지잔 소리까지 나온 마당에 그가 그녀에게 할 수 있는 말이란 많지 않았다. 그러나 그는 이대로 그녀와 헤어지고 싶지가 않았다.

"내가 더 잘할게."

비굴하고 비참했지만 그녀의 마음을 돌릴 수만 있다면 더한 말도 할 수 있을 것 같았다. 그녀가 농담이었다고 자길 테스트한 거였다고 웃어 줬으면 좋겠다 생각하면서 민현이 이어 말했다.

"일도 하지 마. 집도 차도 돈도 내가 다 줄게."

이 정도까지 말하면 연지도 태도를 바꿀 거라 생각했다. 그가 아는 그녀라면 그래야 했다.

"그래요. 줘요."

그러나 당당한 그녀의 대답에 민현의 눈빛은 흔들리고 말았다.

"그거 다 주면 몇 번 더 만나 줄게요."

"신연지!"

그녀가 내뱉은 말을 믿을 수 없다는 듯 그가 나직하게 그녀의 이름을 불렀다. 연지의 무미건조한 눈빛과 마주한 그의 눈이 슬픔에 잠겼다. 이젠 더 이상 그녀를 붙잡는 것이 의미가 없다는 것을 직감했다. 그들의 끝이 이렇게 허무할 줄은 몰랐다.

"이제 알겠죠? 전 이제 당신한테 애정이 없어요."

차마 받아들일 수 없는 현실에 민현은 정신이 멍해졌다. 그는 이유도 몰랐고 원치도 않았지만, 그들의 관계는 그렇게 끝이 났다.

"우리 이제 보지 말아요."

이별 한두 번 해 보나, 뭐. 남들 다 하는 연애 좀 했다고 그리고 이별 좀 했다고…… 그는 세상이 끝난 것 같은 절망을 느꼈다. 주체할 수 없는 슬픔이 민현을 덮쳐 왔다.

"으허엉…… 엉엉……."

참으려고 했다. 고작 남자랑 헤어진 걸로 집에 와서까지 티를 내는 건 어리석은 짓이라고 늘 생각하고 있었기 때문이다. 그런데 봇물 터진 듯 눈물이 흐르는 것을 연지는 참을 수가 없었다.

처음부터 민현의 반 강제적인 제안으로 시작된 만남이라 오래 못 갈 거라 마음속 어딘가에서 예상하고 있었고 사장에게 헤어지란 소릴 처음 들었을 때부터 이런 날이 올 줄 예상도 했었다. 하지만 이 커다란 슬픔은 예상치 못한 것이었다.

"쟤 왜 울어?"

방 안에서 서럽게 울고 있는 연지 때문에 집 안이 발칵 뒤집어졌다. 평소 노골적으로 울리겠다고 작정하고 만든 영화나 다큐멘터리를 봐도 우는 걸 본 적이 없는 외동딸의 눈물 앞에 희숙과 진수는 당황하고 말았다.

"도대체 왜 우는 건데, 너?"

저렇게 서럽게 우는 건 초등학교 1학년 때 단 한 표 차이로 반장선거에서 떨어졌던 그 날 이후로 처음이었다. 당황한 진수는 그녀의 방문 앞에서 발을 동동 굴렀고 희숙은 직접 방으로 들어가서 화를 냈다.

"왜 우냐니까?"

고개를 들어 부모님의 얼굴을 확인한 연지가 급 눈물을 멈췄다. 그러나 그녀의 볼을 타고 눈물은 주르륵 흘러내리고 말았다. 재빨리 눈물을 닦아 낸 그녀가 정색을 했다.

"안 우는데?"

"방금까지 대성통곡을 해 놓고, 무슨 되도 않는 거짓말을 해?"

그녀의 충혈된 붉은 눈동자를 희숙은 마음 아프다는 표정으로 쳐다보았다.

"안 운다고…… 으윽…… 흑……."

결국 또다시 눈물이 터져 버렸다. 연지는 손등으로 입을 막으며 그 눈물을 참았다. 그러나 그건 참을 수 있는 슬픔이 아니었다.

"엉어엉…… 흐어어엉……."

참 거만했었다. 그의 마음을 받아 줄 때 자신은 거만하게도 그의 마음을 8, 자신의 마음을 2라 멋대로 단정지어 버렸다.

그런데 그게 아니었다. 자신은 2년 동안 민현의 곁에 있는 것이 좋아서 있었던 거였고 그가 제약을 둔 사항들에 대해 불만도 없었으며 그가 아픈 게 이 세상에서 제일 싫을 만큼 그를 좋아하고 있었던 것이다.

나야말로 10 중의 10이었어.

"그만 좀 울어."

딸의 눈물에 속이 상할 대로 상한 희숙의 입에서 깊은 한숨이 새어 나왔다. 그러다 문득 그녀가 요 일주일간 민현을 만나는 것 같지도 않았고 그의 이야기는 입 밖으로 꺼내지도 않았다는 것을 떠올렸다.

"그 나쁜 놈이 너한테 헤어지재?"

그를 꽤 예뻐했지만 자신의 딸을 찬 놈이라면 이야기가 달라진다. 그런 놈은 원수에 가깝다. 상나쁜 놈이다.

"나쁜 놈. 궁둥이를 발등으로 차 줄 놈."

"흐윽…… 우민현, 욕하지 마."

울면서도 연지는 그를 두둔하고 나섰다. 그래서 희숙은 더 울화가 치밀었다.

"이 와중에 편드냐?"

"아니야. 흐엉……."

"말하든지 울든지 하나만 해, 하나만. 너 찬 놈이 뭐가 예쁘다고 편을 들어?"

"아니라고…… 흐윽…… 내가, 내가 헤어지자고 했어."

"뭐?"

딸이 하는 말을 믿을 수 없어서 희숙은 눈을 크게 떴다. 그녀는 지금 이 상황이 조금 많이 이상했다.

"근데 왜 차인 애처럼 그렇게 서럽게 울어?"

안타까워하는 희숙의 시선에도 연지는 끝내 눈물을 멈추지 못했다.

"왜 그렇게 우냐니까, 엄마 억장 무너지게."

몰라. 나도 내가 왜 이렇게 우는지……. 왜 이렇게 우민현이 보고 싶어 미치겠는지, 왜 이렇게 늦게 우민현을 사랑한다는 걸 알게 됐는지…….

"아이고, 술 냄새."

2주 전 갑자기 사무실에 나타나서는 연지의 행방을 묻고 사라진 민현의 집을 와 본 이 실장은 문을 열자마자 코를 찌르는 알코올 향에 미간을 찡그렸다.

"야, 너 이러고 살았냐?"

영화 촬영을 끝내고 휴식기에 들어간 거긴 하지만 아무리 그래도 탁자 위에 널브러진 맥주병과 양주병들은 그 숫자가 어마어마했다.

"아무리 쉬는 기간이라지만, 너 너무한 거 아니냐?"

민현의 매니저인 연지가 열흘 전에 갑자기 일을 그만두는 바람에 그의 매니저 자리는 현재 공석인 상태였다. 그래서 민현이 쉬는 기간 동안 술만 마시면서 지내 온 걸 이제야 이 실장은 안 것이다.

"연지 씨가 왜 사표 냈는지 너도 몰라?"

열흘 전 연지는 갑자기 사표를 냈고, 민현은 현재 이 상태다. 둘이 헤어졌다는 걸 바보라도 알아챌 것만 같았다. 하지만 이 실장은 연지를 2년 넘게 지켜본 사람으로서 그녀가 그렇게 무책임하게 그만둔다는 말을 할 성격이 아니라는 걸 아주 잘 알고 있었다.

그리고 설사 민현과 헤어진 거라 해도 굳이 회사까지 그만둘 일은 아니라고 생각했다. 민현을 보고 싶지 않은 거라면 다른 배우들 매니지먼트할 일도 꽤 많았으니 부서를 옮겨줄 수도 있었다.

그런데 그녀가 갑자기 사표를 내고 홀연히 사라졌다. 게다가 오늘 아침에는 라이벌 기획사인 'JJ'에서 스카우트 해 갔다는 소문까지 듣고 말았다. 그래서 충격에 **빠진** 이 실장은 부랴부랴 그녀가 그만둔 원인이 됐을 법한 민현을 찾은 것이다.

"다른 기획사로 스카우트돼서 갔다던데, 넌 아무 소리 못 들었어?"

답답해하는 그의 질문에 퉁명스런 답변이 돌아왔다.

"제가 어떻게 알아요?"

"너랑 사귀……!"

서슬 퍼런 민현의 눈빛에 이 실장은 입을 멈추었다. 분명 연지가 일을 그만둔 건 이 녀석이 원인일 거라 생각했고 갑자기 사라진 그녀가 안쓰럽게도 느껴졌었다. 하지만 지금 그가 바라보는 민현의 매서운 눈빛에는 분노와 함께 슬픔이 담겨 있었다. 어색하게 헛기침을 하며 이 실장이 혼잣말처럼 중얼거렸다.

"이상하네. 연지 씨가 그런 무책임한 사람이 아닌데."

훗, 민현이 한쪽 입술 끝을 올리며 웃자 이 실장이 그를 쳐다보았다. 입가에 조소를 단 그가 입을 열었다.

"과연 그럴까요?"

지금 민현의 표정을 보면 연지보다 그 쪽이 더 안쓰럽게 느껴질 정도였다. 그는 분명 상처받은 얼굴을 하고 있었다.

"그게 신연지의 본모습인지도 모르죠."

차갑고 냉정하고 무책임하고……. 2년 넘게 그가 그녀와 정

반대라고 생각했던 단어들을 나열하면서 민현은 쓰게 웃었다.

★ ☆ ★

거의 세 달 만에 '비크' 사무실을 방문한 민현은 누가 봐도 연예인이다 하는 포스를 내뿜고 있었다. 저번 주에 새로 구입한 선글라스를 착용하고 고가 브랜드의 정장을 입은 그는 흰 코트를 어깨에 걸친 채 사장실로 들어왔다.

"어서 와, 민현아."

지나치게 상냥한 표정을 지은 대호의 부담스런 인사에도 민현은 고개 한 번 까닥이지 않고 소파에 털썩 앉았다. 자리에 앉아서 한쪽 다리를 올려 다리를 꼰 민현이 소파에 등을 기댄 채 턱을 들어 올렸다. 선글라스 너머 그의 눈동자는 무심하기 그지없었다.

"쉬는 동안 얼굴이 더 좋아졌네?"

대호의 칭찬에도 민현은 별 대꾸 없이 그를 바라볼 뿐이었다.

"피부에서 광이 난다, 야. 물광피부가 따로 없……."

"용건이나 말해요, 어서."

귀찮다는 듯 눈썹을 살짝 구긴 민현이 대호의 말을 자르며 자신의 말을 던졌다. 순간 울컥 화가 치밀었지만 약자인 자신의 위치를 상기하며 대호는 억지웃음을 지었다.

"우리 민현이가 많이 바쁘구나? 다름이 아니라, 이제 다다음 달이면 우리 재계약도 해야 하고…….”

“재계약이요? 그걸 제가 한다고 말한 적이 있던가요?”

방금까지 웃고 있던 대호의 얼굴이 딱딱하게 굳어졌다. 이 놈이 보통 싸가지 없는 놈은 아니란 걸 알고는 있었지만 매번 이럴 때마다 안 그래도 없던 정이 뚝뚝 떨어진다.

“안 할 거야, 재계약?”

그래도 최대한 화를 꾹 누르고 대호는 조심스럽게 물었다. 여기서 화를 내 봐야 자신이 절대적으로 불리하다. 그러니 배 알이 꼴려도 참는 수밖엔 없다.

“네. 안 합니다.”

조금의 망설임도 없는 민현의 대답에 대호는 허무해졌다. 그래도 자기가 그와 함께한 지 자그마치 7년이 넘는다. 그런 데 저 녀석이 저렇게 나올 줄은 몰랐다. 데뷔 초기에 별 특색 없이 얼굴만 멀쩡하던 놈을 키워 준 게 대체 누구라고 생각하 는 것인가.

배신감에 치를 떨면서도 대호는 한 번 더 참아 보기로 했다.

“민현아, 너 뭐 서운한 점이나 기분 나쁜 점이라도 있었니? 그런 거면 내가 일단 사과를 하고…….”

“어떤 짓을 하셔도 안 한다고요, 재계약.”

높낮이도 없는 건조한 민현의 어투는 분명했으며 단호했다. 그 순간 대호의 눈빛도 달라졌다.

“ ‘비크’ 떠날 겁니다.”

“네가 결국 날 배신하겠다는 거야?”

두 주먹을 꽉 움켜쥔 대호는 눈에 힘을 주고 민현을 노려보았다. 민현도 그의 시선을 피하지 않고 빤히 응시했다.

"저 이제 '비크'라면 이가 갈려서요. 지긋지긋해요."

지금 그에게는 이 공간이, 이곳에서 지냈던 순간들이, 과거들이 전부 부정적으로 느껴졌다.

"네가 어떻게 나한테 이럴 수가 있어?"

불같이 화를 내는 대호를 보는 그의 시선은 차갑게 가라앉아 있었다. 마치 인형과도 같이 가만히 앉아 있던 민현이 다시 입을 열었다.

"한 번만이라도 절 인간 우민현으로 봐 주셨다면 이런 결정은 안 했을 겁니다."

그는 이곳에 있으면서 인간으로 대해진다는 느낌을 받은 적이 없었다. 그래서 여자기피증임을 밝히면 사무실 사람들의 반응이 어떨까 무섭기까지 했었다. 그 안에서 오직 신연지만이 자신을 평범한 인간으로 봐 줬다. 그런데 그녀가 지금은 이곳에 없다.

"내가 지난 7년 동안 널 어떻게 키웠는데?"

"완벽한 상품으로 키우셨죠."

고생이란 고생은 다 했다. 얼굴만 반반한 이 녀석 한번 키워 보겠다고 방송국 피디들한테 굽실거리고 감독들한테 실실거리고 발바닥이 닳도록 운동화가 해지도록 뛰어다녔다. 민현이 반응을 얻기 시작한 뒤로 몸값을 부풀리는 데만 온 신경을 쏟은 부분은 없잖아 있지만, 그것도 다 그를 톱스타 반열에 올리기 위한 몸부림이었다.

"절 당신 공장에서 생산하는 물건쯤으로 생각하셨죠."

"내가 그렇게 안 했으면 넌 이렇게 크지도 못했어."

"혹시 모르죠. 인간적으로 키웠으면 더 컸을지도."

그런 자신의 고생도 모르고 클 만큼 컸다고 거만한 소리만 찍찍 해 대는 민현의 얼굴이 대호는 얄밉게 느껴졌다.

건방진 놈. 이래서 머리 검은 짐승은 거두는 게 아니라고 했던가. 지가 나 아니었으면 이렇게 컸을 줄 아나? 어림도 없는 소리다.

그 순간 민현이 자리에서 유유히 일어섰다. 대호의 서슬 퍼런 눈빛이 그를 따라 올라갔다.

"안녕히 계세요."

민현은 그대로 돌아섰고 그 후 그가 다시 이곳에 돌아오는 일은 없었다.

★☆★

그로부터 한 달도 채 지나지 않아 민현에 대한 기사들이 쏟아지기 시작했다.

『(단독)우민현, '비크'와 재계약 불발. 향후 거취는?』

『우민현, FA시장 나온다. 올 FA시장 최대 대어.』

『FA대어 '우민현' 최대 걸림돌은 군대?』

『소속사 결별 우민현, 올해 군입대 예정?』

『여러 기획사 러브콜에 결국 1인 기획사 설립?!』

하루에도 수십 개의 기사가 나오고 루머나 소문은 아무 근거 없이 혼자 그 몸집을 키워 갔다.

자신의 자리에 앉아 민현에 대한 기사를 확인하고 여러 소문들을 비서에게 보고받으면서 대호는 생각에 잠겨 있었다.

"군입대설, 대형기획사 계약설, 1인 기획사 설립설 등 소문은 무성하지만, 정작 우민현 본인은 별 움직임이 없는 걸로 알고 있습니다."

"그래?"

그렇다면 이쪽에서 움직이게 해 드려야지.

순간 비릿한 미소를 지은 대호가 자신의 비서에게 말했다.

"기자들 좀 불러 모아 봐."

괘씸한 놈. 네가 이대로 잘나가는 걸 내가 보고 있을 수만은 없지.

"이 '비크' 사장 김대호가 엄청난 특종 하나 던져 준다고 해."

자신의 방을 빠져나가는 비서의 뒷모습을 보는 대호의 눈빛이 야비하게 빛났다.

19

"근데 그거 왜 그러는 거예요?"

밴에서 거친 숨을 몰아쉬고 있는데 이제 일주일 된 민현의 새 여자 매니저, 연지가 눈을 동그랗게 뜨고 그에게 물었었다.

"저번에, 한 일주일쯤 전에 저랑 처음 만났을 때도 그렇게 막 숨을 몰아쉬고 얼굴이 허옇게 질리고 그랬었잖아요. 그런데 오늘도 또 그러네요."

기운도 없고 성질을 낼 힘도 없어서 민현은 그저 나직하게 대답했다.

"그냥 좀 싫은 걸 만지면 이래."

그러자 그 여자 매니저는 눈동자를 굴리며 생각에 잠긴 것처럼 보였다. 그녀가 다시 핑크빛 입술을 열었다.

"으음. 방금 민현 씨가 만진 거라곤 여자 모델의 허리뿐인데요?"

이내 그녀는 자신이 한 말이 이상했던지 웃음을 터뜨렸다.

"그럼 여자 모델 허리가 싫었다는 거예요? 그런 말도 안
되⋯⋯."

"말도 안 되지 않아."

그녀의 말을 자르며 민현이 단정 짓자 그녀가 눈을 크게 떴
다. 분명 저 입에서 '배우가 그러면 어떻게 해요?' 같은 말이
나오겠지. 그러나 그의 추측은 보기 좋게 무너졌다.

"진짜 그런 거면, 사람이 불편해서 어떻게 살아요?"

순간 생각지도 않은 그녀의 질문에 민현은 잠시 대답할 말
을 생각해야 했다. 잠시 후 그가 그녀에게 말했다.

"그런 것보다 난 배우니까 그런 일적인 부분을 걱정해야 하
는 거 아니야?"

"배우이기 전에 사람이잖아요. 불편하겠어요, 정말."

그날 그 순간 민현은 처음으로 그녀에게 흔들렸고 그건 첫
만남과 더불어 산뜻한 충격으로 다가왔다.

이제 와 생각해보면 그때의 날들은 민현에게 연지가 특별해
지는 소소한 계기들로 가득했었다. 그래서 그때를 더 소중히
했어야 했는데, 그때를 놓치고 말았다. 지금 그녀를 놓친 것처
럼.

꿈에서 깨어난 민현은 밀려오는 허무감에 고개를 숙였다.
두 손을 들어 마른세수를 한 그의 입에서 깊은 한숨이 새어

나왔다.

그 때 그의 휴대폰이 울려 대기 시작했다. 그의 무심한 눈길이 자신의 휴대폰으로 향했다. 발신자의 이름은 별로 적대감이 없는 '이 실장님'이었지만, 민현은 그 전화를 받지 않기로 했다.

그가 다시 침대로 벌러덩 누워 버리자 전화는 끊어지고 잠시 후 문자가 한 통 도착했다. 민현의 전혀 급하지 않은 느긋한 손길이 방금 도착한 문자를 확인했다.

[민현아, 너한테 그런 일이 있는 줄은 정말 몰랐네. 형이 미안하다. 일단, 전화 먼저 꺼 놔. 되도록 밖엔 나가지 말고.]

순간 민현의 이맛살이 찌푸려졌다. 그런데 그가 상황 파악도 채 끝내지 못한 그 시점에 전화가 다시 울렸다. 평소 전화번호만 알고 있던 기자의 이름이 뜨자 민현의 미간이 좁혀졌다. 그는 일단 통화 종료 버튼을 눌러 버리고 자리에서 일어섰다. 그러자 전화가 또다시 울렸다. 이번엔 저장되지 않은 모르는 번호였다.

'뭐지?'

썩 좋지 않은 예감이 그의 뇌리를 스쳐 갔다. 민현은 바로 거실로 나와서 탁자 위에 있던 노트북의 전원을 켰다. 그리고 빠른 손놀림으로 인터넷 창을 열었다.

굳이 어떤 상황인지 검색해 보지 않아도 인터넷 검색 사이트의 첫 화면은 자신의 이름이 포함된 기사들로 도배를 이루고 있었고 검색어의 상위권엔 전부 그의 이름이 들어가 있었다. 제일 먼저 눈에 들어오는 기사 제목을 민현이 눈으로 빠르게 읽었다.

『'비크'대표, "우민현 여자기피증이라 군생활 편할 것."』

허— 하는 헛웃음을 터뜨린 민현은 이내 어깨를 들썩이며 크게 웃었다. 그러다 그는 곧 그 웃음을 멈추고 차갑게 중얼거렸다.

"……의리 한번 끝내주시네."

그의 빠른 손가락이 기사를 클릭하자 그의 무심한 두 눈은 그것을 읽기 시작했다. 그 기사는 '비크 엔터테인먼트' 대표의 단독 인터뷰였고 질문은 모두 우민현에 관한 것이었다.

Q. 우민현의 군입대설이 무성한데, 어떻게 생각하는가.

A. 군입대에 대해서는 잘 모르겠다. 다만, 민현이가 여자기피증이라 군대 가면 편하긴 할 듯.

Q. 여자기피증?

A. 2년도 더 된 증상인데, 일부 방송 관계자들은 눈치를 챈 것 같더라. 그들의 입단속이 제일 힘들었다. 더 이상 숨길 수 없을 정도로 민현의 증상이 심각해져서 내 나름대로 큰 결심을 하고 인터뷰를 하는 것이다. 나는 그에게 휴식이 필요하

다고 생각한다.

Q. 그렇다면 우민현의 향후 거취는 대형 기획사보다는 군대일 가능성이 큰 것인가.

A. 아마도 그렇지 않을까.

얼음처럼 차갑게 굳은 그의 얼굴은 컴퓨터 화면에서 벗어날 줄 몰랐고 그의 눈은 이내 검색 순위에 오르는 자신의 이름들을 확인했다.

1. 우민현
2. 우민현 여자기피증
3. 우민현 여자
4. 우민현 스캔들
5. 여자기피증

거기까지 확인한 민현은 신경질적으로 인터넷 창을 닫아 버렸다. 그 후로도 계속 그의 휴대폰은 울려 댔고 결국 민현은 그것을 꺼 버렸다. 그리고 베란다로 걸어가 그의 집 앞으로 하나둘 모여드는 기자들을 확인했다. 차갑게 가라앉은 민현의 두 눈이 그의 집 대문 앞에서 진을 치기 시작한 기자들을 빤히 바라보았다.

딱 창살 없는 감옥이로군.

그러나 별 대수로운 일은 아니라는 듯 민현은 커튼을 치고 소파에 앉았다. 그러다 문득 의문이 들었다.

'근데 김 대표는 내가 여자기피증인 걸 어떻게 안 거지?'

민현은 순간 연지의 얼굴을 떠올렸다. 하지만 이내 믿기 싫다는 듯 고개를 좌우로 저었다.

'설마. 아닐 거야.'

그녀가 발설한 거라고 생각하고 싶진 않았다. 그렇지만 그의 기분은 점점 바닥으로 가라앉고 있었다.

★☆★

그 시각 연지는 휴대폰을 손에 쥔 채 부들부들 떨고 있었다. 자신이 민현과 헤어지면서까지 지키고 싶었던 비밀이었는데, 설마 이렇게 유치하게 뒤통수를 칠 줄은 몰랐다.

'그깟 재계약 못했다고 이런 식으로 복수를 해?'

유치하기 짝이 없었다. 구석에서 홀로 속앓이를 하고 있을 민현 생각에 연지는 속이 탔다.

게다가 시간 단위 아니, 거의 분 단위로 민현에 대한 기사가 업데이트되고 있었고 시간이 지날수록 추측성 기사들이 너무 난무했다.

『과거에 여자를 너무 좋아해서 지금은 여자기피증이?!』

『여자보다 남자를 더 가까이 한다는 톱스타A가 설마?』

아랫입술을 잘근잘근 깨물던 연지는 결국 가만히 있을 수 없다는 결론을 내리고 자리를 박차고 일어섰다. 그녀의 걸음이 '비크 엔터테인먼트' 건물로 향했다.

건물 앞에서 진을 치고 있던 기자들이 연지를 알아보고 쫓아왔지만 그녀는 입을 꾹 다물고 건물로 들어섰다. 오랜만에 보는 직원들에게 인사도 건네지 않고 연지는 사장실의 문을 벌컥 열어젖혔다.

"사장님 안 계셔."

뒤에서부터 말을 거는 이 실장을 보는 연지의 눈초리가 사나웠다. 지금 그녀의 눈엔 이 실장도 김 대표와 똑같은 인물로 느껴졌기 때문이다.

"난 진짜 모르는 일이었어."

이 실장은 자신의 가슴을 주먹으로 치면서 억울함을 호소했다. 자신도 꽤 민현을 아꼈단 말이다. 자신이 먼저 그 사실을 알았다면 절대 일이 이렇게 되도록 놔두진 않았을 것이다.

"사장님이 단독으로 저지른 일이야. 우리도 그거 때문에 사태 수습하느라 골치 아파."

"골치 아픈 정도죠? 그럼 민현 씬 지금 어떻겠어요?"

이 실장을 바라보는 연지의 눈에 그렁그렁 눈물이 맺혔다. 그녀의 눈빛에 할 말을 잃은 이 실장이 안타까운 한숨을 내쉬었다. 속상해하는 연지에게 그가 조심스럽게 말했다.

"민현이한테 가 봐. 지금 기자들 때문에 밖에도 못 나오고 집에만 있을 텐데."

그러나 연지는 순간 망설였다. 다시 그에게 가도 되나 굉장히 머뭇거려졌다. 하지만 자신 때문에 상처를 받았을 그가 이번 일로 또다시 크게 상처 입었을 것 같아서 그녀는 가만히 있을 수가 없었다.

★☆★

소파에 앉아 노트북을 보면서 자신에 관한 시시껄렁한 추측 기사가 나오면 민현은 조소를 담은 얼굴로 그것을 정독했다.

"뭐? 여자를 너무 좋아해서 기피증에 걸려? 아주 소설을 써라."

보고 있던 기사를 비웃는 민현의 귀로 밖의 소란스러운 소리가 들려왔다. 처음엔 그냥 무시했었지만 그 소음은 점점 커졌고 결국 그는 자리에서 일어서서 베란다로 걸어갔다.

그의 시선이 대문 앞으로 향했다. 수많은 기자들 사이로 익숙한 얼굴 하나가 보였고 그 순간 그의 심장이 쿵 하고 떨어지는 듯한 느낌을 받았다.

'신연지?'

연지가 기자들 사이를 뚫고 그의 집 대문을 향해 걸어오고 있는 게 그의 시야로 들어왔다. 그리고 자연스럽게 그녀를 향해 카메라를 들이밀고 있는 카메라맨들의 모습도 보였다. 순간 민현의 눈썹이 일그러졌다.

"저것들이 지금 누굴 찍고 있는 거야?"

버럭 화를 내고 그는 현관문을 향해 달려갔다. 하지만 그 문을 열지는 못하고 앞에서 멈춰 서고 말았다. 여기서 자신이 나가면 사태가 더 복잡해질 것이 뻔했기 때문이다. 그래서 그가 다시 돌아서는 순간 현관문이 벌컥 열렸다.

"여기서 뭐하는 거예요?"

정말 진심으로 다시 듣고 싶었던 그녀의 목소리에 민현은 울컥한 마음이 들어 입을 꾹 다물었다. 그리고 한쪽 눈썹을 찡그린 채 천천히 고개를 돌렸다.

"그러는 너야말로 여기서 뭐하는 거야?"

목소리를 높이는 서늘한 그의 태도에도 연지는 흔들림 없는 표정으로 그를 바라보았다. 현관에 선 그녀가 분명한 어투로 말했다.

"나와요."

"뭐라는 거야. 왜 왔냐니까?"

인상을 쓰면서 그녀와 대치하고 선 민현이 곧 의미 없는 웃음을 터뜨렸다. 그가 그녀를 차갑게 바라보았다.

"왜? 사장한테 내 기피증에 대해 얘기한 게 미안해서 왔냐?"

"뭐라고요?"

생각지도 못한 민현의 질문에 연지는 속이 상했다. 눈물이 핑 돌 정도로 마음이 아팠지만 그녀는 꿋꿋하게 말했다.

"절 그런 찌질이로 보지 말아요."

"너 아니라고? 네가 아니면 대체 누가 말해?"

"대체 사람이 왜 그렇게 배배 꼬였어요?"

"이 상황에서 내가 널 의심하는 게 배배 꼬인 거야? 정상이 아니고?"

결국 그를 노려보는 연지의 두 눈에 눈물이 고여 버렸다. 그걸 본 민현은 입을 딱 멈추었다. 그녀의 표정을 보자마자 정말 그녀가 아닐지도 모른다는 확신이 든 것이다.

'아⋯⋯.'

순간 그는 몇 개월 전 자신을 껴안고 의심스런 표정을 짓던 임소진의 얼굴을 기억해 내고 난감한 기분에 사로잡혔다. 입을 꾹 다물고 눈물을 참은 연지가 민현을 응시하면서 단호한 표정을 지었다.

"예나 지금이나 저는 당신에게 해가 되는 일은 하지 않아요. 처음 만났을 때부터 저는 당신을 보호해 줄 사람이라고 말했잖아요."

담백하게 말하는 지금 연지의 모습은 그에게 냉정하게 굴어서 크게 상처를 주고 떠난 여자 같지가 않았다. 마치 자신의 모든 행동은 모두 널 위한 것이었다라고 들리는 그녀의 말에 민현은 순간 혼란스러웠다.

그리고 그제야 자신은 한 번도 그녀가 왜 갑자기 헤어지자고 한 건지 그 이유에 대해 깊이 생각해 보지 않았다는 생각이 들었다. 그것이 지금은 너무 후회스러웠다.

"그러니까 저랑 같이 가요."

냉랭한 태도를 유지하던 민현의 눈동자가 처음으로 흔들렸다. 꼼짝도 않고 서 있는 그가 답답하다는 듯이 연지가 큰 목소리를 냈다.

"나오라구요, 그렇게 범죄자처럼 숨어 지내지 말고."

'범죄자' 라는 단어에 민현은 울컥했지만 딱히 별 대꾸는 하지 않았다. 그녀가 또다시 그에게 목소리를 보냈다.

"무슨 죄지었어요?"

결국 민현도 참지 못하고 목소리를 높였다.

"겁 없네, 진짜. 너 방금도 사진 엄청 찍혔거든?"

"일단 나가자구요. 전 그런 거 하나도 안 무서우니까."

아직 사람들 앞에서 모습을 드러내는 게 민현은 조금 두려웠다. 그들의 노골적인 시선을 피할 수만 있다면 피할 수 있을 때까지 그러고 싶었다.

하지만 그의 기분과는 관계없이 연지는 막무가내로 현관문을 열어 버렸다.

"가요."

그리고 그녀는 바로 그의 손을 덥석 잡았다. 깜짝 놀란 민현이 어떤 행동을 취할 새도 없이 그녀는 그를 끌고 대문을 향해 걸어갔다.

"야……!"

꽤 놀랐지만 민현은 그녀의 손을 쳐내지 않았다. 아니, 사실 그럴 마음도 들지 않았다.

대문 틈으로 보이는 기자들의 눈이 그들을 발견했고 이내 그곳은 소란스러워졌다.

"어? 나왔다!"

"우민현이다!"

그사이 연지가 대문을 거침없이 열었다. 기자들 보란 듯이 민현의 손을 잡은 채 그녀는 앞으로 걸음을 옮겼다. 그녀의 행동엔 조금의 망설임도 없었다.

"뭐야? 여자랑 손잡고 있는데? 야, 얼른 찍어."

"빨리빨리 찍어. 특종이다."

흥분한 기자들을 밀치면서도 연지는 끝까지 민현의 손을 놓지 않았다.

"내가 불쌍했나 보지?"

자신의 차를 몰고 있는 연지의 옆얼굴을 보면서 민현이 심드렁하게 물었다. 하지만 그녀에게선 어떤 대답도 없었다. 차 안에 어색한 공기가 감돌았다.

솔직히 민현은 내가 불쌍해서 본래의 너로 돌아온 거냐고 묻고 싶었다. 하지만 그는 그저 그녀의 옆얼굴을 빤히 바라보기만 했다. 어쩐지 살이 빠진 듯한 그녀의 마른 볼을 가만히 보던 그가 입을 열었다.

"살 빠졌어?"

헤어지고 자신 혼자만 맘고생을 한 모양은 아니란 생각이 들자 민현은 유치하게도 마음이 조금 풀리는 기분이 들었다. 그녀도 그와 마찬가지로 이별 후 힘들게 지내 온 것 같아 솔직히 위안이 되었다.

"그나저나 또 인터넷이 한바탕 난리가 나겠네요."

민현의 질문에 대한 대답은 하지도 않고 연지는 자신이 하고 싶은 말을 던졌다. 이에 민현은 조금 퉁명스럽게 받아쳤다.

"그러니까 손은 왜 잡아 가지고……."

"일부러 그런 거예요."

의아함을 담은 민현의 얼굴이 빠르게 돌아갔다. 좀 더 구체적인 설명을 원하는 그에게 연지가 차분하게 말을 덧붙였다.

"반박 기사 낼게요. 여자기피증은 있었지만 다 나았다. 그러니 여자 매니저의 손도 잡았던 거다. 이렇게요."

아……. 그래서 아까 손을 잡았던 건가?

마치 둘 사이에 아무 일도 없었다는 듯 예전처럼 매니저인 양 구는 연지가 싫으면서도 싫지 않은 이상한 기분에 사로잡힌 민현이 괜스레 툴툴거렸다.

"헤어진 여자 친구 주제에 되게 열심히네."

"비꼬지 마요."

잠시 후 연지가 차를 세운 곳은 그녀의 아파트 근처였다. 민현에게 먼저 내리라고 말한 뒤 그녀는 주머니에서 휴대폰을 꺼내 들었다. 어딘가로 전화를 걸려 하는 그녀의 팔을 잡아 말리며 민현이 진지한 표정으로 말했다.

"하지 마. 아무것도 하지 마."

"그렇지만……!"

"이 또한 지나갈 거야."

"당신 너덜너덜해진 다음에요?"

연예계에서 수년 동안 제법 잔뼈가 굵은 민현이었다. 이런 때에 어떻게 하는 것이 현명한 일인지 그가 제일 잘 알고 있었다.

"됐어. 난 괜찮아."

익숙한 일이니까. 작게 덧붙이는 민현의 중얼거림에 연지는 마음이 아팠다. 그녀는 그 때문에 마음이 아플 때마다 그에 대한 사랑을 절실히 느끼고 또 느낀다. 사람이 사람 때문에 마음이 아프다는 건 그만큼 애정이 있다는 것이고 그 마음을 한번 인정하기 시작하면 그 크기는 점점 커지는 법이니 말이다.

"근데 여기 너희 집 아니야?"

차창 밖으로 시선을 던진 민현의 눈썹 끝이 치켜 올라갔다. 보면 모르냐는 듯 연지가 냉큼 고개를 끄덕이자 그가 정색을 했다.

"내가 여길 어떻게 들어가?"

"뭐 어때서요? 창살 없는 감옥 같은 당신 집보단 훨씬 낫죠."

민현은 영 내켜 하지 않았지만, 연지는 그를 끌고 자신의 집까지 올라갔다. 현관문을 열자마자 보이는 희숙의 얼굴에 민현은 바로 고개를 꾸벅 숙였다.

"안녕하셨습니까, 어머님."

역시나 희숙의 시선은 곱지 않았다. 아무리 자신의 딸이 헤어지자고 한 거라지만, 그녀는 그렇게 서럽게 울던 딸의 모습을 이전에는 본 적이 없었다. 분명 그 눈물의 원인일 민현의 재등장이 솔직히 희숙은 그다지 반갑지만은 않았다.

하지만 하루 종일 텔레비전에서 '우민현'이란 이름이 줄곧 나오고 있었기에 그가 지금 곤란한 상황임을 그녀도 잘 알고 있었다.

"엄마, 아빠. 이 사람 좀 여기서 지내게 하자. 주변 잠잠해질 때까지만."

소파에 앉아 심각한 표정을 짓고 있는 희숙과 진수에게 연지가 정중하게 말을 꺼냈다. 그녀의 옆에서 민현은 가만히 시선을 내리고 그들의 대답을 기다렸다.

"자네 정말 여자기피증인가 뭔가 그건가?"

"엄마!"

왜 굳이 그 얘길 확인받으려 하냐는 듯 연지가 목소리를 높이자 민현 쪽에서 손을 뻗어 그녀를 말렸다. 그리고 희숙을 향해 대답했다.

"네, 맞습니다, 어머님."

여기까지 온 이상 더 이상 숨길 것도 감출 것도 없다고 생각한 그가 나직이 말을 덧붙였다.

"그런데 오직 연지만 괜찮습니다."

그의 말을 끝으로 집 안이 조용해졌다. 어딘가 불편하고 무거운 침묵이 그들 사이에 흘렀고 잠시 후 그 침묵을 깬 건 의외의 인물이었다.

"당분간 이 집에 있게."

진수의 목소리에 가족들 그리고 민현의 고개가 그에게 돌아갔다.

"여보!"

"고마워요, 아빠."

왜 당신 마음대로 결정하냐고 묻는 희숙에게 진수의 근엄한 얼굴이 향했다.

"우리 딸이 자기 운명이라잖아."

집 안이 방금 전보다 더 조용해졌다. 희숙은 난감한 얼굴을 했고 연지는 부끄러운 듯 얼굴을 붉혔으며 민현은 쑥스러워서 괜스레 이마를 긁었다. 그런 그들을 남겨 두고 진수는 홀로 뒷짐을 진 채 자신의 방으로 향했다. 그 순간 자리에서 벌떡 일어난 희숙이 미심쩍은 얼굴로 그의 뒤를 따랐다.

"어디 가, 엄마?"

조심스럽게 움직이는 희숙에게 연지가 묻자 그녀가 목소리를 낮추며 대답했다.

"저 양반 요즘엔 댓글 다는 거에 재미 들렸단 말이야. 무슨 이상한 댓글을 달지도 모르니까 감시해야지."

육십 먹은 네티즌의 행동을 감시하기 위해 연지도 자리에서 일어섰지만, 정작 댓글의 주인공은 이 상황이 재미있는지 웃음을 터뜨렸다. 희숙과 연지가 웃음이 터진 민현을 돌아보았다.

"자네도 같이 갈 텐가?"

"전 괜찮습니다."

"그래요. 여기 있어요. 내가 알아서 할 테니."

민현의 대답은 어떤 댓글을 다셔도 상관없고 괜찮다는 의미였는데, 모녀는 비장한 얼굴로 진수의 방을 향해 걸어갔다. 이 상황이 또 재미있어서 민현은 웃음을 터뜨렸다.

나중에 안 사실이지만 그날 진수는 정말 댓글을 달았고, 그 내용은 두고두고 네티즌들 사이에서 회자가 되었다.

「우민현 여자기피증 아님. 저번에 어떤 여자랑 손잡고 돌아다니는 거 내가 봄. 그 여자 예쁘게 생겼음. 곧 결혼할 거란 말도 들음. 이건 성지글이 될 거임.」

★☆★

잠도 못 이루고 부글부글 끓어오르는 속을 달래느라 연지는 아침부터 컨디션이 엉망이었다. 분하고 억울하고 화가 울컥울컥 치밀어 올랐다. 그래서 그녀는 결국 또다시 '비크 엔터테인먼트'로 향했다.

사무실로 들어서자마자 자신을 반겨 주는 이 실장에게 눈인사만 건네고 연지는 성큼성큼 사장실로 걸어가 문을 벌컥 열었다. 마침 전화를 받고 있던 대호가 깜짝 놀란 얼굴로 그녀를 보았다.

"약속이 다르잖아요?"

그녀가 버럭 소리를 지르자 대호는 한쪽 입술 끝만 올려 서늘하게 웃었다. 그의 손엔 여전히 휴대폰이 들려 있었다.

"제가 민현 씨랑 헤어지면 그 비밀은 지켜 주신다 하셨잖아요?"

"이 바닥이 그렇지, 뭐. 재계약 안 해 주는 놈한테 지킬 의리가 어디 있어? 내 배우도 아닌데."

허— 어이가 없다는 듯 연지는 헛웃음을 터뜨렸다. 이런 남자의 말을 믿고 민현에게 상처를 줬던 자신이 한심해서 견딜수가 없었다.

"두고 봐요."

화를 참는 듯 연지가 이를 지그시 물고는 다시 입을 열었다.

"당신 같은 사람들한테서 내 배우는 내가 지켜 낼 테니까."

"좋겠다, 민현이 너는."

갑자기 대호가 무미건조하게 말했고 연지는 자신의 귀를 의심했다. 하지만 그는 방금 분명 '민현이 너는' 이라고 말했다. 그가 자신의 손에 들린 휴대폰을 흔들어 보였다.

"저런 여자 친구가 매니저라."

순간 연지의 얼굴에 의아함이 서렸다. 곧 자신의 휴대폰의 통화 종료 버튼을 누른 대호가 무뚝뚝하게 말했다.

"마침 민현이랑 통화하고 있었거든. 그 녀석이 쫓아오기 전에 네가 가 보는 게 좋지 않겠어?"

★☆★

아니나 다를까 바로 '비크 엔터테인먼트' 건물까지 쫓아온 민현은 선글라스에다 모자까지 푹 눌러쓴 채 택시에서 내리고 있었다.

"야!"

마침 건물을 빠져나오는 연지를 발견한 민현이 버럭 소리를 질러 그녀를 멈춰 세웠다. 난감한 표정을 지은 연지가 주위를 둘러보았다. 아직 주변엔 기자들도 사람들도 많았다. 마음이 다급해진 그녀는 얼른 민현에게 다가가 그의 팔을 잡아챘다.

"여기까지 오면 어떡해요?"

자신의 팔을 잡고 끌고 가는 그녀의 옆얼굴을 물끄러미 보던 민현이 갑자기 선글라스를 벗었다. 깜짝 놀란 연지가 그의 손에서 선글라스를 빼앗아 다시 껴 주려고 하자 그가 얼굴을 뒤로 뺐다.

"뭐, 뭐하는 거예요?"

벌써 그를 알아본 기자들과 사람들이 그들에게 다가오고 있었다. 그들을 슥 둘러보면서 민현은 모자까지 벗어 버렸다. 그 순간 연지의 눈이 화등잔만 하게 커졌다.

"왜 이래요, 진짜?"

이제 사람들은 그녀와 그를 에워쌌고 기자들은 녹음기를 내밀면서 인터뷰 요청을 하기 시작했다.

"우민현 씨, 여자기피증에 대해 한 말씀만 해 주시죠."

"'비크'에는 무슨 일로 오신 겁니까, 우민현 씨?"

너도나도 목소리를 높이고 소란스러워진 그 중심에서 민현이 작지만 분명하게 말했다.

"아예 터뜨려 버리는 거야."

"네?"

다음 순간 민현이 연지의 어깨에 자신의 팔을 둘렀다. 연지의 눈이 방금 전보다 더 커졌다. 그녀를 안심시키려는 듯 민현이 또다시 작게 말했다.

"일단 두고 봐."

사람들의 개인 휴대폰이 모두 카메라 기능을 켠 채 그들에게 겨눠지고 있었지만 민현은 전혀 개의치 않는 모습이었다. 오히려 그는 살짝 미소까지 띤 얼굴로 연지와 함께 인도를 걸었다.

그리고 그다음 날 민현의 의도에 걸맞는 기사가 연예계 페이지의 메인 화면에 떡하니 걸렸다.

『여자기피증 의혹 우민현 첫 공개 데이트! 상대는 그의 매니저?!』

그리고 그 기사에는 어제 그들이 찍힌 사진까지 친절히 포함되어 있었다.

"이게 해결책이라고 생각해요?"

"응. 나 진짜 천재 아니냐?"

그 기사가 뜬 이후로 우민현의 여자기피증보다는 그의 첫 공개연애 대상에 대한 집중 보도가 쏟아지기 시작했다.

"지금 제 전화기에 불나는 거 안 보여요?"

열애 기사가 터지자마자 그녀를 알고 있는 방송국 관계자들에게서 연락이 한꺼번에 몰리기 시작했고 덕분에 그녀의 휴대폰은 쉴 새 없이 울려 댔다. 바쁜 연지의 휴대폰을 힐끔 본 민현은 피식 웃음을 터뜨렸다.

"내가 너 때문에 마신 술이 아직도 해장이 안 됐는데, 너도 그 정도 고생은 해야지."

결국 연지는 휴대폰의 전원을 꺼 버렸다. 한숨을 내쉬며 휴대폰을 주머니에 쏙 넣어 버리는 그녀를 빤히 보던 민현이 비아냥거렸다.

"고작 그깟 사장 말에 속아 날 차?"

"그깟이라고 하지 마요. 전 당신을 지키고 싶었다고요."

장난기 어린 표정을 짓던 민현의 얼굴이 머쓱한 듯 굳어졌다. 그녀의 마음을 모르는 바 아니었기에 민현은 더 이상 지난 이야기를 꺼내지 않기로 결심했다. 연지의 말간 얼굴을 보면서 그가 씨익 웃었다.

"이왕 이렇게 된 거 공개데이트나 실컷 하자."

예전엔 캠코더를 들고 다니면서 방송으로 위장해서 했던 것을 이제는 떳떳하게 할 수 있다는 생각에 민현은 기분이 좋았다. 그러나 연지는 그와 같은 생각은 아닌 모양이었다. 그녀가 진지한 표정으로 입술을 뗐다.

"잠깐만요, 당신……."

"왜?"

제법 심각한 연지의 표정을 본 민현이 눈썹을 치켜 올리며 궁금해하자 그녀가 빠르게 물었다.

"군대는 언제 갈 거예요?"

"아……."

순간 민현의 얼굴이 딱딱하게 굳어졌다. 이제 그녀와 함께 하는 새로운 생활을 꿈꿨었는데, 또다시 그들 사이에 2년의 텀이 생길 수밖에 없게 된 것이다.

"내년쯤 갈까 하는데……."

"냉정히 말해서, 시끄러운 지금 다녀오는 게 낫죠."

민현은 여체와 닿지 않았는데도 가슴이 답답하고 숨이 턱 막히는 기분이 들었다.

아……. 여자 친구가 매니저라 좋겠단 헛소릴 그 누가 했던가.

—*Fin*

에필로그: 2년 후

톱스타 우민현의 여자기피증으로 소란스러웠던 그때로부터 2년의 세월이 흘렀다. 그사이 우민현은 사람들의 관심에서 벗어나 조용히 군생활을 마쳤고 이진훈 실장의 도움으로 연지와 함께 1인 기획사를 차리게 되었다. 오늘의 신문 인터뷰가 그들의 첫 일이었다.

"안녕하세요."

그는 여전히 선글라스를 즐겨 애용했고 실내에서도 그 선글라스를 잘 벗지 않았다. 인터뷰를 하기 위해 민현의 반대편에 자리를 잡은 여기자는 2년이 지났음에도 변함없이 빛나는 그의 피부와 반듯한 얼굴에 설레는 미소를 지었다.

"2년 만에 뵙는 건데 정말 변함이 없으시네요, 민현 씨는."

"감사합니다."

입술 끝을 매끄럽게 늘어뜨리며 민현이 미소 짓자 여기자의 얼굴이 더욱 밝아졌다. 군생활로 인한 2년간의 공백이 무색할 정도로 우민현은 여전히 매력적이었다. 사람 설레게 하는 미소를 짓는 그에게 여기자가 인터뷰를 시작했다.

"복귀작은 드라마로 할지 영화로 할지 결정하셨어요?"

"아직이요. 신중하게 생각하고 있습니다."

그의 대답은 지극히 형식적이었지만, 아무렴 어떤가. 얼굴이 형식적이지가 않은데.

"시나리오나 대본은 많이 들어와 있을 것 같은데, 어떠세요?"

"많이는 아니고 조금 들어와 있습니다."

"이번에 1인 기획사를 차리셨는데, 힘든 점은 없으셨나요?"

"아직은 초반이라 잘 모르겠습니다."

인터뷰는 시종일관 형식적이었지만, 두 사람 모두 웃는 얼굴로 진행되었다. 이따금씩 여기자의 손이 민현의 팔이며 손등을 건드리기도 했지만 그는 전혀 개의치 않는 모습이었다. 오히려 그의 손이 살짝 닿자 여기자 쪽에서 더 신경을 쓰는 모습이었다.

"그런데 민현 씨 예전에 여자기피증 루머 있지 않았어요?"

"아, 그랬나요? 여자기피증은 모르겠고, 그냥 좀 슬럼프여서 사람들을 잘 못 만나던 시기가 있긴 있었죠."

민현의 세계에서 기억의 조작이란 의외로 간단하다. 물론 과거의 기록들이 남아 있긴 하지만 그것들은 다 오보고 내가 지금 여기서 밝히는 것만이 진실이다— 라고 말해 버리면 사람들은 새로 업데이트된 정보만을 믿기 시작한다.

그러나 민현의 여자기피증에 대한 기사를 쓴 적도 있는 여기자는 고개를 갸웃하며 그의 말을 쉬이 믿으려 하지 않았다. 그녀의 얼굴을 주시하면서 그가 다시 입을 열었다.

"제가 여자기피증이었으면 배우 생활 정말 힘들었겠죠."

"아, 네."

여전히 의심스런 눈치인 여기자를 물끄러미 바라보던 민현이 드디어 자신의 선글라스를 벗었다.

"못 믿는 눈치신데, 저랑 악수 한 번 해 보실래요?"

부드러운 눈웃음을 지은 그가 그녀에게 손을 내밀었다. 길고 남자다운 손이 자신의 눈앞으로 다가오자 여기자는 살짝 긴장을 했다.

"어서요."

당신에게 내 아름다운 손을 한 번 잡아 볼 수 있는 은혜를 하사하겠노라고 말하는 듯한 민현의 인자한 얼굴에 여기자도 결국 수줍어하며 손을 들어 올렸다. 그의 부드러운 손이 그녀의 하얀 손을 꽉 맞잡았다.

"허그도 해 보실래요?"

당신에게 내 프리허그를 하사하겠노라고 말하는 듯한 민현에게 여기자가 서둘러 고개를 저었다.

"아뇨, 괜찮아요. 여자기피증이 아니신 건 확실한 것 같네요."

여기자의 광대 부근이 붉어진 것을 보며 민현은 자신의 손을 거둬 갔다. 다시 평정심을 되찾은 여기자가 부드럽게 말을 시작했다.

"사실은 그때 여자기피증 의혹이 돌고 나서 바로 공개연애를 하셨잖아요. 그래서 여자기피증설은 많이 수그러들었고요. 그때 그분하고는 여전히 교제하고 계신가요?"

"아, 지금도 당신이랑 손 한 번 잡았다고 눈에 불을 켜고 쳐다보는 저 여자분 말씀하시는 건가요?"

입가에 미소를 단 그가 시선을 올리자 여기자도 고개를 들어 그의 시선을 좇았다. 그리고 곧 그녀를 발견했다.

"아, 저분 맞죠?"

잠시 화장실에 다녀왔을 뿐인데 여기자랑 손을 붙잡고 있는 민현 때문에 연지는 기분이 상했다. 그래서 테이블에서 좀 떨어져 있는 뒤쪽에서 화를 삭이고 있었는데, 민현이 그녀를 발견하고 쳐다보았고 곧이어 여기자의 시선도 따라온 것이었다.

그들의 시선에 당황한 연지가 헛기침을 하며 걸음을 옮겼다. 곧 그녀는 그들에게 다가서서 웃는 얼굴로 물었다.

"인터뷰는 끝났나요? 다음 스케줄 때문에 이제 가 봐야 하는데."

연지의 말에 민현은 자리에서 벌떡 일어섰다. 그리고 바로 그녀의 옆으로 가서 섰다.

"수고 많으셨습니다."

방금까지 사람 녹이는 미소를 짓던 남자답지 않게 그는 사무적으로 인사를 건넸고 여기자는 어쩐지 이용당한 느낌을 지울 수가 없었지만 끝까지 프로답게 인사를 했다.

"수고 많으셨어요. 다음에 또 봬요."

★☆★

"나 소름 돋았어, 또."

사무실로 올라가는 계단에서 민현이 투덜거리자 연지가 그를 돌아보았다. 아직까지 민현은 여자기피증에 시달리고 있었다. 안타까움에 연지가 볼멘소리를 냈다.

"그러니까 여기자 손은 왜 잡아요?"

"아니, 내 여자기피증 얘기를 꺼내잖아. 그런 거 없다고 확인시켜 주려고 잡은 거야. 이제 새로 시작하는 건데, 또 그런 얘기가 나오면 좋을 거 없으니까."

순간 연지의 눈빛이 예리하게 빛났다. 그러고 보니 민현은 그 증상이 시작된 것치곤 상당히 평온한 얼굴이었다.

"근데 진짜 소름 돋은 거 맞아요? 안색이 괜찮은데요? 하얗게 질린 것 같지도 않고……."

"야, 시간이 좀 흘렀잖아. 그리고 악수만 살짝 한 거라 심하진 않지."

조금의 동요도 없이 태연한 민현의 대답에 연지는 의심의 싹을 거둬 버렸다. 그녀가 다시 걸음을 옮기자 그녀의 뒤를 민현이 따랐다.

"그래도 치유는 해 줘야지."

"치유요?"

"응. 힐링."

그 순간 민현이 뒤에서부터 연지를 끌어안았다. 깜짝 놀란 그녀가 그를 밀어내려고 하자 그가 속삭이듯 말을 시작했다.

"이 세상에 나 같은 남자가 어디 있냐? 생리적으로 자기 여자만 안을 수 있는 데다 잘생기기까지 했어. 게다가 돈도 많아."

"근데……."

"음?"

장난스럽게 눈을 빛내는 민현에게 연지의 집요한 시선이 향했다. 자신을 뚫어지게 보는 그녀 때문에 민현은 괜스레 마른 침을 삼켜야 했다. 그가 슬그머니 시선을 피하자 연지가 피식 웃음을 터뜨렸다. 민현의 품에서 벗어나면서 그녀가 상큼하게 말했다.

"오늘 병원 가는 날 아니에요?"

"아, 맞다. 가야지."

오늘이 한 달에 한 번 그의 주치의에게 가는 날임을 기억해 낸 민현은 서둘러 걸음을 옮겼다.

"형!"

진료실 안의 의자에 앉자마자 민현은 심각한 얼굴로 지찬을 불렀고 지찬의 표정은 그보다 더 심각해졌다.

"그런 호칭, 불쾌합니다."

2년이란 시간이 흘렀지만 지찬은 여전히 민현이 껄끄러웠다. 그러나 그는 자신의 비밀을 알고 있는 친구는 당신밖에 없다며 종종 지찬의 병원을 찾아왔다. 그러고는 관심도 없는 자신의 이야기를 잔뜩 늘어놓고 가 버리곤 했다. 게다가 얼마 전에는 지찬을 주치의라고 불러서 깜짝 놀란 적도 있었다.

"에이, 뭘 또 그렇게까지 말해요?"

"그럼…… 불편합니다."

"그거나 그거나."

피식 웃어 버리는 민현에게 지찬의 무심한 눈길이 향했다. 곧 그가 조금 답답하다는 듯이 입을 뗐다.

"근데 여긴 왜 자꾸 오시는 겁니까?"

병원에 계속 오는 민현을 말리지 못하고 결국은 그의 이야기를 다 들어주는 자신의 태도도 꽤 문제가 있다고 생각했다. 그래서 지찬은 오늘은 정말 냉정하게 민현을 쳐내리라 결심했다. 그런데 다음 순간 민현이 던진 말에 그의 결심은 흔적도 없이 홀연히 사라졌다.

"아무래도 저, 나아지는 것 같아서요."

"저, 정말입니까?"

거의 4년 넘게 그를 괴롭히고 있는 여자기피증의 이야기인 게 분명했지만 지찬은 확실히 하기 위해 콕 꼬집어서 물었다.

"여자기피증이 점점 낫고 있다는 말씀이시죠?"

"네."

민현이 비장한 표정으로 고개를 끄덕였다. 2년 전부터 증세가 조금씩 나아지는 것 같은 느낌은 있었지만, 딱히 확인해 볼 기회가 없었다. 그렇다고 낯선 여자를 아무나 잡아서 막 만지거나 껴안아 볼 수도 없는 노릇이고. 그리고 그런 건 민현의 성격상 영 내키지도 않았다.

그래서 아까 여기자의 손을 잡은 건 민현의 안에선 일종의 테스트였다. 그의 여자기피증 증상의 정도를 확인해 보기 위한 테스트.

"낯선 여자의 손을 만졌는데요, 괜찮았어요."

여기자의 손을 잡아 보고 민현은 확신했다. 물론 거부감 없이 깨끗하게 나았다는 건 아니다. 아직도 조금의 거부감이 들기는 했다. 하지만 전에 비하면 훨씬 괜찮은 편이었다.

그의 말을 쉽게 믿지 못하며 지찬은 의구심을 가졌다.

"손만 만져서 그런 거 아닙니까?"

"예전에는 손만 만져도 막 소름 돋고 그랬다니까요."

"아, 심각했네요."

"심각했다고 몇 번을 말씀드려요?"

자신에게 관심이 없어도 너무 없는 주치의에게 서운한 마음이 들었지만, 민현은 꿋꿋하게 자신의 말을 이었다.

"아무튼, 여잘 만졌는데 느낌이 달랐어요. 거부감도 별로 안 들었고요. 견딜 만하더라고요."

"그래요?"

리액션을 하고는 있지만 어쩐지 형식적으로 느껴지는 지찬의 태도에 민현은 순간 마음이 상했다. 그래서 잠시 말을 멈췄다가 이내 다시 입을 열었다.

"그리고 연지를 만졌을 때도 느낌이 달랐어요."

"어떻게요?"

확실히 방금 전보다 생기가 도는 듯한 지찬의 얼굴에 대고 민현이 씨익 웃었다.

"예전보다…… 더 좋아요. 막 좋아요. 흥분도 되고."

"나가세요."

그의 말을 자르며 지찬이 진료실 문을 가리켰다. 딱딱하게 굳은 그의 얼굴을 본 민현이 눈을 크게 떴다.

"삐졌어요, 형?"

"형이라고 하지 마세요."

"에이, 삐지지 마요, 지찬이 형."

"그런, 친근한 표현, 불편합니다."

똑똑 끊어서 말하는 지찬을 민현은 재미있다는 표정으로 쳐다보았다. 그의 시선을 마주한 지찬이 갑자기 생각났다는 듯이 물었다.

"근데, 연지한텐 얘기하셨습니까?"

여자기피증이 나아가고 있다는 걸 연지에게 말했냐고 묻는 지찬에게 민현의 의아한 눈빛이 향했다.

"그걸 꼭 얘기할 필요가 있나요?"

민현이 잘생긴 악마처럼 매력적이게 웃었다.

★☆★

"오디션?"

우민현 1인 기획사를 실질적으로 운영하고 있는 연지가 설명을 마치자 민현이 놀란 눈을 했다. 자신의 자리에 앉아 있던 연지가 되묻는 그를 향해 고개를 끄덕여보였다.

"네. 신인 하나 제대로 키워 보려고요. 홈페이지에 공지 띄웠으니 배우지망생들이 오디션 보러 올 거예요, 종종."

나이 서른을 넘기면서부터 연지는 '제2의 우민현'을 만드는 것을 목표로 삼고 우민현의 후배 양성에 관심을 두고 있었다. 그래서 일단은 기획사 홈페이지에 오디션 관련 공지를 띄운 후 배우지망생들의 오디션 참가를 기다리고 있는 상황이었다.

책상 의자에 앉아 진지한 표정을 짓고 있는 그녀를 향해 민현이 이해한다는 듯 고개를 끄덕였다.

"하긴, 나 결혼하면 인기도 지금과 같진 않을 테니, 후배나 키워놔야지."

사무실 가운데에 위치한 소파에 앉으며 그가 툭 던지듯 말했고 그 말에 연지는 눈을 크게 떴다.

"응? 민현 씨 결혼해요?"

"응. 너랑."

당연하다는 듯 자연스럽게 대답하면서 민현은 씨익 웃었다. 그와 반대로 연지는 이맛살을 찡그렸다.

"왜 제 결혼을 당신 맘대로 결정해요?"

"그럼 너 나랑 결혼 안 할 거야?"

소파에서 상체를 꼿꼿이 세우며 민현이 정색을 했다.

"난 이 세상에 여자라곤 너밖에 없는데?"

순간 연지가 아무 말도 못하고 미간을 좁히며 곤란한 듯한 표정을 짓자 민현의 목소리는 더욱 높아졌다.

"나 심각한 여자기피증인 거 네가 제일 잘 알잖아?"

"목소리 낮춰요. 누가 들으면 어쩌려……."

똑똑, 그 순간 사무실 문을 두드리는 노크 소리가 들렸다. 깜짝 놀란 두 사람의 얼굴이 동시에 그쪽으로 돌아갔다.

"실례합니다."

"어머?"

방문자의 얼굴을 확인한 연지가 자리에서 벌떡 일어섰다. 그 방문자는 활짝 열려 있던 문에서 손을 내리며 그들에게 목례를 보냈다.

"너, 뭐야?"

낯설지만 낯설지만은 않은 이의 등장에 민현은 조금 당황했다.

"어머, 어머."

그리고 연지는 그의 등장에 놀람도 잠시 밀려오는 큰 기쁨에 호들갑을 떨었다. 곧 그녀의 입에서 키가 큰 방문자의 이름이 튀어나왔다.

"권혁 씨?"

"야, 너."

자리에서 벌떡 일어난 민현이 자신의 후배 모델 권혁을 향해 성큼성큼 다가섰다. 2년 전에 있었던 강렬한 첫 만남 이후 상당히 오랜만에 만나게 된 그에게 민현이 다짜고짜 물었다.

"어디까지 들었어?"

"듣다뇨?"

그는 정말 모르겠다는 얼굴을 하고 있었다.

'못 들었나?'

순진무구한 혁의 표정을 본 민현은 미심쩍은 눈길을 거두며 다시 물었다.

"그나저나 여긴 어쩐 일이야?"

그러자 혁은 어깨를 쭉 펴고는 당당한 눈빛으로 그들을 보았다. 그리고 여기까지 오게 된 이유에 대해 대답했다.

"오디션 보러 왔습니다."

"오디션?"

그의 입에서 나온 의외의 단어에 연지와 민현의 눈이 동시에 커졌다.

"너 연기하려고?"

"네. 배우가 되고 싶어서요."

혁의 대답을 들은 연지의 얼굴이 노골적으로 밝아졌다.

그래. 저 정도 얼굴이면 '제2의 우민현'으로 충분하지.

환해지는 그녀의 얼굴을 힐끔 본 민현이 딱딱하게 굳은 표정으로 입을 열었다.

"안 돼."

민현의 칼과도 같은 반대에 연지는 금세 시무룩한 얼굴을 하고 그를 돌아보았다. 이건 팬심이 아니라 진심으로 혁의 반듯한 마스크에서 대스타의 기운을 느꼈기 때문에 안타까운 거였다. 그녀의 시선에도 아랑곳 않고 민현은 혁을 보며 말했다.

"다른 기획사 많잖아. 왜 하필 여기야?"

"……."

아무 대답도 못하는 혁을 보는 민현의 눈빛이 날카롭게 빛났다. 그가 예리하게 눈을 빛내며 물었다.

"너 설마 계약해 준다는 기획사가 없는 거 아니야?"

노골적으로 혁에게 콧방귀를 뀌는 그를 향해 연지가 헛웃음을 터뜨렸다.

"에이, 설마요. 천하의 카리스마 모델 권혁이……."

"네, 맞습니다."

그러나 연지의 믿음을 가볍게 무시하고 혁은 솔직하게 대답했다.

"전에 보셨다시피 제가 좀 특별하잖습니까."

그의 앞에서 연지는 난감한 표정으로 어색하게 웃었고 민현은 서늘하게 비웃었다.

"아, 네. 좀 특이하시죠."

"양심적으로 '좀'이란 표현은 빼자."

첫 만남 때 연지는 혁에게 스토커 취급을 당했고 그날 그들은 권혁의 실체가 4차원 혹은 그 이상일 거라 짐작은 했었다.

"암튼, 그런 제 실체를 안 기획사들이 저와의 계약을 꺼리고 있는 상황입니다."

"알 만하다."

팔짱을 끼며 고개를 끄덕이는 민현에게 혁은 진지한 눈빛을 보냈다. 그의 영롱한 까만 눈동자가 애원하듯 민현과 연지를 번갈아 쳐다보았다.

"저 좀 케어해 주십시오."

그 순간 세 사람 사이에 침묵이 흘렀다. 연지는 안타까운 시선으로 혁을 바라보다가 민현의 눈치를 보았다. 그때 무겁게만 보이던 민현의 입술이 열렸다.

"좋아. 받아 주지."

"정말이요?"

"대신……."

"대신?"

전에 연지가 혁을 좋아한다고 말한 적이 있어서 그의 영입이 그다지 마음에 안 드는 민현이었지만, 솔직히 혁의 외모가 아깝긴 했다. 그래서 민현은 큰맘 먹고 제안했다.

"계약금은 없이."

"너무하신 거 아닙니까?"

정갈한 혁의 눈썹이 꿈틀하며 정색을 했다. 그의 태도에 민현은 시크하게 웃어 보였다.

"그럼 딴 데 찾아보든지."

순간 혁이 입을 멈추고 섭섭하다는 표정을 지었다. 시무룩
해진 그에게 민현이 선심 쓰듯 말했다.

"내가 전에 있었던 '비크'는 어때?"

"'비크' 요?"

"어. 거긴 얼굴만 잘생기면 다 받아 주니까."

"말씀이 지나치신 거 아닙니까?"

"너야말로 반응이 지나치다?"

그런데 지금 혁이 화내고 있는 부분은 좀 의외의 요소였다.

"'비크'라면 완전히 망하고 있는 그 기획사잖아요?"

"그래?"

한때 대형기획사 TOP 5 안에까지 들던 '비크'가 망하고
있다고?

그러고 보니 요즘 '비크'에 대한 소식을 전혀 듣지 못했단
생각이 들었다.

"네. 거기 대표가 몸로비로 신인 애들 키워 주는 걸로 소문
이 쫘악 났어요. 대표가 소속 배우들한테 손댄다는 얘기도 무
성하고, 솔직히 저한테도 손 뻗칠까 봐 무서워요."

"너한테는 안 뻗칠 거야."

"혹시 모르잖아요. 얼굴이 이렇게 잘났으니까."

혁이 자신의 그 반듯한 얼굴을 들이밀면서 하는 말에 민현
도 연지도 말문이 막혀 버렸다. 잠시 그를 보며 쓴 입맛을 다
신 민현이 진지하게 경고했다.

"그런 말 좀 안 하면 계약하자고 덤빌 기획사들 많을 것 같지 않냐?"

"죄송해요. 제가 원체 솔직한 성격이라."

"그건 솔직한 게 아니라 뇌가 없는 거야. 말이 뇌를 안 거치고 그냥 입에서만 나오는 것 같아, 넌."

"그럼 말이 입에서 나오지, 어디서 나옵니까?"

"입에서도 못 나오게 만들어 줄까?"

결국 민현이 참다못하고 주먹을 들어 올리자 혁은 입술을 꾹 다물었다. 그가 어깨를 축 늘어뜨리며 조용히 부탁했다.

"죄송해요. 그러니까 계약해 주세요."

"싫다니까."

또다시 사무실 안에 침묵이 흘렀다. 얼마 지나지 않아 혁은 천천히 고개를 들고 민현과 연지를 쳐다보았다. 잠시 머뭇거리던 그가 나직하게 말을 시작했다.

"제가 이런 말씀까진 안 드리려고 했는데요……."

민현과 연지의 얼굴이 다소 불안한 기색을 띤 채 혁을 주시했다. 그의 입에서 또 무슨 말이 나올지 기대되면서도 두려웠다.

"저 사실 아까 들었습니다. 아직 여자기피증이시라고."

역시. 혁의 이야기에 두 사람은 뒤통수를 가격당한 기분이 들었다.

문을 열어 둔 상태였으니 분명 듣기 싫어도 들었을 텐데, 혁이 너무도 뻔뻔스럽게 거짓말을 해서 믿어 버리고 만 것이다.

순간 울컥 화가 치민 민현이 소리쳤다.

"이 자식이……! 너 지금 협박하나?"

혁은 그저 대답 없이 입술을 늘어뜨리며 매력적이게 웃었다. 그 미소에 민현은 다시 울컥했다.

"야, 나 여자기피증 다 나……."

다 나았다고 말해 버리고 싶었지만 민현은 자신을 쳐다보고 있는 연지의 두 눈을 느끼고 차마 나머지 말을 이을 수가 없었다. 결국 민현은 입술을 꾹 다물며 하고 싶은 말을 참았다. 그러자 혁이 그를 향해 눈썹을 치켜 올렸다.

"다 나?"

"다 나, 나으면 죽었어, 너."

살벌한 민현의 눈빛에 혁은 조용히 입을 다물고 그의 결정을 기다렸다. 잠시 후 깊은 한숨과 함께 민현이 혼잣말처럼 중얼거렸다.

"할 수 없지. 하자, 해."

순간 눈이 커진 혁이 그를 향해 허리를 꾸벅 숙였다.

"감사합니다."

그러고는 바로 연지에게로 몸을 돌려 그녀의 손을 덥석 잡았다. 갑작스런 자신의 행동에 놀라 눈이 커진 연지에게 혁이 말했다.

"앞으로 잘 부탁드립니다."

"네. 앞으로 잘해 봐요, 우리."

그를 바라보는 연지의 얼굴에도 미소가 피어올랐다. 그러나 그들을 가만히 지켜보던 민현의 얼굴은 딱딱하게 굳어졌다.

"야, 권혁."

나직하게 자신을 부르는 그의 목소리에 혁은 천진난만한 얼굴로 고개를 돌렸다. 그리고 민현의 조각 같은 얼굴과 마주했다.

"네 형수님이시다. 잘 모셔라."

"형수님? 저희 형수님들 이렇게 안 생겼는데요? 더 특별하게 생기셨……."

"누가 네 진짜 형수님들 말하는 줄 아냐? 제발 한 번만이라도 평범하게 좀 반응해 주면 안 되냐?"

보통 사람과는 너무나도 다른, 특이한 혁에게 핀잔을 주면서 민현은 연지의 옆으로 자리를 옮겼다. 그러고는 그녀의 어깨에 자신의 팔을 둘렀다.

"신연지, 내 여자라고."

"아…… 네."

그제야 그의 말을 알아들었다는 듯 혁은 고개를 끄덕였다. 순간 당황한 연지가 민현의 손을 떼어 내자 그가 얌전히 자신의 팔을 거둬 오며 혁에게 말했다.

"저녁이나 먹으러 가자."

정말 이 기획사의 일원으로 인정해 주는 듯한 민현의 제안에 혁은 기분이 좋아졌다. 그가 앞장서서 걷는 민현을 따라가며 물었다.

"밥 사 주시는 거예요?"

"어. 이 밥이 우리 계약금이다."

순간 치사하다는 생각이 든 혁이었지만, 일단 보금자리를 찾은 것에 만족하자고 자신을 다독였다. 그가 갑자기 생각난 듯 민현에게 말했다.

"아, 혹시 친구 좀 불러도 돼요? 민현이 형 완전 팬인 녀석이 하나 있거든요."

그러자 민현은 대수로운 일이 아니라는 듯 쿨하게 대답했다.

"그래? 불러."

'여자야, 남자야?'

시선 도둑. 지금 혁의 친구가 딱 그랬다. 그 친구는 패밀리 레스토랑 안으로 들어오는 순간부터 사람들의 시선을 모조리 빼앗아 버렸던 것이다. 모델임을 티내는 유난히 작은 얼굴과 큰 키도 큰 키였지만, 짧은 숏커트 머리에다 그 색이 새빨간 색이라 엄청 눈에 띄었다.

"여기야, 여기."

옆에 앉은 혁이 반갑게 그를 맞이하는 것을 본 민현은 주위를 두리번거렸다. 안 그래도 자신 때문에 주목을 받고 있던 테이블인데 더 시선이 몰리고 있었다.

'얜 왜 안 와?'

화장실에 간 연지의 부재를 안타까워하고 있는 민현의 앞에 혁의 친구가 섰다.

"반갑습니다."

그 소리에 민현이 고개를 들자 곱상한 그의 얼굴이 시야로 들어왔다. 칼라를 입힌 콘택트렌즈의 영향인지 그의 눈동자는 잿빛을 띠고 있었다. 민현이 그 눈동자를 신기해하는 사이 그가 손을 내밀었다. 그리고 그 손으로 민현의 손을 덥석 잡았다.

"팬입니다."

갑자기 그에게 잡힌 손에 놀란 민현의 미간이 살짝 구겨졌다.

"어. 그래."

그러나 보는 눈도 많았기에 민현은 부드럽게 웃으며 그의 손을 떼어 냈다.

"형, 저랑 같이 사진 좀 찍어 주시면 안 돼요?"

이번엔 그가 주머니에서 휴대폰을 꺼내더니 이렇게 부탁을 해 왔다. 또다시 연지의 부재를 아쉬워하며 민현은 무겁게 고개를 끄덕였다.

"어. 그래."

친구인 혁에게 휴대폰을 주며 찍어 달라고 말한 후 그는 바로 민현의 옆자리에 앉았다. 지나치게 자신에게 붙어 앉은 그 때문에 민현은 짜증이 샘솟았다.

귀찮다. 빨리 찍고 밀어내고 싶다.

그 순간 그가 손으로 민현의 허리를 감쌌고 그 느낌에 민현
은 깜짝 놀라고 말았다.

"저 어깨동무 좀 해 주세요."

뻔뻔한 그가 웃는 얼굴로 부탁했다. 이에 민현은 노골적으
로 인상을 구겼다.

"내가 왜?"

민현이 너 게이냐고, 당장 내 허리에서 손 풀지 못하냐고
소리치려는 찰나 익숙한 목소리가 들려왔다.

"어머. 루미 아니에요? 루미 씨 맞죠?"

연지의 놀란 목소리에 민현의 고개가 그쪽으로 돌아갔다.
그녀는 민현의 옆에 앉아 있는 인물을 신기하다는 표정으로
보고 있었다.

"멀리서 보고 설마 했는데, 정말 루미 씨네요!"

루미는 패션업계에서 중성적인 이미지로 유명한 모델이었
다. 평소 연예인을 포함한 유명인에게 별 관심이 없는 민현은
몰랐겠지만, 연예계와 패션계에 두루두루 관심이 많은 연지는
아주 잘 알고 있는 모델이었다.

'루미?'

한편, 생소한 그 이름이 방금까지 자신을 곤란하게 했던 놈
의 이름이라는 것을 깨닫고 민현은 헛웃음을 터뜨렸다.

"사내자식 이름이 루미가 뭐냐?"

실소를 담은 민현의 핀잔에 그 자리에 있던 세 사람 모두
의아한 얼굴을 했다. 미간에 내 천 자를 새긴 연지가 그의 얼

굴을 주시하면서 말했다.

"사내자식이 아니니까요."

"아……."

순간 민현의 눈동자에서 동요가 이는 것이 보였다.

"여, 여자야?"

오 마이 갓.

그럼 자신은 여태 여자와 손을 잡고 여자에게 허리에 손을 대게 한 것이었다. 그런데 여자기피증 증상은 거의 느끼지 못했다. 당황한 그가 서둘러 입을 열었다.

"너, 너 방금 형이라고 했잖아?"

루미는 대답 대신 재미있다는 듯 웃음을 터뜨렸다. 그녀를 대신해서 혁이 설명을 시작했다.

"아, 그거 애 입버릇이에요. 오빠란 표현은 닭살스럽대요. 게다가 얼굴도 워낙 중성스러우니까 잘 어울리기도 하고."

여자기피증이 완전히 나은 것은 기쁜 일이다. 그러나 그걸 지금 알고 싶지는 않았다. 민현은 볼에서 느껴지는 따가운 시선에 천천히 고개를 돌렸다.

"민현 씨, 저한테 무슨 할 말이 있을 것 같은데요?"

연지의 의구심 가득한 눈초리에 민현은 마른침을 꿀꺽 삼켰다.

"여자기피증 다 나은 거였어요?"

사무실로 돌아온 연지는 기가 막히다는 듯 민현을 향해 물었다. 그녀의 날 선 시선을 살포시 피하며 민현은 자신의 관자놀이를 긁적였다.

"아니, 다 나은 건 아니고……."

"방금 여자랑 손도 잡고 여자한테 허리도 잡히고 그랬는데 괜찮았잖아요?"

변명의 여지가 없었다. 그러나 여기서 물러설 순 없었다. 그렇게 느낀 민현은 갑자기 자신의 가슴에 손을 얹었다.

"아니야. 나 지금 막, 막 숨이 막히는데."

"그런 얼굴이 아닌데요?"

누굴 속이려고?

역시 연지를 속이기엔 역부족이었다. 자신에 관한 거라면 모두 꿰뚫어 보는 그녀임을 모르지 않건만 그래도 민현은 포기하지 않았다.

"대체 언제부터 괜찮아진 거예요?"

"아, 악! 나 소름 돋았어."

"너무 늦었다고 생각 안 해요?"

"진짜야. 나 어지러워."

"안 믿어요."

그러나 연지는 끝까지 요지부동이었다. 그녀가 다시 한 번 단호한 목소리로 물었다.

"도대체 왜 거짓말을 계속한 거예요?"

이해할 수 없다는 연지의 표정에 결국 민현도 아픈 척하던 것을 멈추고 심각한 표정을 지었다.

"거짓말 아니야. 여전히 나한테 여자는 너 하나야."

"그런 말을 듣고자 물은 게 아니에요."

말을 하면서 연지는 깊은 한숨을 내쉬었다. 그 한숨 소리에 침울해진 민현이 그녀를 향해 다시 입을 열었다.

"여자기피증이 없어졌다고 하면 네가 나한테 더 이상 특별한 존재가 아니라고 생각할까 봐 그랬어. 난 여전히 너만이 제일 특별한 여자고 유일하게 안고 싶은 여잔데, 그깟 여자기피증 나았다고 네가 나한테서 멀어질까 봐 두려웠어."

여자기피증이 나아서 연지만이 아니라 모든 여자들을 만질 수 있게 되었다 해도 여전히 민현에게 연지는 특별한 존재였다. 그런 그녀가 평범한 남자로 돌아온 자신을 떠날까 봐 민현은 그게 제일 두려웠다. 다소 유치하다 비웃음 당해도 여자기피증을 핑계로 그녀를 끝까지 붙들고 있고 싶었다.

"그건 당신 생각일 뿐이잖아요?"

호수처럼 잔잔한 연지의 눈동자를 보며 민현은 숨까지 죽이고 그녀의 목소리에 귀를 기울였다. 곧 그녀의 목소리가 다시 이어졌다.

"전 당신의 여자기피증이 나아서 진심으로 기뻐요. 이제 당신이 안 아프단 뜻이니까."

아마도 민현은 아직도 연지의 마음에 대한 확신이 없는 듯했고 이를 느낀 연지는 가슴이 답답했다. 그래서 그녀는 자신의 마음을 제대로 보여 주기로 결심했다.

"저는 당신이 여자기피증이든 성격파탄증이든 계속 당신 곁에 있을 거예요."

중간에 거슬리는 단어가 하나 있긴 했지만, 지금 연지의 눈빛은 포근하고 따뜻하기 그지없었다. 그녀를 보는 민현의 얼굴에 옅은 미소가 걸렸다. 그때 그녀의 분홍빛 입술이 다시 열렸다.

"사랑하니까."

연지에게서 처음 들은 고백에 민현은 심장이 쿵 하고 떨어지는 기분이 들었다. 그들 사이에 저 표현은 자신의 전유물이라고만 생각했다. 그래도 상관없다고 생각했고 그렇게 믿고 있었다.

그러나 막상 그녀의 입에서 사랑한다는 말을 들으니 민현은 가슴속 깊은 곳에서 뜨거운 무언가가 올라와 큰 울림을 만들어 내는 것을 느꼈다. 사랑하는 사람의 마음이 자신과 같다는 것은 이토록 행복한 기분을 느끼게 하는구나. 민현의 얼굴에 달콤한 미소가 걸렸다.

★☆★

"권혁 계약서 어디 있지?"

갑자기 민현이 혁과 계약한 서류를 찾기 시작했기에 연지의 눈엔 의아함이 서렸다. 그걸 왜 찾지?

"당장 찢어 버려야지."

"치사하게 왜 이래요?"

"애초에 그놈이 내 여자기피증으로 협박해서 계약한 거잖아."

"뭐로 계약했든 얼굴이 아까운 건 사실이잖아요."

"얼굴에 비해 성격에 하자가 많아도 너무 많잖아."

"에이, 괜찮아요. 전 그런 류의 남자 익숙해서 잘 케어할 수 있어요."

"분명 너 엄청 힘들게 할 거야."

"괜찮다니까요. 전 그런 남자랑 결혼도 생각하고 있는걸요, 뭐."

"응. 근데…… 너 아까부터 나 은근히 디스하냐?"

들켰다. 이럴 땐 그저 웃지요.

"내가 그래도 권혁보다는 낫지 않아?"

"네. 걔보다 키가 낮아요. 목소리 톤도 낮구요."

"너 지금 말장난하냐?"

"……"

들켰다. 이럴 땐 그냥 웃는 거다.

외전:
첫 만남

　그날은 새로운 매니저가 온다고 한 날이었다. 아침부터 감기몸살로 인해 컨디션은 엉망이었고 기분은 바닥을 설설 기고 있었다.

　"영화제 뒤풀이 파티는 꼭 가요, 민현이 형."

　저놈의 매니저 자식은 학습능력이 아예 존재하질 않는 것인지 내가 뒤풀이나 파티 따위 싫어하는 걸 1년이 넘도록 인지하지 못했다. 입술을 비집고 한숨이 절로 새어 나왔다.

　"후우……."

　저놈 상판을 보는 것도 오늘이 마지막이니 이번 한 번만 참자.

　가까스로 울컥한 마음을 참고 매니저 녀석의 동그란 얼굴을 한 번 지그시 쳐다봐 주었다. 그리고 내 최대한 부드럽게 말해

보았다.

"그런 데 가기 싫다니깐. 대체 몇 번을 말해야 알아먹을 거야?"

"차기작 감독님이랑 같이 할 배우들이 대거 온대요. 인사해 두면 좋잖아요."

그렇긴 하지만…….

알고는 있고 인정은 하지만, 얼굴이 미묘하게 굳어지는 걸 막을 수는 없었다. 그렇지만 나는 정말 배우들이 많을 게 분명한 그곳에 가고 싶지 않았다. 사실 요즘 나는…….

"그리고 벌써 간다고 말해 뒀단 말이에요."

매니저 녀석이 툭 던진 말에 다시 불쾌지수가 치솟았다. 다시 울컥 화가 나서 목소리가 절로 높아졌다.

"넌 왜 그걸 독단적으로 결정해?"

입 밖으로 쌍욕이 튀어나올 뻔했지만 배우들이나 영화제 관계자들이 지나다니고 있는 복도라서 꾹 참았다.

사실 요즘 나는 자랑은 아니지만 내가 인기가 많다는 걸 좀 지나치게 느끼고 있다. 그것도 여배우들 사이에서. 그들은 나와 눈만 마주쳤다 하면 추파를 던져 오고 몸으로 어택해 왔다.

요즘의 나는 잘생긴 데다―이거는 타고난 것― 관능적인 매력까지 풍긴다나 뭐라나. 즉, 섹시함이 절정이라는 거다. 나 참. 피곤하게.

결국 매니저 녀석에게 신경질이란 신경질은 다 내고 파티장으로 향했다. 클럽을 개조한 파티장 안에서 나는 성격에도 안

맞는 억지웃음과 매너 있는 말투를 유지하느라 안 그래도 바닥이던 컨디션이 땅을 뚫고 지하로 들어갔다.

"오빠?"

분명 누군가 나를 부르는 듯한 소리를 들었다. 하지만 모른 척했다. 어디 이 세상에 아니, 이 파티장 안에 오빠가 나 한 사람뿐이겠는가. 여기에 나이 찬 남자들이 얼마나 많은데.

"민현 오빠?"

하지만 그 호칭에 내 이름이 더해지면서 나는 더 이상 그것을 무시할 수만은 없어졌다. 그래서 이번엔 휴대폰을 들어 만지는 척을 했다. 하지만 이런 때에 꼭 내 휴대폰은 조용하다. 평소 바쁠 땐 안 왔으면 하는 연락들이 마구 오더니 말이다.

"민현 오빠!"

아무 반응 없는 휴대폰으로 할 게 없어서 일단 인터넷이라도 했다. 내 이름이라도 검색하려다가 누군가 다가와서 내 팔을 잡는 바람에 내 이름 '우'만 치다가 멈췄다. 휴대폰에서 시선을 들어 내 팔을 잡은 상대의 얼굴을 확인했다.

쓰읍, 어디서 봤더라?

"오빠, 내 목소리 못 들었어?"

상대가 황당하다는 표정으로 내게 물었다. 그 표정을 보니까 누군지 생각이 났다. 얼마 전에 끝난 드라마에서 내 여동생 역으로 출현했던 여배우였다.

"어? 나 불렀어?"

여기서 키포인트는 너 나 불렀었냐는 의아한 표정을 짓는 것이다. 그래야 상대가 믿는다. 일단, 내가 기본적으로 연기가 되니까.

근데 얘 이름이 뭐더라? 잊어버렸다. 극중 이름밖에 생각이 안 난다. 홍실이.

"오빠도 왔구나. 오면 온다고 연락을 하지."

얜 아직도 내가 지 오빠 줄 아나? 아직까지 드라마 역할에 너무 빠져 있는 건 아닌지 괜한 걱정이 되었다.

친한 척을 하며 그 홍실이 아니, 여배우는 내 팔을 더욱 꽉 잡았다. 그래서 나는 그 여배우의 어려 보이는 얼굴을 빤히 쳐다보았다. 내가 별말을 안 하고 별 행동을 안 취하자 여배우는 내 팔에 팔짱을 끼며 자신의 가슴을 들이밀었다. 그래서 고개를 슥 내려 보았다. 팔다리는 앙상하게 말랐는데 가슴은 큰 신기한 몸매의 소유자였다.

그녀가 가슴골이 드러나는 블루드레스를 내게 밀착시켰다. 그래서 나는 내 의도와는 상관없이 그녀의 몸 라인을 그대로 느끼고 말았다. 그런데 그걸 느낀 순간 갑자기 불쾌감이 날 엄습했다.

"놔."

슥— 바로 그 여배우에게서 내 팔을 빼냈다. 불쾌감을 숨기지 않고 노골적으로 얼굴에 드러내면서 나는 그녀를 경계했다. 정색을 하는 나에게 순간 놀랐는지 그 어린 여배우가 겁먹은 얼굴로 나를 쳐다보았다. 그게 조금 안쓰러워서 천천히 입을 열었다.

"컨디션이 좀 안 좋아서."

말을 마치고 바로 그 여배우를 스쳐 파티장 입구를 향해 걸어갔다. 아무래도 오늘은 그냥 집에 가야겠다. 컨디션이 너무 안 좋다.

그 때였다.

"민현 씨?"

또 다른 여자 목소리가 나를 잡아챘다. 절로 한숨이 터져 나왔다. 무심하게 고개를 돌리니 요즘 꽤 핫하다고 유명한 여자 모델이 나를 향해 다가오고 있었다. 그녀의 붉은 드레스가 눈을 강하게 찔러 왔다.

오늘 저 여자도 상을 받은 것 같던데. 몸매로 받은 상이라고 말들은 많지만.

"수상 축하드려요."

"어머, 저 신인상 받은 거 알고 계셨어요? 영광이에요."

내 무미건조한 축하인사에 여자는 호들갑을 떨었다. 그런 여자에게 눈인사를 하고 다시 내 갈 길 가려는데 여자가 내 팔을 잡았다. 암튼 여자들은 아무렇지도 않게 스킨십을 하는 버릇들이 조금씩은 있는 것 같다. 컨디션이 좋지 않았기에 나를 붙잡은 그녀의 손에 일순 미간을 찡그렸다.

"저 잠깐 드릴 말씀이 있는데요."

"네. 하세요."

표정을 풀며 매너 있게 대답하자 여자가 주변을 둘러보며 사람들의 눈치를 보았다. 왜 그러지 하고 나도 같이 주변을 둘러보았다. 그랬더니 잠시 후 여자가 목소리를 낮추며 말했다.

"여기서 말씀 드리기엔 좀 그렇고, 저 방으로 같이 가실래요?"

여자가 가는 손가락을 들어 구석에 있는 작은 룸 하나를 가리켰다. 이건 뭐지? 순간 약간 황당했다.

룸으로 들어가자는 여자의 눈빛은 다분히 유혹적이었고 난 그걸 모를 만큼 둔하지 않았다. 오히려 영악했으면 영악했지.

왜 항상 내 주위 여자들은 이렇게 다 적극적인 것인지. 내가 그렇게 만드는 건지 뭔지 모르겠지만.

굳은 얼굴로 여자를 향해 고개를 저었다.

"아뇨, 제가 바쁜 일이 있어서요."

"잠깐이면 돼요. 한 번만요."

하지만 여자는 막무가내였다. 그녀의 팔이 나를 룸으로 잡아끌었다. 정색을 해서 여자를 창피 줄까 생각했지만, 배우들이나 영화 관계자들이 워낙 많았기 때문에 그냥 꾹 참았다.

룸으로 나를 밀어 넣은 여자가 자신도 따라 안으로 들어왔다. 그리고 문을 닫은 것도 모자라 잠그기까지 했다. 여자의 행동에 겁은 먹은 건 그때가 처음이었다.

"사실은 이렇게 단둘이 있고 싶었어요."

갑작스럽게 이렇게 고백한 여자가 두 팔로 나를 끌어안았다. 실크 드레스 때문에 여자의 굴곡진 몸매가 고스란히 느껴지자 순간 소름이 돋았다. 왠지 무거워진 듯한 손을 들어 여자의 어깨를 잡고 밀면서 나직이 말했다.

"이건 성추행이야."

입 밖으로 욕지거리가 튀어나올 뻔한 걸 가까스로 참았다. 아직은 이성적인 판단이 가능했으니 말이다.

하지만 문제는 그때부터였다. 갑자기 숨이 가빠지고 등 뒤로 식은땀이 흐르는 듯한 느낌이 들었던 것이다.

왜 이러지?

나는 난생처음 느껴 보는 증상에 당황했고 그런 내가 혼란스러워하는 사이 여자가 날 또 끌어안았다.

"여자를 너무 창피하게 만들지 말아요."

지금 그게 문제가 아니야, 이 여자야. 내가, 내 몸이 이상하다고.

계속 숨이 차올랐기 때문에 나는 결국 여자를 밀어낸 후 룸을 빠져나왔다. 거칠게 룸의 문을 열고 나오는 나를 발견한 매니저 녀석이 급하게 달려왔다.

"여기 계셨어요?"

처음 느끼는 증상에 혼란스럽기만 한 나는 다가오는 녀석을 무시하고 파티장의 출입구를 향해 빠르게 걸었다. 사람들의 시선이 느껴져서 관자놀이에 흐르는 땀을 얼른 손등으로 닦았다. 그런 내 뒤를 따라오며 매니저 녀석이 말했다.

"새 매니저 왔어요. 여자더라구요. 꽤 미인이던데, 형은 좋겠어요."

고개를 홱 돌려 녀석을 노려보았다. 내 날 선 눈빛에 녀석은 조용히 입을 다물었다.

여자라면 이제 지긋지긋하다.

"근데 형, 어디 아파요?"

금방이라도 쓰러질 것만 같은 몸으로 겨우 걸음을 옮기는데 그제야 매니저 녀석이 의아한 표정으로 물었다. 그 때 마침 내 시야에 파티장 안으로 들어서는 눈에 익은 감독들과 배우들의 얼굴이 들어왔다. 그들에게 꼴사나운 모습을 보여 주고 싶지 않아서 발걸음을 비상구 쪽으로 바꿨다. 아무래도 이 알 수 없는 증상이 좀 진정이 되면 움직이는 게 좋을 것 같았기 때문이다.

계단 쪽으로 들어서자마자 입을 벌리고 거친 숨을 몰아쉬었다. 온몸을 감싸는 불쾌감에 등을 타고 식은땀이 흘러내렸다. 계단 벽을 잡으며 비틀거리는 몸을 겨우 추슬렀지만 정신은 하나도 없었다. 머릿속이 혼란스러웠다.

정말 왜 이러지?

"헉…… 허억……."

거친 숨을 몰아쉬고 있는데 갑자기 뒤에서 사람 소리가 났다. 당연히 매니저 녀석일 거라 생각했는데 들려온 건 또 여자 목소리였다.

"괜찮으세요?"

제발 좀 꺼져. 가까이 오지 마.

몽롱한 눈앞으로 여자의 동그란 얼굴이 보였다. 얼굴만큼 동그란 여자의 두 눈이 내 온몸을 훑으면서 물었다.

"혹시 공황장애 같은 건가요?"

그 여자가 손으로 내 어깨를 살짝 짚었다. 지금 이 순간 여자의 접근은 내게 지옥이었다.

"공황장애는 자기 숨을 자기가 들이마시면 괜찮대요."

"꺼져……!"

결국 내 입에서 험한 말이 튀어나왔다. 그런데도 여자는 내게 더 가까이 다가왔다. 여자가 내 팔을 잡는 순간 불쾌감이 내 온몸을 덮었다.

"꺼지라고!"

"네? 하지만 당신 상태가 이런데 어떻게 꺼져요?"

역시 여자들은 막무가내다. 게다가 스킨십도 아무렇지도 않게 잘한다. 그 증거로 이 여자 역시 한 번 잡은 내 팔을 놓을 생각조차 안 한다.

"테러라도 당한 거예요?"

맞다. 그거다. 테러.

"비키라고!"

결국 부들거리는 손을 뻗어 여자의 어깨를 밀어냈다. 하지만 힘이 하나도 없었기에 그 손은 그저 그녀의 어깨를 툭 쳤을 뿐이었다.

"그렇게 부들부들 떨고 있으니까 너무 안쓰럽잖아요."

내 가까이에서 여자가 진심으로 날 걱정하는 듯한 목소리를 냈다.

뭐야, 이 여자. 진심으로 날 걱정하나? 대체 누군데? 날 언제 봤다고 걱정을 하지?

생전 처음 보는 여자가 날 걱정하는 바람에 머릿속에 혼란이 왔다.

내 팬인가?

그러는 사이 여자가 두 팔로 날 끌어안았고 순간 나는 쓴웃음이 터졌다.

그럼 그렇지. 아무래도 이 세상 모든 여자들은 날 끌어안고 싶어 하는 병에라도 걸린 듯싶었다.

"야, 너⋯⋯!"

"괜찮아요. 다 괜찮아질 거예요."

뭐가 괜찮아? 너만 떨어지면 난 더 괜찮아질 거야, 분명!

소름이 돋고 숨이 턱 막히는 느낌이 다시 시작되었다. 나는 그녀를 떼어 내기 위해 두 손을 올려 그녀의 어깨를 잡았다. 그 순간 여자가 내 등을 끌어안으며 손으로 나를 다독거렸다.

"저는 당신을 해치지 않아요. 보호해 줄 사람이에요."

"뭐?"

"그러니까 전 괜찮아요. 안심해도 돼요."

솔직히 나는 순간 그녀의 행동에 당황하고 말았다. 그래서 그녀를 더 밀어내려고 했다.

"비켜!"

하지만 그녀는 자꾸 괜찮다며 내 등을 쓸어내렸다. 그래서 나는 내가 언제 소름이 돋았는지 숨이 찼는지 까맣게 잊어버리고 말았다.

"제가 당신을 지켜 줄게요."

와…… 대단한 수호천사 나셨네.

앤 대체 누군데……?

그 순간 나는 궁금해졌다. 두 눈을 크게 뜨고 조금 안정이 된 숨을 고르며 그녀에게 물었다.

"너 뭐야?"

그러자 그녀가 눈부시게 환하게 웃었다.

"새로 온 매니저 신연지라고 합니다."

외전:
철칙 스물일곱 가지

01. 화장하지 말 것.

02. 치마 입지 말 것.

03. 생리적인 현상 함부로 하지 말 것.(방귀나 트림 등)

04. 존댓말을 쓸 것.

05. 연약한 척 말 것.

06. 여자 어필 말 것.

07. 나한테 끼 부리지 말 것.

08. 말대꾸하지 말 것.

09. 까불지 말 것.

10. (못생겼으니까) 예쁜 척하지 말 것.

11. 전화 받을 때 내 매니저라는 걸 분명히 밝힐 것.

12. 날 자랑스럽게 여길 것.

13. 남한테 내 욕 하지 말 것.(넌 하게 생겼으니까.)

14. 다른 배우와 날 비교하지 말 것.(죽여 버린다.)

15. 나한테 의지하지 말 것.

16. 개인적인 통화는 3분 이내로 끝낼 것.

17. 시비 걸지 말 것.

18. 술주정 부리지 말 것.

19. 말 예쁘게 할 것.(얼굴이 안 예쁘니까.)

20. 내 말에 무조건 맞장구쳐 줄 것.

21. 돈 빌려 달라고 하지 말 것.

22. (나 놀라니까)맘대로 성형하지 말 것. 미리 상담 요망.

23. 함부로 내 곁에서 멀어지지 말 것. 그렇다고 가까이 오지도 말 것.

24. 어디 갈 땐 어디 간다고 꼭 보고할 것.

25. 일할 땐 나만 쳐다볼 것. 모니터도 내 것만.

26. 내가 오라고 하면 군말 없이 5분 내로 올 것.

27. 아파도 내 옆에서 아플 것.

작 가 후 기

안녕하세요. 지면으로 또 언제 인사드릴 수 있을까 했는데,
그래도 1년은 넘기지 않았네요. 반갑습니다. 고지영이에요.

제가 이번엔 여자기피증에 걸린 배우와 그의 여자매니저에
관한 이야기를 데리고 왔습니다. 시점을 바꿔서 제 처녀작과
는 분위기가 조금 다를 수도 있겠네요. 이 이야기의 시작은요,
어느 날 문득 떠오른 과거의 기억 때문이었어요.

제가 중학생 때 버스 안에서 모르는 아저씨한테 손목을 잡
힌 적이 있었어요. 그때 이후로 남자기피증 비슷한 게 생겼어
요. 민현이처럼 증상이 심한 건 아닌데, 이성이 가까이 다가
왔을 때 소름이 돋고 숨이 턱 막히고 기분이 나빠지는 걸 몇
번 경험한 적이 있었거든요. 여중 여고를 나온 덕분인지 그
증상은 더 심해지지는 않았고 지금은 그 증상도 거의 다 나았

어요.

작년 여름에 문득 그 증상을 기억해 내고 기피증에 걸린 주인공에 대해 써 볼까 생각했죠. 게다가 그 주인공이 이성을 많이 접해야 하는 직업이라면 더 흥미로울 것 같아서 직업은 배우로 정했습니다. 그렇게 우민현이 탄생했죠. 그리고 달달한 로맨스를 위해 여자기피증 증상이 안 나타나는 유일한 여성이자 민현의 매니저로 신연지 그녀를 만들어 냈고요.

이 소설을 연재할 때 어떤 분이 그러셨는데, 모든 남자들이 민현이처럼 운명적으로 정해진 여자를 제외한 다른 여자들에게만 여자기피증 증상을 느낀다면 이 세상에 바람피우는 남자는 없어질 거라구요. 물론 그 반대의 경우도 그렇지만요. 후후.

고집 세고 까칠한 저를 항상 끌어안아 주는 가족들 정말 고마워요. 제 모든 사랑을 그대들에게 바칩니다.

내 왼팔이랑 오른팔 같은 이쁘니들 승진이랑 혜영이, 내 평생 친구 나쓰도 정말 고마워.

그리고 아모르 식구들, 작게분들, 다 고마워요. 여러분들 덕분에 제가 또 책을 내네요. 정말 감사해요.

다향 로맨스 관계자분들, 그리고 정 팀장님 모두 모두 감사합니다.

또 언제 지면으로 인사드릴지는 모르겠으나 그때까지 모두 모두 저보다 행복하시길.. 그러려면 저 또한 행복해야겠네요.

혜혜—

감사합니다.

— 고지영 드림

반항하는★신데렐라

초판 2쇄 찍음 2014년 6월 17일
초판 2쇄 펴냄 2014년 6월 20일

지은이 | 고지영
펴낸이 | 정 필
펴낸곳 | 도서출판 **뿔미디어**

편집장 | 이재권
기획 · 편집 | 정시연

출판등록 | 2002년 9월 11일 (제1081-1-132호)
주소 | 경기도 부천시 원미구 상동로 117번길 49(상동) 503호
전화 | 032)651-6513 / 팩스 | 032)651-6094
E-mail | dahyangs@naver.com
블로그 | http://blog.naver.com/dahyangs
홈페이지 | http://bbulmedia.com

값 9,000원

ISBN 979-11-315-1979-0 03810

※파본은 구입하신 서점에서 교환하여 드립니다.
※이 책은 (도)뿔미디어를 통해 독점 계약되었습니다.
저작권법에 의해 보호를 받는 저작물이므로 무단 전재와 무단 복제를 엄금합니다.

www.bbulmedia.com

www.bbulmedia.com